I0660412

AT.PALIMPSESTE 1991

LES
MILLE ET UNE NUITS

CONTES ARABES

CONTENANT

Aladdin, ou la Lampe Merveilleuse. — Histoire d'Ali-Baba,
ou les 40 Voleurs exterminés par une esclave. —
Le Cheval enchanté, ou les Amours et aventures surprenantes
du prince de Perse et de la princesse de Bengale. —
Le roi grec et le médecin Douban. — Histoire des Amours
de Camaralzaman, prince de l'île des Enfants
de Khalédan, et de Badoure, princesse de la Chine,
leurs aventures merveilleuses et extraordinaires,
etc., etc., etc.

TRADUITS PAR GALLAND.

Nouvelle édition, ornée de gravures.

PARIS,
LE BAILLY, LIBRAIRE,
Rue Gardinale, 9, faub. St-Germain.

Le Cheval enchanté.

La princesse Haïatalnefous (Amours de Camaralzaman.)

LES
MILLE ET UNE NUITS

CONTES ARABES

CONTENANT

Aladdin, ou la Lampe Merveilleuse. — Histoire d'Ali-Baba,
ou les 40 Voleurs exterminés par une esclave. —
Le Cheval enchanté, ou les Amours et aventures surprenantes
du prince de Perse et de la princesse de Bengale. —
Le roi grec et le médecin Douban. — Histoire des Amours
de Camaralzaman, prince de l'île des Enfants
de Khalédan, et de Badoure, princesse de la Chine ;
leurs aventures merveilleuses et extraordinaires,
etc., etc., etc.

TRADUITS PAR GALLAND.
Nouvelle édition, ornée de gravures.

PARIS,
LE BAILLY, LIBRAIRE,
Rue Cardinale, 6, faub. St-Germains

Le génie apparaissant à Aladdin.

ALADDIN

OU LA

LAMPE MERVEILLEUSE.

Dans la capitale du royaume de la Chine, il y
avait un tailleur nommé Mustafa; il était fort pauvre et son travail lui produisait à peine de quoi le
faire subsister lui et sa femme, et un fils que Dieu
leur avait donné. Le fils, qui se nommait Aladdin, avait contracté des inclinations vicieuses. Sitôt qu'il fut un peu grand, ses parents ne le purent retenir à la maison; il sortait dès le matin et
il passait les journées à jouer dans les rues et dans
les places publiques avec des petits vagabonds. Dès
qu'il fut en âge d'apprendre un métier, son père
le prit en sa boutique, et commença à lui montrer
de quelle manière il devait manier l'aiguille; mais,
ni par douceur, ni par crainte, il ne fut pas possi-

ble au père de fixer l'esprit volage de son fils ; il ne put le contraindre à demeurer assidu au travail. Sitôt que Mustafa avait le dos tourné, Aladdin s'échappait et il ne revenait plus de tout le jour. Le père le châtiait; mais Aladdin était incorrigible, et, à son grand regret, Mustafa fut obligé de l'abandonner à son libertinage. Cela lui fit tant de peine qu'il en mourut au bout de quelques mois.

La mère d'Aladdin, qui vit que son fils ne voulait pas apprendre le métier de son père, ferma la boutique, et fit de l'argent de tous les ustensiles de son métier pour l'aider à subsister, elle et son fils, avec le peu qu'elle pourrait gagner à filer du coton. Aladdin, qui n'était plus retenu par la crainte d'un père, s'abandonna alors à un plein libertinage. Il continua ce train de vie jusqu'à l'âge de quinze ans, sans faire réflexion à ce qu'il pourrait devenir un jour. Il était dans cette situation, lorsqu'un jour qu'il jouait au milieu d'une place avec une troupe de vagabonds, selon sa coutume, un étranger qui passait par cette place s'arrêta à le regarder. Cet étranger était un magicien africain qui n'était arrivé que depuis deux jours. Soit que ce magicien, qui se connaissait en physionomie, eût remarqué dans le visage d'Aladdin tout ce qui était nécessaire pour l'exécution de ce qui avait fait le sujet de son voyage, ou autrement, il s'informa de sa famille et de ce qu'il était. Quand il fut instruit de tout ce qu'il souhaitait, il s'approcha du jeune homme et, en le tirant à part à quelques pas de ses camarades : « Mon fils, lui demanda-t-il, votre père ne s'appelle-t-il pas Mustafa le tailleur? — Oui, monsieur, répondit Aladdin; mais il y a longtemps qu'il est mort. » A ces

paroles, le magicien africain se jeta au cou d'A-
laddin, l'embrassa les larmes aux yeux. Aladdin,
étonné, lui demanda quel sujet il avait de pleurer. « Ah! mon fils, s'écria le magicien, comment
pourrais je m'en empêcher? Je suis votre oncle,
et votre père était mon bon frère. Il y a plusieurs
années que je suis en voyage, et dans le moment
que j'arrive ici avec l'espérance de le revoir, vous
m'apprenez qu'il est mort! Je vous assure que
c'est une douleur bien sensible pour moi; mais ce
qui soulage un peu mon affliction, c'est que je re-
connais ses traits sur votre visage, et je vois que
je ne me suis pas trompé en m'adressant à vous. »
Il demanda à Aladdin, en mettant la main à la
bourse, où demeurait sa mère. Aussitôt Aladdin
satisfit à sa demande, et le magicien lui donna
en même temps une poignée de menue monnaie,
en lui disant : « Mon fils, allez trouver votre mère,
faites-lui bien mes compliments, et dites-lui que
j'irai la voir demain pour me donner la consolation
de voir le lieu où mon bon frère a vécu si longtemps et où il a fini ses jours. » Dès que le magicien africain eut laissé le neveu qu'il venait de se
faire lui-même, Aladdin courut chez sa mère, bien
joyeux de l'argent que son oncle venait de lui donner. « Ma mère, lui dit il en arrivant, je vous prie
de me dire si j'ai un oncle? — Non, mon fils, lui
répondit la mère; vous n'avez point d'oncle du
côté de feu votre père ni du mien. — Je viens cependant, reprit Aladdin, de voir mon oncle du
côté de mon père, puisqu'il était son frère, à ce
qu'il m'a assuré; il s'est même mis à pleurer quand
je lui ai dit que mon père était mort. Et pour
marque que je vous dis la vérité, ajouta-t-il en
lui montrant la monnaie qu'il avait reçue, voilà ce

qu'il m'a donné. Il m'a aussi chargé de vous saluer de sa part, et de vous dire que demain il viendra vous saluer. — Mon fils, répartit la mère, il est vrai que votre père avait un frère, mais il y a longtemps qu'il est mort, et je ne lui ai jamais entendu dire qu'il en eût eu un autre. »

Le lendemain, le magicien africain aborda Aladdin, et, en lui mettant deux pièces d'or dans la main, il lui dit : « Mon fils, portez cela à votre mère, et dites-lui que j'irai la voir ce soir, et qu'elle achète de quoi souper afin que nous mangions ensemble; mais, auparavant, enseignez-moi où je trouverai la maison. » Il la lui enseigna, et le magicien africain le laissa aller. Aladdin porta les deux pièces d'or à sa mère, et, dès qu'il eut dit quelle était l'intention qu'avait son oncle, elle sortit chercher de bonnes provisions. Elle employa toute la journée à préparer le souper, et sur le soir, dès que tout fut prêt, elle dit à Aladdin : « Mon fils, votre oncle ne sait peut-être pas où est notre maison; allez au-devant de lui et l'amenez si vous le voyez. » Aladdin était prêt à sortir quand on frappa à la porte. Il ouvrit et reconnut le magicien, qui entra chargé de bouteilles de vin et de plusieurs sortes de fruits qu'il apportait pour le souper. Après qu'il eut mis ce qu'il apportait entre les mains d'Aladdin, il salua sa mère, et il la pria de lui donner la place que son frère Mustafa avait coutume d'occuper; elle la lui montra. Quand il se fut assis, il commença de s'entretenir avec la mère d'Aladdin. « Ma bonne sœur, lui disait-il, ne vous étonnez point de ne m'avoir pas vu tout le temps que vous avez été mariée avec mon frère Mustafa, il y a quarante ans que je suis sorti de ce pays, qui est le mien. Depuis ce temps-là, après avoir voyagé dans les Indes, dans la Perse, dans l'Arabie, dans la Syrie, en Palestine, et séjourné dans les plus belles villes de ce pays-là, je passai en Afrique, où j'ai fait un plus long séjour. A la fin, comme il est naturel à l'homme de ne perdre jamais la mémoire de ses parents et de son pays, il m'a pris un désir de venir embrasser mon pauvre frère pendant que je me sentais assez de force pour entreprendre un si long voyage. Je ne vous dis rien de toutes les fatigues que j'ai souffertes pour arriver jusqu'ici, je vous dirai seulement que rien ne m'a affligé autant que la mort d'un frère que j'avais toujours aimé; j'ai remarqué de ses traits dans le visage de mon neveu, c'est ce qui me l'a fait distinguer des autres enfants avec lesquels il était. Il a pu vous dire de quelle manière j'ai reçu la triste nouvelle qu'il n'était plus au monde. Je me console de le retrouver dans un fils qui en conserve les traits les plus remarquables. » Le magicien africain, qui s'aperçut que la mère d'Aladdin s'attendrissait sur le souvenir de son mari, changea de discours, et en se retournant du côté d'Aladdin, il lui demanda son nom. « Je m'appelle Aladdin, lui dit-il. — Eh bien, reprit le magicien, à quoi vous occupez-vous? Savez-vous quelque métier? » A cette demande, Aladdin baissa les yeux et fut déconcerté; mais sa mère, en prenant la parole : « Aladdin, dit-elle, est un fainéant; son père a fait tout son possible pendant qu'il vivait pour lui apprendre son métier, et il n'a pu en venir à bout; et depuis qu'il est mort, nonobstant tout ce que j'ai pu lui dire et ce que je lui répète chaque jour, il ne fait d'autre métier que de faire le vagabond; il sait que son père n'a laissé aucun bien, et il voit lui-même qu'à filer du coton pendant tout le jour, comme je fais, j'ai bien de la peine à gagner de quoi nous avoir du pain. Pour moi, je suis résolue à lui fermer la porte un de ces jours, et à l'envoyer en chercher ailleurs. » Après que la mère d'Aladdin eut achevé ces paroles en fondant en larmes, le magicien africain dit à Aladdin : « Cela n'est pas bien, mon neveu; il faut songer à gagner votre vie. Il y a des métiers de plusieurs sortes; peut-être que celui de votre père vous déplaît et que vous vous accommoderiez mieux d'un autre : ne dissimulez point ici vos sentiments, je ne cherche qu'à vous aider. Si vous avez de la répugnance pour apprendre un métier, et que vous vouliez être honnête homme, je vous leverai une boutique garnie de riches étoffes et vous vous mettrez en état de les vendre, et de l'argent que vous en ferez vous achèterez d'autres marchandises. »

Cette offre flatta fort Aladdin, à qui le travail manuel déplaisait. Il marqua au magicien africain que son penchant était plutôt de ce côté-là que d'aucun autre, et qu'il lui serait obligé toute sa vie du bien qu'il voulait lui faire. « Puisque cette profession vous agrée, reprit le magicien, je vous ferai habiller conformément à l'état d'un des plus gros marchands de cette ville; et après-demain nous songerons à vous lever une boutique de la manière que je l'entends. » La mère d'Aladdin remercia le magicien de ses bonnes intentions, et, après avoir exhorté Aladdin à se rendre digne de tous les biens que son oncle lui faisait espérer, elle servit le souper. La conversation roula sur le même sujet pendant tout le repas et jusqu'à ce que le magicien prit congé de la mère et du fils. Le lendemain matin, le magicien africain ne manqua pas

de revenir chez la veuve. Il prit Aladdin avec lui
et il le mena chez un gros marchand qui vendait
des habits tout faits. Il s'en fit montrer de convé-
nables. Après avoir mis à part tous ceux qui lui
plaisaient davantage, il dit à Aladdin : « Mon neveu, choisissez dans tous ces habits celui que vous
aimez le mieux. » Aladdin en choisit un; le magicien l'acheta avec tout ce qui devait l'accompagner, et paya le tout sans marchander.

Lorsque Aladdin se vit habillé aussi magnifiquement depuis les pieds jusqu'à la tête, il fit à
son oncle tous les remerciements imaginables, et
le magicien lui promit de ne le point abandonner
et de l'avoir toujours près de lui. En effet, il le
mena dans les lieux les plus fréquentés de la ville,
particulièrement dans ceux où étaient les boutiques des riches marchands, et dit à Aladdin :
« Comme vous serez bientôt marchand comme
ceux que vous voyez, il est bon que vous les fré-
quentiez et qu'ils vous connaissent. » Enfin, après
avoir parcouru ensemble tous les beaux quartiers
de la ville, ils arrivèrent dans le khan où le magicien avait pris un appartement. Il s'y trouva quelques marchands qu'il avait rassemblés exprès pour
les bien régaler et leur donner en même temps la
connaissance de son prétendu neveu. Le régal ne
finit que le soir. Aladdin voulut alors prendre
congé de son oncle pour reprendre le chemin de
sa maison, mais le magicien africain ne voulut pas
le laisser aller seul et le reconduisit lui-même chez
sa mère. Dès qu'elle eut aperçu son fils si bien habillé, elle fut transportée de joie : « Généreux pa-
rent, lui dit-elle, je ne sais comment vous remercier de votre libéralité. En mon particulier, je
vous souhaite une vie assez longue pour être té-

moin de la reconnaissance de mon fils, qui ne peut mieux vous la témoigner qu'en se gouvernant selon vos bons conseils. — Aladdin, reprit le magicien africain, m'écoute assez, et je crois que nous en ferons quelque chose de bon. Je suis fâché que ce soit demain jour de vendredi; les boutiques seront fermées, il n'y aura pas lieu de songer à en louer une et à la garnir; ainsi nous remettrons l'affaire à samedi; mais je viendrai demain le prendre, et je le mènerai dans les jardins où le beau monde a coutume de se trouver. Il n'a peut-être encore rien vu des divertissements qu'on y prend. » Le magicien africain prit enfin congé de la mère et du fils. Aladdin était déjà dans une grande joie de se voir si bien habillé; il se fit encore un plaisir par avance de la promenade; en effet, jamais il n'était sorti hors des portes de la ville et jamais il n'avait vu ls environs.

Alddin se leva et s'habilla le lendemain de grand matin pour être prêt à partir quand son once viendrait le prendre. Dès qu'il l'aperçut, il en lavertit sa mère, et, en prenant congé d'elle, il ferma la porte et courut à lui pour le joindre. Le magicien fit beaucoup de caresses à Aladdin. « Allons, mon cher enfant, lui dit-il d'un air riant, je veux vous faire voir aujourd'hui de belles choses. » Il le mena par une porte qui conduisait à des palais magnifiques qui avaient chacun de très beaux jardins dont les entrées étaient libres. A chaque palais qu'il rencontrait il demandait à Aladdin s'il le trouvait beau, et Aladdin, en le prévenant quand un autre se présentait : « Mon oncle, disait-il, en voici un plus beau que tous ceux que nous venons de voir. Cependant, s'avançant toujours plus avant dans la campagne, ils poursuivirent leur chemin au travers des jardins, qui n'étaient séparés les uns des autres que par de petits fossés qui en marquaient les limites, mais qui n'empêchaient pas la communication. Insensiblement le magicien africain mena Aladdin assez loin au-delà des jardins, et le fit traverser des campagnes qui le conduisirent entre deux montagnes d'une hauteur médiocre et à peu près égales, séparées par un vallon de très peu de largeur. C'était à cet endroit que le magicien africain avait voulu amener Aladdin pour l'exécution de son dessein. « Nous n'allons pas plus loin, dit-il à Aladdin : je veux vous faire voir ici des choses extraordinaires et inconnues à tous les mortels; pendant que je vais battre le fusil, amassez les broussailles les plus sèches afin d'allumer du feu. » Aladdin en eut bientôt fait un grand amas; il y mit le feu, et, dans le moment qu'elles s'enflammèrent, le magicien africain y jeta d'un parfum qu'il avait tout prêt. Il s'éleva une fumée fort épaisse, qu'il détourna de côté et d'autre en prononçant des paroles magiques auxquelles Aladdin ne comprit rien.

Dans le même moment, la terre trembla un peu, s'ouvrit devant le magicien et Aladdin, et fit voir à découvert une pierre d'un pied et demi en carré, posée horizontalement, avec un anneau scellé dans le milieu pour servir à la lever. Aladdin, effrayé de tout ce qui se passait à ses yeux, eut peur et il voulut prendre la fuite. Mais il était nécessaire à ce mystère, et le magicien le retint et le gronda fort en lui donnant un soufflet. « Mon oncle, s'écria Aladdin en pleurant, qu'ai-je donc fait pour que vous me frappiez si rudement ? — J'ai mes raisons pour le faire, lui répondit le magicien. Je suis votre oncle, qui vous tient présentement lieu de père.

2

et vous ne devez pas me répliquer; mais, ajouta-
t-il, ne craignez rien; je ne demande autre chose
que vous m'obéissiez exactement. Vous avez vu,
continua-t-il, ce que j'ai fait par la vertu de mon
parfum et des paroles que j'ai prononcées. Apprenez donc que sous cette pierre que vous voyez, il
y a un trésor qui vous est destiné. Pour cela, il faut
que vous exécutiez de point en point ce que je vous
dirai, sans y manquer. » Aladdin, dans l'étonnement de ce qu'il venait d'entendre dire au magicien, de ce trésor qui devait le rendre heureux à
jamais, oublia tout ce qui s'était passé. « Eh bien!
mon oncle, dit-il au magicien en se levant, de quoi
s'agit-il? Commandez, je suis tout prêt à obéir. —
Je suis ravi, lui dit le magicien, que vous ayez pris
ce parti; approchez-vous, prenez cet anneau et levez la pierre. — Mais, mon oncle, reprit Aladdin,
je ne suis pas assez fort pour la lever, il faut que
vous m'aidiez. — Non, répartit le magicien, nous
ne ferions rien vous et moi si je vous aidais; il faut
que vous la leviez vous seul. Prononcez seulement
le nom de votre père et de votre grand-père en
tenant l'anneau, et levez, vous verrez qu'elle viendra à vous sans peine. » Aladdin fit comme le magicien lui avait dit : il leva la pierre avec facilité
et il la posa à côté. Quand la pierre fut ôtée, un
caveau de trois à quatre pieds de profondeur se fit
voir avec une petite porte et des degrés pour descendre. « Mon fils, dit alors le magicien à Aladdin, descendez dans ce caveau; quand vous serez
au bas, vous trouverez une porte ouverte qui vous
conduira dans un grand lieu voûté et partagé en
trois grandes salles. Avant d'entrer dans la première salle, levez votre robe et serrez-la bien autour de vous; quand vous y serez entré, passez à

la seconde sans vous arrêter, et de là à la troisième. Au bout de la troisième salle, il y a une porte qui vous donnera entrée dans un jardin planté de beaux arbres tous chargés de fruits; traversez ce jardin par un chemin qui vous mènera sur une terrasse. Quand vous serez sur la terrasse, vous verrez devant vous une niche, et dans la niche une lampe allumée. Prenez la lampe, éteignez-la, et quand vous aurez jeté votre lumignon et versé la liqueur, mettez-la dans votre sein et apportez-la moi. »

En achevant ces paroles, le magicien tira un anneau qu'il avait au doigt et le mit à celui d'Aladdin, en lui disant que c'était un préservatif contre tout ce qui pourrait lui arriver de mal, en observant bien tout ce qu'il venait de lui prescrire. « Allez, mon enfant, lui dit-il, descendez hardiment; nous allons être riches l'un et l'autre pour toute notre vie. »

Aladdin sauta légèrement dans le caveau et il descendit jusqu'au bas des degrés : il trouva les trois salles dont le magicien africain lui avait fait la description. Il passa au travers, traversa le jardin sans s'arrêter, prit la lampe allumée dans la niche, jeta le lumignon et la liqueur et il la mit dans son sein; il descendit de la terrasse et il s'arrêta dans le jardin à en considérer les fruits, qu'il n'avait vus qu'en passant. Les arbres de ce jardin étaient chargés de fruits extraordinaires, et ces fruits étaient d'une grosseur et d'une perfection telle qu'on n'avait rien vu de pareil dans le monde. Aladdin en emplit ses deux poches et deux bourses toutes neuves que le magicien lui avait achetées, reprit en diligence le chemin des trois salles, et, après avoir passé à travers, il remonta par où il était descendu, et se présenta à l'entrée du caveau, où le magicien l'attendait avec impatience. Aussitôt qu'Aladdin l'aperçut : « Mon oncle, lui dit-il, je vous prie de me donner la main pour m'aider à monter. » Le magicien africain lui dit : « Mon fils, donnez-moi la lampe auparavant, elle pourrait vous embarrasser.—Pardonnez-moi, mon oncle, reprit Aladdin, elle ne m'embarrasse pas ; je vous la donnerai dès que je serai monté. » Le magicien s'opiniâtra à vouloir qu'Aladdin lui remît la lampe avant de le tirer du caveau, et Aladdin, qui avait embarrassé cette lampe avec les fruits, refusa absolument de la donner qu'il ne fût hors du caveau. Alors le magicien africain, au désespoir de sa résistance, entra dans une furie épouvantable; il jeta de son parfum sur le feu, qu'il avait eu soin d'entretenir, et, à peine eut-il prononcé deux paroles magiques, que la pierre qui servait à fermer l'entrée du caveau se remit à sa place, avec la terre par dessus, au même état qu'elle était à l'arrivée du magicien et d'Aladdin.

L'Afrique est le pays où l'on est plus entêté de la magie que partout ailleurs. Le magicien s'y était appliqué dès sa jeunesse, et, après quarante années d'enchantements, de géomancie et de lecture de livres de magie, il était enfin parvenu à découvrir qu'il y avait dans le monde une lampe merveilleuse dont la possession le rendrait plus puissant qu'aucun monarque de l'univers. Par une dernière opération de géomancie, il avait connu que cette lampe était dans un souterrain au milieu de la Chine, à l'endroit que nous venons de voir. Bien persuadé de la vérité de cette découverte, il était parti de l'Afrique et était arrivé à la ville qui était si voisine du trésor. Mais, quoique la lampe fût dans le lieu dont il avait connaissance, il ne lui

était pas permis de l'enlever lui-même, il fallait
qu'un autre l'allât prendre et la lui mît entre les
mains. C'est pourquoi il s'était adressé à Aladdin,
bien résolu, dès qu'il aurait la lampe, de prononcer les paroles magiques qui devaient faire l'effet
que nous avons vu, et sacrifier le pauvre Aladdin
à son avarice et à sa méchanceté. Quand il vit ses
grandes espérances échouées, il n'eut pas d'autre
parti à prendre que celui de retourner en Afrique :
c'est ce qu'il fit dès le même jour.

Selon toutes les apparences, on ne devait plus
entendre parler d'Aladdin ; mais celui-là même
qui avait cru le perdre, n'avait pas fait attention
qu'il lui avait mis au doigt un anneau qui devait
servir à le sauver. Aladdin, qui ne s'attendait pas
à la méchanceté de son faux oncle, fut dans un
étonnement qu'il est aisé d'imaginer, quand il se
vit enterré tout vif. Il appela mille fois son oncle,
en criant qu'il était prêt à lui donner la lampe ;
mais ses cris ne pouvaient plus être entendus ;
ainsi il demeura dans l'obscurité. Enfin, après avoir
donné quelque relâche à ses larmes, il descendit
jusqu'au bas du caveau pour aller chercher la lumière dans le jardin où il avait passé; mais le mur,
qui s'était ouvert par enchantement, s'était refermé
par un autre enchantement. Il tâtonne devant lui,
à droite et à gauche, et ne trouve plus de porte ;
il redouble ses cris et ses pleurs et il s'asseoit sur
les degrés du caveau, avec la triste certitude de
passer des ténèbres à une mort prochaine. Aladdin demeura deux jours sans manger et sans boire;
le troisième jour enfin, en regardant la mort comme
inévitable, il éleva les mains en les joignant, et,
avec une résignation entière à la volonté de Dieu,
il s'écria : « *Il n'y a de force et de puissance qu'en
Dieu le haut, le grand.* »

2.

Dans cette action il trotta, sans y penser, l'anneau que le magicien africain lui avait mis au doigt. Aussitôt un génie d'une figure énorme et d'un regard épouvantable s'éleva devant lui comme de dessous terre, et dit à Aladdin ces paroles : « *Que veux-tu ? me voici prêt à t'obéir comme ton esclave, et l'esclave de tous ceux qui ont l'anneau au doigt.* » En toute autre occasion, Aladdin, qui n'était pas accoutumé à de pareilles visions, eût pu être saisi de frayeur, mais, occupé uniquement du danger présent où il était, il répondit sans hésiter : « Qui que tu sois, fais moi sortir de ce lieu si tu en as le pouvoir. » A peine eut-il prononcé ces paroles, que la terre s'ouvrit et qu'il se trouva hors du caveau, et à l'endroit justement où le magicien l'avait amené. Aladdin fut fort surpris de ne pas voir d'ouverture sur la terre ; il n'y eut que la place où les broussailles avaient été allumées qui lui fit reconnaître à peu près où était le caveau ; ensuite, en se tournant du côté de la ville, il aperçut le chemin par où le magicien africain l'avait amené. Il le reprit, en rendant grâces à Dieu de se revoir au monde. Il arriva jusqu'à la ville et se traîna chez lui avec bien de la peine. Sa mère, qui l'avait déjà pleuré comme perdu, en le voyant en cet état, n'oublia aucun soin pour le soulager. « Ma mère, dit-il, avant toute chose, je vous prie de me donner à manger ; il y a trois jours que je n'ai pris quoi que ce soit. » Sa mère lui apporta ce qu'elle avait. « Mon fils, lui dit-elle, je suis toute consolée de vous revoir, après l'affliction où je me suis trouvée depuis vendredi, dès que j'eus vu qu'il était nuit et que vous n'étiez pas revenu à la maison. » Aladdin mangea peu à peu et il but à proportion. Quand il eut

achevé, il raconta à sa mère tout ce qui lui était
arrivé avec le magicien depuis le vendredi qu'il
était venu le prendre pour le mener avec lui voir
les palais et les jardins, ce qui lui arriva dans le
chemin jusqu'à l'endroit des deux montagnes où
se devait opérer le grand prodige du magicien ;
comment la terre s'était ouverte en un instant et
avait fait voir l'entrée d'un caveau qui conduisait
à un trésor inestimable. Il n'oublia pas le soufflet
qu'il avait reçu du magicien, et de quelle manière
il l'avait engagé par de grandes promesses, en lui
mettant l'anneau au doigt, à descendre dans le caveau. Il n'omit aucune circonstance de tout ce
qu'il avait vu en passant dans les trois salles, dans
le jardin et sur la terrasse où il avait pris la lampe
merveilleuse, qu'il montra à sa mère en la retirant
de son sein, aussi bien que les fruits de différentes
couleurs qu'il avait cueillis dans le jardin, auxquels il joignit deux bourses pleines qu'il donna à
sa mère, et dont elle fit peu de cas. Ces fruits
étaient cependant des pierres précieuses : l'éclat
brillant comme le soleil qu'ils rendaient à la faveur
d'une lampe qui éclairait la chambre, devait faire
juger de leur grand prix ; mais la mère d'Aladdin
n'avait pas sur cela plus de connaissance que son
fils, ce qui fit qu'Aladdin les mit derrière un des
coussins du sofa sur lequel il était assis. Il acheva
le récit de son aventure en lui représentant l'état
malheureux où il s'était trouvé lorsqu'il s'était vu
enterré tout vivant dans le fatal caveau, jusqu'au
moment qu'il en était sorti et que, pour ainsi dire,
il était revenu au monde par l'attouchement de
son anneau, dont il ne connaissait pas encore la
vertu.

La mère d'Aladdin écouta sans l'interrompre ce

récit merveilleux et si affligeant pour une mère qui aimait son fils malgré ses défauts. « Béni soit Dieu, lui dit-elle, qui n'a pas voulu que la méchanceté de ce magicien eût son effet contre vous. Vous devez bien le remercier de la grâce qu'il vous a faite ! » Elle dit encore beaucoup de choses, mais, en parlant, elle s'aperçut qu'Aladdin, qui n'avait pas dormi depuis trois jours, avait besoin de repos. Elle le fit coucher et, peu de temps après, elle se coucha aussi.

Aladdin dormit toute la nuit d'un profond sommeil et ne se réveilla que le lendemain fort tard. Il se leva, et la première chose qu'il dit à sa mère ce fut qu'il avait besoin de manger. « Hélas ! mon fils, lui répondit sa mère, je n'ai seulement pas un morceau de pain à vous donner ; vous mangeâtes hier le peu de provisions qu'il y avait dans la maison ; mais je ne serai pas longtemps à vous en apporter : j'ai un peu de fil de coton de mon travail, je vais le vendre afin de vous acheter du pain et quelque chose pour notre dîner. — Ma mère, reprit Aladdin, réservez votre fil de coton pour une autre fois, et donnez-moi la lampe que j'ai apportée hier ; j'irai la vendre, et l'argent que j'en aurai servira à nous avoir de quoi déjeuner et dîner, et peut-être de quoi souper. »

La mère d'Aladdin prit la lampe où elle l'avait mise. « La voilà, dit-elle à son fils, mais elle est bien sale ; pour peu qu'elle soit nettoyée, je crois qu'elle en vaudra davantage. » Elle prit de l'eau et un peu de sable fin pour la nettoyer ; mais à peine eut-elle commencé à frotter cette lampe, qu'en un instant un génie hideux et d'une grandeur gigantesque s'éleva devant elle et lui dit d'une voix tonnante : « *Que veux-tu, me voici prêt à t'obéir comme ton esclave et de tous ceux qui ont la lampe à la main, moi avec les autres esclaves de la lampe !* »

La mère d'Aladdin n'était pas en état de répondre, sa vue n'ayant pu soutenir la figure hideuse du génie, et sa frayeur avait été si grande dès les premières paroles qu'il avait prononcées, qu'elle était tombée évanouie.

Aladdin, qui avait déjà eu une apparition semblable dans le caveau, se saisit promptement de la lampe, et il répondit d'un ton ferme : « J'ai faim, apporte-moi de quoi manger. » Le génie disparut, et un instant après il revint chargé d'un grand bassin d'argent qu'il portait sur sa tête, avec douze plats couverts de même métal, pleins d'excellents mets arrangés dessus, avec six grands pains blancs comme neige sur les plats, deux bouteilles de vin exquis, et deux tasses d'argent à la main. Il posa le tout sur le sofa et il disparut. Cela se fit en si peu de temps que la mère d'Aladdin n'était pas revenue de son évanouissement quand le génie disparut pour la seconde fois. Aladdin, qui avait déjà commencé de lui jeter de l'eau sur le visage sans effet, se mit en devoir de recommencer pour la faire revenir; mais, soit que les esprits qui étaient dissipés se fussent enfin réunis, ou que l'odeur des mets que le génie venait d'apporter y eût contribué, elle revint dans le moment. « Ma mère, lui dit Aladdin, cela n'est rien; levez-vous et venez manger; voici de quoi vous remettre le cœur. Ne laissons pas refroidir de si bons mets et mangeons. » La mère d'Aladdin fut extrêmement surprise quand elle sentit l'odeur délicieuse qui s'exhalait de ces plats. « Mon fils, demanda-t-elle à Aladdin, d'où nous vient cette abondance, et à qui en sommes-nous redevables? — Ma mère, reprit Aladdin, mettons-nous à table et mangeons; vous en avez besoin aussi bien que moi. Je vous dirai ce que vous me demandez quand nous aurons déjeuné. » Ils se mirent à table et ils mangèrent avec d'autant plus d'appétit que la mère et le fils ne s'étaient jamais trouvés à une table si bien fournie. Aladdin et sa mère, qui ne croyaient faire qu'un simple déjeuner, se trouvaient encore à table à l'heure du dîner, des mets si excellents les ayant mis en appétit.

La mère d'Aladdin desservit et vint s'asseoir sur le sofa auprès de son fils. « Aladdin, lui dit-elle, j'attends que vous satisfassiez à l'impatience où je suis d'entendre le récit que vous m'avez promis. » Aladdin lui raconta exactement tout ce qui s'était passé entre le génie et lui pendant son évanouissement.

La mère d'Aladdin était dans un grand étonnement du discours de son fils et de l'apparition du génie. « Mais, mon fils, reprit-elle, par quelle aventure ce vilain génie est-il venu se présenter à moi plutôt qu'à vous? — Ma mère, répartit Aladdin, le génie qui vient de vous apparaître n'est pas le même qui m'est apparu. Si vous vous en souvenez, celui que j'ai vu s'est dit esclave de l'anneau que j'ai au doigt, et celui que vous venez de voir s'est dit esclave de la lampe que vous aviez à la main. Mais je ne crois pas que vous l'ayez entendu : il me semble en effet que vous vous êtes évanouie dès qu'il a commencé à parler. — Quoi! s'écria la mère d'Aladdin, c'est donc votre lampe qui est cause que ce maudit génie s'est adressé à moi. Ah! mon fils, ôtez-la de devant mes yeux, je ne veux plus y toucher. J'aime mieux qu'elle soit jetée ou vendue , que de courir le risque de mourir de frayeur en la touchant.

— Ma mère, reprit Aladdin, je me garderais bien présentement de vendre, comme j'étais prêt à le faire tantôt, une lampe qui va nous être si utile à vous et à moi. Ne voyez-vous pas ce qu'elle vient de nous procurer? Il faut qu'elle continue de nous nourrir et de nous entretenir. Puisque le hasard nous en a fait découvrir la vertu, faisons-en un usage qui nous soit profitable, mais d'une manière qui soit sans éclat, et qui ne nous attire pas l'envie et la jalousie de nos voisins. Je veux bien l'ôter de devant vos yeux, et la mettre dans un lieu où je la trouverai quand il en sera besoin, puisque les génies vous font tant de frayeur. » Comme le raisonnement d'Aladdin paraissait assez juste, sa mère n'eut rien à y répliquer.

Le lendemain au soir, après le souper, il ne resta rien de la bonne provision que le génie avait apportée. Le jour suivant, Aladdin, qui ne voulait pas attendre que la faim le pressât, prit un des plats d'argent sous sa robe, et sortit le matin pour l'aller vendre. Il s'adressa à un juif, et, en lui montrant le plat, il lui demanda s'il voulait l'acheter. Le juif, rusé et adroit, prend le plat, l'examine, et il n'eut pas plutôt connu qu'il était de bon argent qu'il demanda à Aladdin combien il l'estimait. Aladdin qui n'en connaissait pas la valeur, se contenta de lui dire qu'il savait bien lui-même ce que ce plat pouvait valoir, et qu'il s'en rapportait à sa bonne foi. Le juif se trouva embarrassé de l'ingénuité d'Aladdin. Dans l'incertitude où il était de savoir si Aladdin en connaissait la valeur, il tira de sa poche une pièce d'or qui ne faisait au plus que la soixante-douzième partie de la valeur du plat, et il la lui présenta. Aladdin prit la pièce avec un grand empressement. En s'en retournant chez sa mère, il s'arrêta à la boutique d'un boulanger chez qui il fit la provision de pain, et qu'il paya sur sa pièce d'or. En arrivant, il donna le reste à sa mère, qui alla au marché acheter les provisions nécessaires pour vivre tous les deux pendant quelques jours. Ils continuèrent ainsi à vivre de ménage, c'est-à-dire qu'Aladdin vendit tous les plats au juif l'un après l'autre, jusqu'au douzième, de la même manière qu'il avait fait le premier. Quand l'argent du dernier plat fut dépensé, Aladdin eut recours au bassin, qui pesait dix fois autant que chaque plat. Il alla chercher le juif, qu'il amena chez sa mère, et le juif, après avoir examiné le poids du bassin, lui compta sur le champ dix pièces d'or, dont Aladdin se contenta.

Quand il ne resta plus rien des dix pièces d'or, Aladdin eut recours à la lampe; il la prit, chercha l'endroit que sa mère avait touché, et le reconnut à l'impression que le sable y avait laissée; il la frotta comme elle avait fait, et aussitôt le génie qui s'était déjà fait voir se présenta devant lui : « *Que veux-tu?* lui dit-il dans les mêmes termes qu'auparavant, *me voici prêt à t'obéir comme ton esclave et celui de tous ceux qui ont la lampe à la main, moi et les autres esclaves de la lampe comme moi!* »

Aladdin lui dit : « J'ai faim, apporte-moi de quoi manger. » Le génie disparut et, peu de temps après, il reparut chargé d'un service de table pareil à celui qu'il avait apporté la première fois; il le posa sur le sofa, et dans le moment il disparut. Aladdin et sa mère se mirent à table, et,

après le repas, il leur resta de quoi vivre les deux
jours suivants. Dès qu'Aladdin vit qu'il n'y avait
plus dans la maison ni pain ni autres provisions,
ni argent pour en avoir, il prit un plat d'argent et
alla chercher le juif pour le lui vendre. En y allant, il passa devant la boutique d'un orfèvre honnête homme et d'une grande probité. L'espérance
de faire plus d'argent du plat fit qu'Aladdin le
montra à l'orfèvre et lui proposa de le lui vendre.
L'orfèvre prit la balance; il pesa le plat, il valait
soixante-douze pièces d'or, qu'il lui compta sur-
le-champ en espèces. « Voilà, dit-il, la juste valeur
de votre plat. » Aladdin remercia bien fort l'orfèvre, et dans la suite il ne s'adressa plus qu'à lui
pour lui vendre son argenterie, qui lui fut toujours
payée à proportion de son poids. Quoique Aladdin
et sa mère eussent une source intarissable d'argent en leur lampe pour s'en procurer tant qu'ils
voudraient, ils continuèrent néanmoins de vivre
toujours avec la même frugalité qu'auparavant, à
la réserve de ce qu'Aladdin mettait à part pour
s'entretenir honnêtement et pour se pourvoir des
commodités nécessaires dans leur petit ménage.
Avec une conduite si sobre, il est aisé de juger
combien de temps l'argent des douze plats et du
bassin, selon le prix qu'Aladdin les avait vendus à
l'orfèvre, devait leur avoir duré. Ils vécurent de
la sorte pendant quelques années, avec le secours
du bon usage qu'Aladdin faisait de la lampe de
temps en temps.

Dans cet intervalle, Aladdin, qui ne fréquentait
plus depuis longtemps les enfants de son âge, se
trouvait au contraire avec beaucoup d'assiduité
au rendez-vous des personnes de distinction dans
les boutiques des plus gros marchands. Ce fut par-

3

ticulièrement chez les joailliers qu'il apprit que les fruits transparents qu'il avait cueillis dans le jardin où il avait été prendre la lampe, étaient des pierres de grand prix. A force de voir vendre et acheter de toutes sortes de pierreries, il en apprit la valeur, et comme il n'en voyait pas de pareilles aux siennes, ni en beauté ni en grosseur, il comprit qu'il possédait un trésor inestimable. Il eut la prudence de n'en parler à personne, pas même à sa mère.

Un jour, en se promenant dans un quartier de la ville, Aladdin entendit publier à haute voix un ordre du sultan de fermer les boutiques et les portes des maisons, et de se renfermer chacun chez soi jusqu'à ce que la princesse Badroulboudour, fille du sultan, fût passée pour aller au bain et qu'elle en fût revenue. Ce cri public fit naître à Aladdin la curiosité de voir la princesse au découvert. Pour se satisfaire, il s'avisa d'un moyen qui lui réussit : il alla se placer derrière la porte du bain, qui était disposée de manière qu'il ne pouvait manquer de la voir venir en face. Aladdin n'attendit pas longtemps : la princesse parut, et il la vit venir au travers d'une fente assez grande pour voir sans être vu. Elle était accompagnée d'une grande foule de ses femmes et d'eunuques. Quand elle fut à trois ou quatre pas du bain, elle ôta le voile qui lui couvrait le visage, et de la sorte elle donna lieu à Aladdin de la voir d'autant plus à son aise qu'elle venait droit à lui.

Lorsque Aladdin eut vu la princesse Badroulboudour, il perdit la pensée qu'il avait que toutes les femmes dussent ressembler à peu près à sa mère; ses sentiments se trouvèrent bien différents, et son cœur ne put refuser toutes ses inclinations à l'objet qui venait de le charmer. En effet, la princesse était la plus belle brune que l'on pût voir : elle avait les yeux grands, vifs et brillants, le regard doux et modeste, le nez d'une juste proportion, la bouche petite, les lèvres vermeilles et toutes charmantes par leur agréable symétrie ; en un mot, tous les traits de son visage étaient d'une régularité accomplie. On ne doit donc pas s'étonner si Aladdin fut ébloui et presque hors de lui-même à la vue de l'assemblage de tant de merveilles qui lui étaient inconnues. Avec toutes ces perfections, la princesse avait encore une riche taille, un port et un air majestueux, qui, à la voir seulement, lui attirait le respect qui lui était dû. Quand la princesse fut entrée dans le bain, Aladdin demeura quelque temps interdit et comme en extase, en s'imprimant profondément l'idée d'un objet dont il était charmé et pénétré jusqu'au fond du cœur.

Aladdin, en rentrant chez lui, ne put cacher son trouble, sa mère s'en aperçut. Surprise de le voir ainsi triste et rêveur, elle lui demanda s'il lui était arrivé quelque chose, ou s'il se trouvait indisposé ; mais Aladdin ne lui fit aucune réponse et il s'assit négligemment sur le sofa, où il demeura dans la même situation, toujours occupé à se retracer l'image charmante de la princesse Badroulboudour.

Après le souper, il prit le parti de s'aller coucher plutôt que de donner à sa mère la moindre satisfaction sur sa situation.

Sans examiner comment Aladdin, épris de la beauté et des charmes de la princesse Badroulboudour, passa la nuit, nous remarquerons seulement que le lendemain, comme il était assis sur le sofa

vis-à-vis de sa mère, il lui parla en ces termes :
« Ma mère, je romps enfin le silence que j'ai gardé
depuis hier ; il vous a fait de la peine, et je m'en
suis aperçu. Je n'étais pas malade, comme vous
l'avez cru, mais je ne puis vous dire ce que je
sentais, et ce que je ne cesse encore de sentir est
quelque chose de pire qu'une maladie. Je ne sais
pas bien quel est ce mal, mais je ne doute pas que
ce que vous allez entendre ne vous le fasse connaître. On n'a pas su dans le quartier, continua
Aladdin, qu'hier la princesse Badroulboudour,
fille du sultan, alla au bain. J'appris cette nouvelle
en me promenant par la ville. On publia un ordre
de fermer les boutiques et de se retirer chacun
chez soi, pour rendre à cette princesse l'honneur
qui lui est dû. Comme je n'étais pas éloigné du
bain, la curiosité de la voir me fit naître la pensée
d'aller me placer derrière la porte du bain, en
faisant réflexion qu'il pouvait arriver qu'elle ôte-
rait son voile quand elle serait près d'y entrer. Ce
que je m'étais imaginé arriva ; elle ôta son voile en
entrant, et j'eus le bonheur de voir cette admirable
princesse avec la plus grande satisfaction du monde.
Voilà, ma mère, le grand motif de l'état où vous
me vîtes hier quand je rentrai, et le sujet du silence que j'ai gardé jusqu'à présent. J'aime la
princesse d'un amour dont la violence est telle que
je ne saurais vous l'exprimer ; et comme ma passion vive et ardente augmente à tout moment, je
sens qu'elle ne peut être satisfaite que par la possession de l'aimable princesse Badroulboudour ; ce
qui fait que j'ai pris la résolution de la faire demander en mariage au sultan.
» La mère d'Aladdin avait écouté le discours de
son fils avec attention jusqu'à ces dernières paro-

lès ; mais quand elle eut entendu que son dessein était de faire demander la princesse Badroulbou- dour en mariage, elle ne put s'empêcher de l'in- terrompre par un grand éclat de rire. Aladdin voulut poursuivre, mais, en l'interrompant encore : « Eh ! mon fils, lui dit-elle, à quoi pensez-vous ? Il faut que vous ayez perdu l'esprit pour me tenir un pareil discours ! — Ma mère, reprit Aladdin, je puis vous assurer que je n'ai pas perdu l'esprit ; je suis dans mon bon sens. J'ai prévu les repro- ches de folie et d'extravagance que vous me faites et ceux que vous pourriez me faire ; mais tout cela ne m'empêchera pas de vous dire encore une fois que ma réso'ution est bien prise de faire demander au sultan la princesse Badroulboudour en mariage. — En vérité, mon fils, repartit la mère très sé- rieusement, je ne saurais m'empêcher de vous dire que vous vous oubliez entièrement ; et quand même vous voudriez exécuter cette résolution, je ne vois pas par qui vous oseriez faire faire cette demande au sultan. — Par vous-même, répliqua aussitôt le fils sans hésiter. — Par moi ! s'écria la mère d'un air de surprise et d'étonnement, et au sultan ! Ah ! je me garderai bien de m'engager dans une pareille entreprise ! Et qui êtes-vous, mon fils, continua- t-elle, pour avoir la hardiesse de penser à la fille de votre sultan ? Avez-vous oublié que vous êtes fils d'un tailleur des moindres de sa capitale, et d'une mère dont les ancêtres n'ont pas été d'une naissance plus relevée ? Savez-vous que les sul tans ne daignent pas donner leurs filles en mariage à des fils de sultans qui n'ont pas l'espérance de régner un jour comme eux — Ma mère, répliqua Aladdin, je vous ai dit que j'ai prévu tout ce que vous venez de me dire, et je dis la même chose de

3.

tout ce que vous pourrez y ajouter : vos discours ni vos remontrances ne me feront pas changer de sentiment. Je vous ai dit que je ferais demander la princesse Badroulboudour en mariage par votre entremise : c'est une grâce que je vous demande avec tout le respect que je vous dois, et je vous supplie de ne me la pas refuser, à moins que vous n'aimiez mieux me voir mourir que de me donner la vie une seconde fois.

La mère d'Aladdin se trouva fort embarrassée quand elle vit l'opiniâtreté avec laquelle Aladdin persistait dans un dessein si éloigné du bon sens. « Mon fils, lui dit-elle encore, comme une bonne mère qui vous a mis au monde, il n'y a rien de raisonnable ni de convenable que je ne sois prête à faire pour l'amour de vous ; mais, sans faire réflexion sur la bassesse de votre naissance, sur le peu de mérite et de biens que vous avez, vous prenez votre vol jusqu'au plus haut degré de la fortune, et vos prétentions ne sont pas moindres que de vouloir demander en mariage la fille de votre souverain. Comment une pensée aussi extraordinaire que celle de vouloir que j'aille faire la proposition au sultan de vous donner la princesse sa fille en mariage, a-t-elle pu vous venir dans l'esprit ? Je suppose que j'aie, je ne dis pas la hardiesse, mais l'effronterie d'aller me présenter devant sa majesté pour lui faire une demande si extravagante, croyez-vous que le premier à qui j'en parlerais ne me traitât pas de folle et ne me chassât pas indignement comme je le mériterais ? Je suppose encore qu'il n'y ait pas de difficultés de se présenter à l'audience du sultan, je sais que, quand on se présente à lui pour lui demander une grâce, il l'accorde avec plaisir quand il voit qu'on l'a bien méritée et qu'on en est digne. Mais êtes-vous dans ce cas-là, et croyez-vous avoir mérité la grâce que vous voulez que je demande pour vous? En êtes-vous digne? Qu'avez-vous fait pour votre prince ou votre patrie? Si vous n'avez rien fait pour mériter une si grande grâce, avec quel front pourrai-je la demander? Il y a une autre raison, mon fils, à laquelle vous ne pensez pas, qui est qu'on ne se présente pas devant nos sultans sans un présent à la main quand on a quelque grâce à leur demander. Les présents ont au moins cet avantage que, s'ils refusent la grâce pour les raisons qu'ils peuvent avoir, ils écoutent au moins la demande et celui qui la fait, sans aucune répugnance. Mais quel présent avez-vous à faire qui soit en proportion avec la demande que vous voulez lui faire? Rentrez en vous-même, et songez que vous aspirez à une chose qu'il vous est impossible d'obtenir. »

Aladdin écouta fort tranquillement tout ce que sa mère put lui dire pour le détourner de son dessein. « J'avoue, ma mère, que c'est une grande témérité à moi d'oser porter mes prétentions aussi loin, et une grande inconsidération d'avoir exigé de vous d'aller faire la proposition de mon mariage au sultan, sans prendre auparavant les moyens propres à vous procurer une audience et un accueil favorable. Je vous en demande pardon. Ne vous étonnez pas d'abord si je n'ai pas envisagé tout ce qui peut servir à me procurer le repos que je cherche. Vous me dites que ce n'est pas la coutume de se présenter devant le sultan sans un présent à la main, et que je n'ai rien qui soit digne de lui. Croyez-vous, ma mère, que ce que j'ai apporté le jour que je fus délivré d'une mort inévitable de la manière que vous savez, ne soit pas de quoi faire un présent très agréable au sultan ? Je parle de ce que j'ai apporté dans les deux bourses et dans ma ceinture, et que nous avons pris, vous et moi, pour des verres colorés, des pierreries d'un prix inestimable, qui ne conviennent qu'à de grands monarques. J'en ai connu le mérite en fréquentant les boutiques de joailliers. Quoi qu'il en puisse être, autant que je puis en juger par le peu d'expérience que j'en ai, je suis persuadé que le présent ne peut être que très agréable au sultan. Vous avez une porcelaine assez grande pour les contenir ; apportez-la et voyons l'effet qu'elles feront quand nous les y aurons arrangées. »

La mère d'Aladdin apporta la porcelaine, et Aladdin tira les pierreries des deux bourses et les arrangea dans la porcelaine. L'effet qu'elles firent au grand jour par la variété de leurs couleurs, par leur éclat et par leur brillant fut tel, que la mère et le fils en demeurèrent presque éblouis. Ils en furent dans un grand étonnement, car ils ne les avaient vues l'un et l'autre qu'à la lumière d'une lampe. Il est vrai qu'Aladdin les avaient vues chacune sur leur arbre; comme il était encore enfant, il n'avait regardé ces pierreries que comme des bijoux propres à jouer, et il ne s'en était chargé que dans cette vue et sans autre connaissance. Après avoir admiré quelque temps la beauté du présent, Aladdin reprit la parole : « Ma mère, dit-il, vous ne vous excuserez plus d'aller vous présenter au sultan sous prétexte de n'avoir pas un présent à lui faire : en voilà un, ce me semble, qui fera que vous serez reçue avec un accueil des plus favorables. — Mon fils, répondit-elle, je n'ai pas de peine à concevoir que le présent fera son

effet, et que le sultan voudra bien me recevoir;
mais quand il faudra que je m'acquitte de la de
mande que vous voulez que je lui fasse, je sens
bien que je n'en aurai pas la force. Ainsi, non-
seulement j'aurai perdu mes pas, mais même le
présent. Mais, ajouta-t-elle, je veux me faire violence pour me soumettre à votre volonté; il arrivera très certainement, ou que le sultan se mo-
quera de moi et me renverra comme une folle, ou
qu'il se mettra dans une juste colère, dont immanqua-
blement nous serons, vous et moi, les victi-
mes. »

La mère d'Aladdin dit encore à son fils plusieurs
autres raisons pour tâcher de le faire changer de
sentiment; mais les charmes de la princesse Badroulboudour avaient fait une impression trop
forte dans son cœur pour le détourner de son dessein. Il persista à exiger de sa mère qu'elle exécu-
tât ce qu'il avait résolu, et, par tendresse, elle
vainquit sa répugnance et elle condescendit à la
volonté de son fils. Comme il était trop tard et que
le temps d'aller au palais pour se présenter au
sultan ce jour-là était passé, la chose fut remise au
lendemain. La mère et le fils ne s'entretinrent
d'autre chose le reste de la journée. Malgré toutes
les raisons du fils, la mère ne pouvait se persuader qu'elle pût jamais réussir dans cette affaire.
« Mon fils, dit-elle à Aladdin, si le sultan me reçoit aussi favorablement que je le souhaite, s'il
écoute tranquillement la proposition que vous voulez que je lui fasse, si, après ce bon accueil, il s'a-
vise de me demander où sont vos biens, vos richesses et vos états, car c'est de quoi il s'informera
avant toutes choses; si, dis-je, il me fait cette demande, que voulez-vous que je lui réponde? —

Ma mère, répondit Aladdin, voyons premièrement l'accueil que nous fera le sultan et la réponse qu'il vous donnera. S'il arrive qu'il veuille être informé de tout ce que vous venez de dire, je verrai alors la réponse que j'aurai à lui faire. J'ai confiance que la lampe par le moyen de laquelle nous vivons depuis quelques années, ne me manquera pas dans le besoin. » La mère d'Aladdin fit la réflexion que la lampe dont il parlait pouvait bien servir à de plus grandes merveilles qu'à leur procurer simplement de quoi vivre. Cela la satisfit et leva en même temps toutes les difficultés qui auraient pu la détourner du service qu'elle avait promis de rendre à son fils auprès du sultan. Aladdin, qui pénétra dans la pensée de sa mère, lui dit : « Ma mère, souvenez-vous de garder le secret; c'est de là que dépend tout le bon succès que nous devons attendre de cette affaire. » Aladdin et sa mère se séparèrent pour prendre quelque repos; mais l'amour violent dont le fils avait le cœur tout rempli l'empêcha de dormir tranquillement. Il se leva avant le jour et alla aussitôt éveiller sa mère. Il la pressa de s'habiller afin d'aller se rendre à la porte du palais du sultan et d'y entrer à l'ouverture. La mère d'Aladdin fit tout ce que son fils voulut. Elle prit la porcelaine où était le présent de pierreries, l'enveloppa dans un double linge très fin et très propre, et partit enfin à la grande satisfaction d'Aladdin. La foule de tous ceux qui avaient des affaires au divan était grande. On ouvrit, et elle marcha avec eux jusqu'au divan. Elle s'arrêta et se rangea de manière qu'elle avait en face le sultan, le grand visir et les seigneurs qui avaient séance au conseil, à droite et à gauche. On appela les parties selon l'ordre des requêtes qu'elles avaient

présentées, et leurs affaires furent plaidées et jugées jusqu'à l'heure ordinaire de la séance du divan. Alors le sultan se leva, congédia le conseil et
rentra dans son appartement, où il fut suivi par
le grand-visir. Les autres visirs et les ministres du
conseil se retirèrent. Tous ceux qui s'y étaient
trouvés pour des affaires particulières firent la même
chose, les uns contens du gain de leur procès, les
autres mal satisfaits du jugement porté contre eux,
et d'autres enfin avec l'espérance d'être jugés dans
une autre séance.

La mère d'Aladdin, qui avait vu le sultan se
lever et se retirer, jugea bien qu'il ne reparaîtrait
pas davantage ce jour-là en voyant tout le monde
sortir; ainsi elle prit le parti de retourner chez
elle. Aladdin, qui la vit rentrer avec le présent
destiné au sultan, ne sut d'abord que penser du
succès de son voyage. Dans la crainte où il était
qu'elle n'eût quelque chose de sinistre à lui annoncer, il n'avait pas la force d'ouvrir la bouche pour
lui demander quelle nouvelle elle lui apportait. La
bonne mère, qui n'avait jamais mis le pied dans le
palais du sultan, et qui n'avait pas la moindre
connaissance de ce qui s'y pratiquait ordinairement, tira son fils de l'embarras où il était en lui
disant avec une grande naïveté : « Mon fils, j'ai
vu le sultan et je suis bien persuadée qu'il m'a
vue aussi. J'étais placée devant lui, et personne
ne l'empêchait de me voir; mais il était si fort occupé par tous ceux qui lui parlaient à droite et à
gauche, qu'il me faisait compassion de voir la peine
et la patience qu'il se donnait à les écouter. Cela
a duré si longtemps qu'à la fin je crois qu'il s'est
ennuyé, car il s'est levé sans qu'on s'y attendît, et
il s'est retiré assez brusquement, sans vouloir en-

tendre quantité d'autres personnes qui étaient en rang pour lui parler à leur tour. Cela m'a fait cependant un grand plaisir. En effet, je commençais à perdre patience et j'étais extrêmement fatiguée de demeurer debout si longtemps; mais il n'y a rien de gâté; je ne manquerai pas d'y retourner demain, le sultan ne sera peut-être pas si occupé. Quelque amoureux que fût Aladdin, il fut contraint de se contenter de cette excuse et de s'armer de patience. Le lendemain, la mère d'Aladdin alla encore au palais du sultan avec le présent de pierreries, mais elle trouva la porte du divan fermée et elle apprit qu'il n'y avait de conseil que de deux jours l'un. Elle s'en alla porter cette nouvelle à son fils, qui fut obligé de renouveler sa patience. Elle y retourna six autres fois avec aussi peu de succès que la première, et peut-être qu'elle y serait retournée cent fois inutilement si le sultan, qui la voyait toujours vis-à-vis de lui à chaque séance, n'eût fait attention à elle. Ce jour là, après la levée du conseil, quand le sultan fut rentré dans son appartement, il dit à son grand-visir : « Il y a quelque temps que je remarque une femme qui vient régulièrement chaque jour que je tiens mon conseil; elle se tient debout depuis le commencement de l'audience jusqu'à la fin, et affecte toujours de se mettre devant moi : savez-vous ce qu'elle demande? » Le grand-visir, qui n'en savait pas plus que le sultan, ne voulut pas néanmoins demeurer court. « Sire, répondit il, votre majesté n'ignore pas que les femmes forment souvent des plaintes sur des sujets de rien. » Le sultan ne se satisfit pas de cette réponse. « Au premier jour du conseil, reprit-il, si cette femme revient, ne manquez pas de la faire appeler, afin que je l'entende. » Le grand-visir ne lui répondit qu'en baisant la main et en la portant au-dessus de sa tête, pour marquer qu'il était prêt à la perdre, s'il manquait à exécuter l'ordre du sultan.

La mère d'Aladdin s'était déjà fait une habitude si grande de paraître au conseil devant le sultan, qu'elle comptait sa peine pour rien. Elle retourna donc au palais le jour du conseil, et elle se plaça à l'entrée du divan, vis-à-vis du sultan.

Le grand visir n'avait encore commencé à rapporter aucune affaire, quand le sultan aperçut la mère d'Aladdin. Touché de compassion de la longue patience dont il avait été témoin : « Avant toutes choses, de crainte que vous ne l'oubliiez, dit-il au grand-visir, voilà la femme dont je vous parlais dernièrement; faites-la venir et commençons par l'entendre et par expédier l'affaire qui l'amène. » Aussitôt le grand-visir montra cette femme au chef des huissiers, qui était debout, prêt à recevoir ses ordres, et lui commanda d'aller la prendre et de la faire avancer.

Le chef des huissiers vint jusqu'à la mère d'Aladdin; et au signe qu'il lui fit, elle le suivit jusqu'au pied du trône du sultan, où il la laissa pour aller se ranger à sa place, près du grand-visir.

La mère d'Aladdin, instruite par l'exemple de tant d'autres qu'elle avait vus aborder le sultan, se prosterna le front contre le tapis qui couvrait les marches du trône, et elle demeura en cet état jusqu'à ce que le sultan lui commandât de se relever. Elle se releva et alors : « Bonne femme, lui dit le sultan, il y a longtemps que je vous vois venir à mon divan et demeurer à l'entrée depuis le commencement jusqu'à la fin : quelle affaire vous

4

amène ici? » La mère d'Aladdin se prosterna une
seconde fois, et quand elle fut relevée : « Monarque au-dessus des monarques du monde, dit-elle,
avant d'exposer à votre majesté le sujet extraordinaire et même presque incroyable qui me fait paraître devant son trône sublime, je la supplie de
me pardonner la hardiesse de la demande que je
viens de lui faire : elle est si peu commune que je
tremble de la proposer à mon sultan. » Pour lui
donner la liberté entière de s'expliquer, le sultan
commanda que tout le monde sortit du divan et
qu'on le laissât seul avec son grand-visir; et alors
il lui dit qu'elle pouvait parler et s'expliquer sans
crainte. La mère d'Aladdin ne se contenta pas de
la bonté du sultan, qui venait de lui épargner la
peine qu'elle eût pu souffrir en parlant devant
tout le monde : elle voulut encore se mettre à
couvert de l'indignation qu'elle avait à craindre de
la proposition qu'elle devait lui faire. « Sire, dit-
elle en reprenant la parole, j'ose encore supplier
votre majesté, au cas qu'elle trouve la demande
que j'ai à lui faire offensante ou injurieuse en la
moindre chose, de m'assurer auparavant de son
pardon et de m'en accorder la grâce.—Quoi que
ce puisse être, répondit le sultan, je vous le pardonne dès à présent, et il ne vous en arrivera pas
le moindre mal : parlez hardiment. » Quand la
mère d'Aladdin eut pris toutes ces précautions
en femme qui redoutait la colère du sultan sur
une proposition aussi délicate que celle qu'elle
avait à lui faire, elle lui raconta fidèlement dans
quelle occasion Aladdin avait vu la princesse Bas-
droulboudou, l'amour violent que cette vue fatale lui avait inspiré, la déclaration qu'il lui en
avait faite, tout ce qu'elle lui avait représenté,

pour le détourner d'une passion non moins injurieuse à sa majesté qu'à la princesse sa fille. « Mais,
continua-t-elle, mon fils, bien loin d'en profiter et
de reconnaître sa hardiesse, s'est obstiné à y per-
sévérer jusqu'au point de me menacer de quelque
action de désespoir si je refusais de venir demander la princesse en mariage à votre majesté; et ce
n'a été qu'après m'être fait une violence extrême
que j'ai eu cette complaisance pour lui; de quoi je
supplie encore votre majesté de m'accorder le pardon, non-seulement à moi, mais même à Aladdin,
mon fils, d'avoir eu la pensée téméraire d'aspirer
à une si haute alliance. »

Le sultan écouta tout ce discours avec beaucoup
de douceur et de bonté, sans donner aucune marque de colère et d'indignation; mais, avant de
donner réponse à cette bonne femme, il lui demanda ce que c'était que ce qu'elle avait apporté
enveloppé dans un linge. Aussitôt elle prit le vase
en porcelaine, qu'elle avait mis au pied du trône
avant de se prosterner; elle le découvrit et le présenta au sultan. On ne saurait exprimer la surprise et l'étonnement du sultan lorsqu'il vit rassemblées dans ce vase tant de pierreries si précieuses, et d'une grosseur telle qu'on n'en avait
point encore vu de pareilles. Il resta quelque temps
dans une si grande admiration qu'il en était immobile. Après être enfin revenu à lui, il reçut le présent des mains de la mère d'Aladdin en s'écriant :
« Ah! que cela est beau! que cela est riche! »-Après
avoir admiré et manié presque toutes les pierreries l'une après l'autre, il se tourna du côté de
son grand-visir, et en lui montrant le vase : « Eh
bien! que dis-tu d'un tel présent? N'est-il pas digne de la princesse ma fille, et ne puis-je pas la

donner à ce prix-là à celui qui me la fait demander? » Ces paroles mirent le grand-visir dans une
grande agitation. Il y avait quelque temps que le
sultan lui avait fait entendre que son intention
était de donner sa fille en mariage à un fils qu'il
avait. Il craignit que le sultan, ébloui par un présent si extraordinaire, ne changeât de sentiment.
Il s'approcha du sultan et lui dit à l'oreille:« Sire,
on ne peut disconvenir que le présent ne soit digne
de la princesse, mais je supplie votre majesté de
m'accorder trois mois avant de se déterminer: j'espère qu'avant ce temps-là mon fils, sur qui elle
m'a témoigné qu'elle avait jeté les yeux, aura de
quoi lui faire un présent d'un plus grand prix que
celui d'Aladdin. » Le sultan, quoique bien persuadé qu'il n'était pas possible que son grand-visir pût trouver à son fils de quoi faire un présent
d'une aussi grande valeur à la princesse sa fille,
ne laissa pas néanmoins de lui accorder cette grâce.
Ainsi, en se retournant du côté de la mère d'A-
laddin, il lui dit : « Allez, bonne femme, et dites
à votre fils que j'agrée sa proposition, mais que je
ne puis marier la princesse ma fille que je ne lui
aie fait faire un ameublement qui ne sera prêt
que dans trois mois: ainsi, revenez en ce temps-
là. »

La mère d'Aladdin retourna chez elle avec une
joie d'autant plus grande que, par rapport à son
état, elle avait regardé l'accès auprès du sultan
comme impossible, et que d'ailleurs elle avait obtenu une réponse si favorable. Aladdin, quand il
vit entrer sa mère, le visage gai et ouvert : « Eh
bien! ma mère, lui dit-il, dois-je espérer? dois-je
mourir de désespoir?— Mon fils, reprit-elle, pour
ne pas vous tenir longtemps dans l'incertitude, je

commencerai par vous dire que, bien loin de songer à mourir, vous avez tout sujet d'être content. »
Elle lui raconta ensuite de quelle manière elle
avait eu audience avant tout le monde, ce qui était
cause qu'elle était revenue de si bonne heure, les
précautions qu'elle avait prises pour faire au sultan, sans qu'il s'en offensât, la proposition du mariage de la princesse Badroulboudour avec lui, et
la réponse toute favorable que le sultan lui avait
faite de sa propre bouche. « Je m'y attendais d'autant moins, dit-elle encore, que le grand-visir lui
avait parlé à l'oreille avant qu'il me la fit, et que
je craignais qu'il ne le détournât de la bonne volonté qu'il pouvait avoir pour vous. »

Aladdin remercia sa mère de toutes les peines
qu'elle s'était données dans la poursuite de cette affaire, dont l'heureux succès était si important
pour son repos, mais trois mois lui parurent d'une
longueur extrême ; il se disposa néanmoins à attendre avec patience, fondé sur la parole du sultan, qu'il regardait comme irrévocable. Pendant
qu'il comptait les heures, en attendant que le
terme fut passé, environ deux mois s'étaient
écoulés, quand la mère un soir, en voulant allumer la lampe, s'aperçut qu'il n'y avait plus d'huile
dans la maison. Elle sortit pour en aller acheter
dans la ville, et vit que tout y était en fête. En effet, les boutiques étaient ouvertes; on les ornait de
feuillage, on y préparait des illuminations; tout
le monde donnait des démonstrations de joie et de
réjouissance. Elle demanda au marchand chez qui
elle achetait son huile ce que tout cela signifiait.
« D'où venez-vous, ma bonne dame, lui dit-il; ne
savez-vous pas que le fils du grand visir épouse ce
soir la princesse Badroulboudour.

4.

La mère d'Aladdin ne voulut pas en apprendre davantage. Elle revint en grande diligence, apporter à son fils cette nouvelle si fâcheuse et si inattendue. « Mon fils ! s'écria-t-elle, tout est perdu pour vous ! vous comptiez sur la belle promesse du sultan, il n'en sera rien. — Ma mère, reprit il, comment le savez vous ? — Ce soir, repartit la mère, le fils du grand visir épouse la princesse Badroulboudour dans le palais. » A cette nouvelle, Aladdin demeura comme frappé d'un coup de foudre. Tout autre que lui en eût été accablé ; mais il se souvint de la lampe qui lui avait été si utile jusqu'alors ; et sans aucun emportement contre le sultan, le grand-visir, ou le fils de ce ministre, il dit seulement : « Ma mère, le fils du grand-visir ne sera peut-être pas cette nuit aussi heureux qu'il se le promet. Pendant que je vais dans ma chambre un moment, préparez-nous à souper. » La mère d'Aladdin comprit bien que son fils voulait faire usage de la lampe pour empêcher, s'il était possible, que le mariage du fils du grand-visir avec la princesse ne vînt jusqu'à la consommation. En effet, il prit la lampe merveilleuse et la frotta au même endroit que les autres fois. A l'instant le génie paraît devant lui *Que veux-tu ?* dit-il à Aladdin : *me voici prêt à t'obéir comme ton esclave, et celui de tous ceux qui ont la lampe à la main, moi et les autres esclaves de la lampe !*

« Ecoute, lui dit Aladdin, tu m'as apporté de quoi me nourrir quand j'en ai eu besoin ; il s'agit présentement d'une affaire de toute autre importance. J'ai fait demander en mariage au sultan la princesse Badroulboudour sa fille. Il me l'a promise, et il m'a donné un délai de trois mois. Au lieu de tenir sa promesse, ce soir, avant le terme échu, il la marie au fils du grand visir. Ce que je te demande c'est que, dès que les nouveaux époux seront couchés, tu les enlèves et que tu les apportes ici tous deux dans leur lit. — *Maître*. reprit le génie, *je vais t'obéir. As-tu autre chose à me commander?* — Rien autre, repartit Aladdin. » Le génie disparut.

Aladdin revint trouver sa mère, et soupa avec elle avec la même tranquillité qu'il avait coutume de le faire. Après le souper, il retourna à sa chambre, et il laissa sa mère en liberté de se coucher. Pour lui, il attendit le retour du génie, et l'exécution du commandement qui lui avait été fait.

Pendant ce temps-là tout avait été préparé dans le palais du sultan pour la célébration des noces de la princesse, et la soirée se passa en cérémonies et en réjouissances. Quand tout fut achevé, le fils du grand-visir fut introduit adroitement par le chef des eunuques dans l'appartement de la princesse son épouse. Il se coucha le premier. Peu de temps après, la sultane, accompagnée de ses femmes et de celles de la princesse sa fille, amena la nouvelle épouse. Elle faisait de grandes résistances, selon la coutume des nouvelles mariées. La sultane aida à la déshabiller, la mit dans le lit et se retira avec toutes les femmes. A peine furent-elles parties, que le génie, esclave fidèle de la lampe, sans donner le temps à l'époux de faire la moindre caresse à son épouse, enlève le lit avec l'époux et l'épouse, et en un instant le transporte dans la chambre d'Aladdin, où il le pose.

Aladdin ne souffrit pas que le fils du grand-visir demeurât couché avec la princesse. « Prends ce nouvel époux, dit-il au génie, enferme-le dans le privé, et reviens demain matin un peu après la pointe du jour »

Le génie enleva aussitôt le fils du grand-visir hors du lit, et le transporta dans le lieu qu'Aladdin lui avait dit, après avoir jeté sur lui un souffle qui l'empêcha de remuer de la place.

Quelque grande que fut la passion d'Aladdin pour la princesse Badroulboudour, il ne lui tint pas néanmoins un long discours, lorsqu'il se vit seul avec elle : « Ne craignez rien, adorable princesse, lui dit-il d'un air passionné, vous êtes ici en sûreté. Si j'ai été forcé, ajouta-t-il, d'en venir à cette extrémité, ce n'a pas été dans la vue de vous offenser, mais pour empêcher qu'un injuste rival ne vous possédât, contre la parole donnée par le sultan votre père en ma faveur. »

La princesse, qui ne savait rien de ces particularités, fit peu d'attention à tout ce qu'Aladdin lui put dire. La frayeur où elle était d'une aventure si surprenante et si peu attendue l'avait mise dans un tel état, qu'Aladdin n'en demeura pas là : il se coucha à la place du fils du grand-visir, le dos tourné du côté de la princesse.

Aladdin, content d'avoir ainsi privé son rival du bonheur dont il s'était flatté de jouir cette nuit-là, dormit assez tranquillement. Il n'en fut pas de même de la princesse : de sa vie il ne lui était arrivé de passer une nuit aussi fâcheuse que celle-là ; et, si l'on veut bien faire réflexion au lieu et à l'état où le génie avait laissé le fils du grand-visir, on jugera que ce nouvel époux la passa d'une manière beaucoup plus affligeante.

Le lendemain, le génie revint à l'heure qu'il lui avait marquée. « *Me voici*, dit-il à Aladdin. *Qu'as-tu à me commander?* — Va reprendre

lui dit Aladdin, le fils du grand-visir, viens le remettre dans le lit, et reporte-le où tu l'as pris
dans le palais du sultan. » Ce qui fut fait ponc-
tuellement.

Il faut remarquer qu'en tout ceci le génie ne
fut aperçu ni de la princesse ni du fils du grand-
visir. Ils n'entendirent même rien des discours
entre Aladdin et lui, et ils ne s'aperçurent que de
l'ébranlement du lit, et de leur transport d'un
lieu à un autre : c'était bien assez pour leur donner la frayeur qu'il est aisé d'imaginer. Le génie
ne venait que de poser le lit nuptial en sa place,
quand le sulan entra dans la chambre pour lui
souhaiter le bonjour. Le fils du grand-visir,
morfondu du froid qu'il avait souffert toute
la nuit, n'eut pas sitôt entendu qu'on ouvrait la
porte, qu'il se leva, et passa dans une garde-robe
où il s'était déshabillé le soir. Le sultan approcha
du lit de la princesse, la baisa entre les deux
yeux, selon la coutume, et lui demanda en sou-
riant comment elle avait passé la nuit. En la regardant avec attention, il fut extrêmement surpris de la voir dans une grande mélancolie. Elle
lui jeta seulement un regard des plus tristes, d'une
manière qui marquait une grande affliction ou un
grand mécontentement. Il lui dit encore quelques
paroles; mais comme il vit qu'il n'en pouvait tirer
d'elle, il s'imagina qu'elle le faisait par pudeur, et
il se retira. Soupçonnant qu'il y avait quelque
chose d'extraordinaire dans son silence, il alla sur
le champ à l'appartement de la sultane, à qui il fit
le récit de l'état où il avait trouvé la princesse.
« Sire, lui dit la sultane, cela ne doit pas surprendre votre majesté : il n'y a pas de nouvelle mariée
qui n'ait la même retenue le lendemain de ses no-

ces. Ce ne sera pas la même chose dans deux ou trois jours. Je vais la voir, ajouta-t-elle, et je suis bien trompée si elle me fait le même accueil. Quand la sultane fut habillée, elle se rendit à l'appartement de la princesse : elle s'approcha de son lit et elle lui donna le bonjour en l'embrassant ; mais sa surprise fut des plus grandes lorsqu'elle s'aperçut qu'elle était dans un abattement qui lui fit juger qu'il lui était arrivé quelque chose qu'elle ne pénétrait pas. « Ma fille, lui dit la sultane, d'où vient que vous répondez si mal aux caresses que je vous fais ? Doutez-vous que je ne sois pas instruite de ce qui peut arriver dans une pareille circonstance ? Je veux bien croire que vous n'avez pas cette pensée ; il faut qu'il vous soit arrivé quelque autre chose ; avouez-le moi franchement et ne me laissez pas plus longtemps dans une inquiétude qui m'accable. »

La princesse, après un très grand soupir : « Ah ! madame et très honorée mère ! s'écria-t-elle, pardonnez-moi si j'ai manqué au respect que je vous dois. J'ai l'esprit si fortement occupé des choses extraordinaires qui me sont arrivées cette nuit, que j'ai de la peine à me reconnaître moi-même. » Alors elle lui raconta de quelle manière, un instant après qu'elle et son époux furent couchés, le lit avait été enlevé et transporté en un moment dans une chambre obscure, où elle s'était vue séparée de son époux, sans savoir ce qu'il était devenu, et où elle avait vu un jeune homme qui, après lui avoir dit quelques paroles que la frayeur l'avait empêchée d'entendre, s'était couché avec elle à la place de son époux, et que son époux lui avait été rendu et le lit rapporté à sa place en aussi peu de temps. « Tout cela ne venait que d'être

fait, ajouta-t elle, quand le sultan mon père est
entré dans ma chambre ; j'étais si accablée de
tristesse que je n'ai pas eu la force de lui ré, on re
une seule parole ; aussi je ne doute pas qu'il soit
indigné de la manière dont j'ai reçu l'honneur
qu'il m'a fait ; mais j'espère qu'il me pardonnera quand il saura ma triste aventure, et l'état
pitoyable où je me trouve encore en ce moment. »

La sultane ne voulut point ajouter foi au récit
de la princesse. « Ma fille, lui dit-elle, vous avez
bien fait de ne point parler de cela au sultan votre
père; gardez-vous bien d'en rien dire à personne,
on vous prendrait pour une folle.—Madame, reprit la princesse, je puis vous assurer que je vous
parle de bon sens; vous pourrez vous en informer
à mon époux, il vous dira la même chose. — Je
m'en informerai, repartit la sultane; mais, quand
il m'en parlerait comme vous, je n'en serais pas
plus persuadée que je le suis. Levez vous cependant et ôtez-vous cette imagination de l'esprit.
N'entendez-vous pas déjà les fanfares et les concerts
de trompettes et de tambours? Tout cela doit vous
inspirer la joie et le plaisir et vous faire oublier
toutes les fantaisies dont vous venez de me parler. »
En même temps la sultane appela le fils du visir
pour savoir de lui quelque chose de ce que la princesse lui avait dit; mais le fils du visir, qui s'estimait infiniment honoré de l'alliance du sultan, avait
pris le parti de dissimuler. — Mon gendre, lui dit
la sultane, êtes-vous dans le même entêtement que
votre épouse? — Madame, reprit le fils du visir,
oserai-je vous demander à quel sujet vous me faites cette demande? — Cela suffit, repartit la sultane, je n'en veux pas savoir davantage, vous êtes
plus sage qu'elle. »

Les réjouissances continuèrent toute la journée dans le palais. La princesse était tellement frappée des idées de ce qui lui était arrivé la nuit, qu'il était aisé de voir qu'elle en était tout occupée. Le fils du grand-visir n'était pas moins accablé de la mauvaise nuit qu'il avait passée; mais son ambition le fit dissimuler, et personne ne douta qu'il ne fût un époux très heureux.

Aladdin, qui était bien informé de ce qui se passait au palais, ne douta pas que les nouveaux mariés ne dussent encore coucher ensemble, malgré la fâcheuse affaire qui leur était arrivée la nuit d'auparavant; dès que la nuit fut un peu avancée, il eut recours à la lampe. Aussitôt le génie parut : « Le fils du grand-visir et la princesse Badroulboudour, lui dit Aladdin, doivent coucher encore ensemble cette nuit; va, et du moment qu'ils seront couchés, apporte-moi le lit ici, comme hier. » Le génie servit Aladdin avec autant d'exactitude que le jour précédent; le fils du grand-visir passa la nuit aussi désagréablement qu'il l'avait déjà fait, et la princesse eut la mortification d'avoir Aladdin pour le compagnon de sa couche. Le génie, suivant les ordres d'Aladdin, revint le lendemain, remit l'époux auprès de son épouse et reporta le lit dans la chambre du palais où il l'avait pris. Le sultan, après la réception que la princesse Badroulboudour lui avait faite le jour précédent, inquiet de savoir comment elle aurait passé la seconde nuit, se rendit à sa chambre pour en être éclairci. Le fils du grand-visir, plus honteux et plus mortifié du mauvais succès de cette dernière nuit que de la première, eut à peine entendu venir le sultan, qu'il se leva aussitôt avec précipitation et se jeta dans la garde-robe. « Eh bien, ma fille,

luí dit-il, êtes-vous ce matin d'aussi mauvaise humeur que vous l'étiez hier? » La princesse garda
le même silence et le sultan s'aperçut qu'elle avait
l'esprit beaucoup moins tranquille que la première
fois. Il ne douta pas que quelque chose d'extraordinaire ne lui fût arrivé. Alors, irrité du mystère
qu'elle lui en faisait : « Ma fille, lui dit-il tout en
colère et le sabre à la main, ou vous me direz ce
que vous me cachez, ou je vais vous couper la tête
tout-à-l'heure. La princesse, plus effrayée de la
menace du sultan offensé que de la vue du sabre
nu, rompit enfin le silence : « Mon cher père, s'é-
cria-t-elle les larmes aux yeux, je demande pardon à votre majesté si je l'ai offensée. J'espère de
sa bonté et de sa clémence qu'elle fera suc-
céder la compassion à la colère quand je lui aurai
fait le récit fidèle du triste état où je me suis trouvée cette nuit. »

Après ce préambule, qui attendrit un peu le
sultan, elle lui raconta fidèlement tout ce qui lui
était arrivé pendant ces deux fâcheuses nuits, mais
d'une manière si touchante, qu'il en fut vivement
pénétré de douleur. Elle finit par ces mots : « Si
votre majesté a le moindre doute sur le récit que
je viens de lui faire, je suis persuadée que mon
époux rendra à la vérité le même témoignage que
je lui rends. » Le sultan entra tout de bon dans la
peine extrême qu'une aventure aussi surprenante
devait avoir causée à la princesse. « Ma fille, lui
dit-il, je ne vous ai pas mariée dans l'intention de
vous rendre malheureuse, mais plutôt dans la vue
de vous faire jouir de tout le bonheur que vous
méritez, et que vous pouviez espérer avec un époux
qui m'avait paru vous convenir. Effacez de votre
esprit les idées fâcheuses de tout ce que vous venez

5

de me raconter. Je vais mettre ordre à ce qu'il ne vous arrive plus de nuits aussi peu supportables que celles que vous avez passées. » Dès que le sultan fut rentré dans son appartement, il envoya appeler son grand-visir et lui fit le récit de tout ce que la princesse venait de lui raconter. « Je ne doute pas, ajouta-t-il, que ma fille ne m'ait dit la vérité; je serais bien aise néanmoins d'en avoir la confirmation par le témoignage de votre fils. Allez, et demandez-lui ce qu'il en est. » Le grand-visir alla joindre son fils; il lui fit part de ce que le sultan venait de lui communiquer, et il lui enjoignit de lui dire si tout cela était vrai « Mon père, lui répondit le fils, tout ce que la princesse a dit au sultan est vrai; mais elle n'a pu lui dire les mauvais traitements qui m'ont été faits, les voici : depuis mon mariage, j'ai passé les deux nuits les plus cruelles qu'on puisse imaginer, et je n'ai pas d'expression pour vous décrire les maux que j'ai soufferts. Je ne vous parle pas de la frayeur que j'ai eue de me sentir enlever quatre fois dans mon lit, sans voir qui enlevait le lit et le transportait d'un lieu à un autre. Vous jugerez vous-même de l'état fâcheux où je me suis trouvé, lorsque je vous dirai que j'ai passé deux nuits debout, et nu en chemise, dans une espèce de privé étroit, sans avoir la liberté de remuer de la place où j'étais posé, et sans pouvoir faire aucun mouvement, quoiqu'il ne parût devant moi aucun obstacle qui pût vraisemblablement m'en empêcher. Je ne vous cacherai pas que cela ne m'a point empêché d'avoir pour la princesse mon épouse tous les sentiments d'amour, de respect et de reconnaissance qu'elle mérite; mais je vous avoue de bonne foi qu'avec tout l'honneur et tout l'éclat qui rejaillis-

sent sur moi d'avoir épousé la fille de mon souverain, j'aimerais mieux mourir que de vivre plus
longtemps dans une si haute alliance, s'il faut es-
suyer des traitements aussi désagréables que ceux
que j'ai déjà soufferts. Je ne doute point que la
princesse ne soit dans les mêmes sentiments que
moi, et elle conviendra aisément que notre séparation n'est pas moins nécessaire pour son repos
que pour le mien. Ainsi, mon père, je vous supplie de faire agréer au sultan que notre mariage
soit déclaré nul. »

Quelque grande que fut l'ambition du grand-visir, il ne jugea pas à propos d'insister auprès de
son fils pour lui faire prendre patience au moins
quelques jours, afin d'éprouver si cette traverse ne
finirait point. Il le laissa et il revint rendre réponse
au sultan, à qui il avoua que la chose n'était que
trop vraie, après ce qu'il venait d'apprendre de
son fils. Sans attendre que le sultan lui parlât de
rompre le mariage, il le supplia de permettre que
son fils se retirât du palais et qu'il retournât auprès de lui. Le grand-visir n'eut pas de peine à
obtenir ce qu'il demandait : le sultan, qui avait
déjà résolu la chose, donna ses ordres pour faire
cesser les réjouissances dans toute l'étendue de son
royaume.

Quand Aladdin eut appris que son rival avait
abandonné le palais, et que le mariage entre la
princesse et lui était rompu absolument, il n'eut
pas besoin d'appeler le génie pour empêcher qu'il
ne se consommât. Ce qu'il y a de particulier, c'est
que ni le sultan ni le grand-visir n'eurent pas la
moindre pensée qu'il pût avoir part à l'enchantement qui venait de causer la dissolution du mariage de la princesse. Aladdin cependant laissa

écouler les trois mois que le sultan avait marqués
pour le mariage entre la princesse Badroulboudour et lui. Il en avait compté tous les jours avec
un grand soin, et quand ils furent achevés, dès le
lendemain, il ne manqua pas d'envoyer sa mère
au palais pour faire souvenir le sultan de sa parole.
La mère d'Aladdin alla au palais, et elle se présenta à l'entrée du divan au même endroit qu'auparavant. Le sultan n'eut pas plutôt jeté la vue
sur elle qu'il la reconnut et se souvint en même
temps de la demande qu'elle lui avait faite et du
temps auquel il l'avait remise. Aussitôt il appela le
chef des huissiers, et, en la lui montrant, il lui
donna ordre de la faire avancer.

La mère d'Aladdin s'avança jusqu'au pied du
trône, où elle se prosterna selon la coutume. Après
qu'elle se fut relevée, le sultan lui demanda ce
qu'elle souhaitait. « Sire, lui répondit-elle, je me
présente encore devant le trône de votre majesté
pour lui représenter, au nom d'Aladdin mon fils,
que les trois mois après lesquels elle l'a remis sur
la demande que j'ai eu l'honneur de lui faire sont
expirés, et la supplie de vouloir bien s'en souvenir. » Le sultan, en prenant un délai de trois mois
pour répondre à la demande de cette bonne femme,
et qui avait cru qu'il n'entendrait plus parler d'un
mariage qu'il regardait comme peu convenable à la
princesse sa fille, ne jugea pas à propos de lui répondre sur-le-champ; il consulta son grand-visir et
lui marqua la répugnance qu'il avait à conclure ce
mariage.

Le grand-visir ne tarda pas à s'expliquer au sultan sur ce qu'il pensait : « Sire, lui répondit-il, il
me semble qu'il y a un moyen d'éluder un mariage
si disproportionné, sans qu'Aladdin puisse s'en

plaindre : c'est de mettre la princesse à un si haut prix que ses richesses, quelles qu'elles puissent être, ne puissent y fournir. Ce sera le moyen de le désister d'une poursuite si téméraire. »

Le sultan approuva le conseil du grand-visir. Il se tourna du côté de la mère d'Aladdin : « Ma bonne femme, lui dit-il, les sultans doivent tenir leur parole; je suis prêt à tenir la mienne et à rendre votre fils heureux par le mariage de la princesse ma fille; mais, comme je ne puis la marier que je ne sache l'avantage qu'elle y trouvera, vous direz à votre fils que j'accomplirai ma parole dès qu'il m'aura envoyé quarante grands bassins d'or massif, pleins des mêmes choses que vous m'avez déjà présentées de sa part, portés par un pareil nombre d'esclaves noirs, qui seront conduits par quarante autres esclaves blancs, jeunes, bien faits et de belle taille, et tous habillés très magnifiquement : voilà les conditions auxquelles je suis prêt à lui donner la princesse ma fille. Allez, bonne femme, j'attendrai que vous m'apportiez sa réponse. » La mère d'Aladdin se prosterna encore devant le trône du sultan, et elle se retira. Dans le chemin, elle riait en elle-même de la folle imagination de son fils. « Vraiment, disait-elle, où trouvera-t-il tant de bassins d'or et une si grande quantité de ces verres colorés pour les remplir. Et tous ces esclaves tournés comme le sultan les demande, où les prendra-t-il? Le voilà bien éloigné de sa prétention, et je crois qu'il ne sera guère content de mon ambassade. » Quand elle fut rentrée chez elle, la mère d'Aladdin fit un récit très exact à son fils de ce que le sultan lui avait dit, et des conditions auxquelles il consentirait au mariage de la princesse sa fille avec lui. En finissant : « Mon fils,

5.

lui dit-elle, il attend votre réponse ; mais, entre nous, je crois qu'il attendra longtemps. — Pas si longtemps que vous croiriez bien, ma mère, reprit Aladdin ; et le sultan se trompe lui-même s'il a cru, par ses demandes exorbitantes, me mettre hors d'état de songer à la princesse Badroulboudour. Je m'attendais à d'autres difficultés, ou qu'il mettrait mon incomparable princesse à un prix beaucoup plus haut ; mais ce qu'il me demande est peu de chose en comparaison de ce que je serais en état de lui donner pour en obtenir la possession. Pendant que je vais songer à le satisfaire, allez nous chercher de quoi dîner et laissez-moi faire. » Dès que la mère d'Aladdin fut sortie pour aller à la provision, Aladdin prit la lampe et il la frotta. Dans l'instant, le génie se présenta devant lui, et, dans les mêmes termes que nous avons déjà rapportés, il demanda ce qu'il avait à lui commander, en marquant qu'il était prêt à le servir. Aladdin lui dit : « Le sultan me donne la princesse sa fille en mariage ; mais auparavant il me demande quarante grands bassins d'or massif, pleins des fruits du jardin où j'ai pris la lampe dont tu es esclave. Il exige aussi de moi que ces quarante bassins soient portés par autant d'esclaves noirs, précédés par quarante esclaves blancs, jeunes, bien faits, de très belle taille et habillés très richement. Va, et amène-moi ce présent au plus tôt, afin que je l'envoie au sultan avant qu'il lève la séance du divan. » Le génie lui dit que son commandement allait être exécuté incessamment, et il disparut.

Très peu de temps après, le génie se fit revoir accompagné de quarante esclaves noirs, chacun chargé d'un bassin d'or massif du poids de vingt

 arcs sur la tête, pleins de perles, de diamants,
rubis et d'émeraudes mieux choisies, même
ur la beauté et pour la grosseur, que celles qui
aient déjà été présentées au sultan; chaque bas-
i était couvert d'une toile d'argent à fleurons
or. Tous ces esclaves tant noirs que blancs, avec
plats d'or, occupaient presque toute la maison,
i était assez médiocre. Le génie demanda à Alad-
i s'il était content et s'il avait encore quelque
mmandement à lui faire. Aladdin répondit qu'il
lui demandait rien davantage, et il disparut
ssitôt.

La mère d'Aladdin revint du marché, et en en-
iut elle fut dans une grande surprise de voir
it de monde et tant de richesses. Quand elle se
déchargée des provisions qu'elle apportait, elle
ulut ôter le voile qui lui couvrait le visage, mais
addin l'en empêcha. « Ma mère, dit-il, il n'y a
s de temps à perdre : avant que le sultan achève
tenir le divan, il est important que vous re-
urniez au palais et que vous y conduisiez inces-
mment le présent et la dot de la princesse Ba-
oulboudour, afin qu'il juge, par ma diligence,
zèle ardent et sincère que j'ai de me procurer
onneur d'entrer dans son alliance. »

Sans attendre la réponse de sa mère, Aladdin
vrit la porte sur la rue et il fit défiler successi-
ment tous ces esclaves, en faisant toujours mar-
er un esclave blanc suivi d'un esclave noir,
argé d'un bassin d'or sur la tête, et ainsi jus-
l'au dernier; et, après que sa mère fut sortie en
ivant le dernier esclave noir, il demeura tran-
iillement dans sa chambre. Le premier esclave
anc qui était sorti de la maison d'Aladdin avait
it arrêter tous les passants; et, avant que les

quatre-vingts esclaves eussent achevé de sortir, la rue se trouva pleine d'une foule de peuple qui accourait de toutes parts pour voir un spectacle si extraordinaire. L'habillement de chaque esclave était si riche en étoffes et en pierreries que chaque habit valait plus d'un million. La bonne grâce, la taille uniforme et avantageuse de chaque esclave, leur marche grave à une distance égale les uns des autres, avec l'éclat des pierreries enchâssées autour de leurs ceintures d'or massif, et les enseignes aussi de pierreries attachées à leurs bonnets, mirent toute cette foule de spectateurs dans une admiration si grande qu'ils ne pouvaient se lasser de les regarder. Le premier des quatre-vingts esclaves arriva à la porte de la première cour du palais, et les portiers, qui s'étaient aperçus que cette file merveilleuse approchait, le prirent pour un roi, tant il était richement et magnifiquement habillé. Ils s'avancèrent pour lui baiser le bas de sa robe; mais l'esclave, instruit par le génie, les arrêta et leur dit gravement : « Nous ne sommes que des esclaves; notre maître paraîtra quand il en sera temps. » Le premier esclave, suivi de tous les autres, s'avança jusqu'à la seconde cour, qui était très spacieuse, et où la maison du sultan était rangée pendant la séance du divan. Les officiers, à la tête de chaque troupe, étaient d'une grande magnificence; mais elle fut effacée à la présence des quatre-vingts esclaves porteurs du présent d'Aladdin, et qui en faisaient eux - mêmes partie.

Comme le sultan avait été averti de la marche et de l'arrivée de ces esclaves, il avait donné ses ordres pour les faire entrer. Ainsi, dès qu'ils se présentèrent, ils trouvèrent l'entrée du divan li-

bre, et ils y entrèrent dans un bel ordre, une partie à droite et l'autre à gauche. Après qu'ils furent tous entrés et qu'ils eurent formé un grand
demi-cercle devant le trône du sultan, les esclaves noirs posèrent chacun le bassin qu'ils portaient
sur le tapis de pied. Ils se prosternèrent tous ensemble en frappant du front contre le tapis. Les
esclaves blancs firent la même chose en même
temps. Ils se relevèrent tous, et les noirs, en le
faisant, découvrirent adroitement les bassins qui
étaient devant eux, et tous demeurèrent debout,
les mains croisées sur la poitrine, avec une grande
modestie.

La mère d'Aladdin, qui s'était avancée jusqu'au
pied du trône, dit au sultan, après s'être proster-
née : « Sire, mon fils n'ignore pas que ce présent
qu'il envoie à votre majesté ne soit beaucoup au-
dessous de ce que mérite la princesse ; il espère
néanmoins que votre majesté l'aura pour agréable,
avec d'autant plus de confiance qu'il a tâché de se
conformer à la condition qu'il lui a plu de lui im-
poser. » Le sultan n'était pas en état de faire attention au compliment de la mère d'Aladdin. Le
premier coup-d'œil jeté sur les quarante bassins
d'or, les joyaux les plus précieux que l'on eût jamais vus, et les quatre-vingts esclaves qui paraissaient autant de rois, tant par leur bonne mine que
par la richesse et la magnificence de leur habillement,
l'avaient tellement frappé qu'il ne pouvait revenir
de son admiration. Au lieu de répondre au compliment de la mère d'Aladdin, il s'adressa au grand-
visir : « Eh bien ! visir, dit-il, que pensez-vous de
celui qui m'envoie un présent si extraordinaire?
Le croyez-vous indigne d'épouser la princesse
ma fille? — Sire, répondit le ministre, bien loin

d'avoir la pensée que celui qui fait à votre majesté un présent si extraordinaire soit indigne de l'honneur qu'elle veut lui faire, j'oserais dire qu'il mériterait davantage, si je n'étais persuadé qu'il n'y a pas de trésor au monde assez riche pour être mis dans la balance avec la princesse. »

Le sultan ne différa plus; il ne pensa pas même à s'informer si Aladdin avait les autres qualités convenables à celui qui pouvait aspirer à devenir son gendre. Aussi, pour renvoyer la mère d'Aladdin avec la satisfaction qu'elle pouvait désirer, il lui dit : « Bonne femme, allez dire à votre fils que je l'attends pour le recevoir à bras ouverts et pour lui donner la main de ma fille. »

Dès que la mère d'Aladdin se fut retirée, le sultan mit fin à l'audience de ce jour, et il ordonna que les eunuques attachés au service de la princesse vinssent enlever les bassins pour les porter à l'appartement de leur maîtresse, où il se rendit pour les examiner avec elle à loisir. La mère d'Aladdin cependant arriva chez elle avec un air qui marquait la bonne nouvelle qu'elle apportait à son fils : « Mon fils, lui dit-elle, vous avez tout sujet d'être content : le sultan, avec l'applaudissement de toute sa cour, a déclaré que vous êtes digne de posséder la princesse Badroulboudour; il vous attend pour conclure votre mariage. C'est à vous de songer aux préparatifs pour cette entrevue, afin qu'elle réponde à la haute opinion qu'il a conçue de votre personne; ainsi ne perdez pas de temps à vous rendre auprès de lui. » Aladdin, charmé de cette nouvelle, dit peu de paroles à sa mère et se retira dans sa chambre. Là, après avoir pris la lampe, il ne l'eut pas plutôt frottée que le génie parut sans se faire attendre. « Génie, lui dit Aladdin, je t'ai appelé pour me faire prendre le bain tout-à-l'heure, et, quand je l'aurai pris, je veux que tu me tiennes prêt un habillement le plus riche et le plus magnifique que jamais monarque ait porté. » Il eut à peine achevé de parler que le génie, en le rendant invisible comme lui, l'enleva et le transporta dans un bain tout de marbre. Sans voir qui le servait, il fut déshabillé dans un salon spacieux et d'une grande propreté. Du salon on le fit entrer dans le bain, et là il fut lavé et frotté avec plusieurs sortes d'eaux de senteur. Après être sorti du bain, son teint se trouva frais, blanc et vermeil, et son corps beaucoup plus léger et plus dispos. Il entra dans le salon et il n'y trouva plus l'habit qu'il y avait laissé : le génie avait eu soin de mettre à sa place celui qu'il lui avait demandé. Aladdin s'habilla avec l'aide du génie, en admirant chaque pièce à mesure qu'il la prenait. Quand il eut achevé, le génie le rapporta chez lui dans la même chambre où il l'avait pris. Alors il lui demanda s'il avait autre chose à lui commander. « Oui, répondit Aladdin, j'attends de toi que tu m'amènes au plus tôt un cheval qui surpasse en beauté et en bonté le cheval le plus estimé qui soit dans l'écurie du sultan, dont la housse, la selle, la bride et tout le harnais vaillent plus d'un million. Je demande aussi que tu me fasses venir vingt esclaves habillés aussi richement que ceux qui ont apporté le présent, pour marcher à mes côtés et à ma suite, et vingt autres semblables pour marcher devant moi en deux files. Fais venir aussi à ma mère six femmes esclaves pour la servir, chacune habillée aussi richement

au moins que les femmes de la princesse Badroulboudour. J'ai besoin de dix mille pièces d'or en
dix bourses. Voilà, ajouta-t-il, ce que j'avais à te
commander. Va, et fais diligence. » Dès qu'Aladdin eut achevé de donner ses ordres au génie, celui-ci disparut, et se fit revoir avec le cheval, avec
les quarante esclaves, dont dix portaient chacun
une bourse de mille pièces d'or, et avec six femmes
esclaves, chargées sur la tête chacune d'un habit
différent pour la mère d'Aladdin, enveloppé dans
une toile d'argent ; le génie présenta le tout à
Aladdin. Des dix bourses, Aladdin n'en prit que
quatre qu'il donna à sa mère, en lui disant que
c'était pour s'en servir dans ses besoins. Il laissa
les six autres entre les mains des esclaves qui les
portaient, avec ordre de les jeter au peuple par
poignées dans la marche qu'ils devaient faire
pour se rendre au palais du sultan. Il présenta
enfin à sa mère les six femmes esclaves, en lui
disant qu'elles étaient à elle, et qu'elle pouvait s'en
servir comme leur maîtresse. Quand Aladdin
eut disposé toutes ses affaires, il congédia le
génie et ne songea plus qu'à répondre au désir du
sultan.

Quoique jamais il n'eût monté à cheval, il y parut néanmoins pour la première fois avec tant de
grâce, que le cavalier le plus expérimenté ne l'eût
pas pris pour un novice Les rues par où il passa
furent remplies presque en un moment d'une
foule innombrable de peuple qui faisait retentir
l'air d'acclamations, chaque fois particulièrement
que les six esclaves qui avaient les bourses faisaient
voler des poignées de pièces d'or à droite et à
gauche. On fit d'abord beaucoup plus d'attention
à la personne d'Aladdin qu'à la pompe qui l'ac-

compagnait, que la plupart avait déjà remarquée le même jour dans la marche des esclaves qui avaient porté ou accompagné le présent. Comme le bruit s'était répandu que le sultan lui donnait la princesse Badroulboudour en mariage, personne, sans avoir égard à sa naissance, ne porta envie à sa fortune ni à son élévation, tant il en parut digne.

Aladdin arriva au palais, où tout était disposé pour le recevoir. Quand il fut à la seconde porte, il voulut mettre pied à terre pour se conformer à l'usage observé par l'étiquette, mais le chef des huissiers, qui l'y attendait par ordre du sultan, l'en empêcha et l'accompagna jusqu'à la salle d'audience, où il l'aida à descendre de cheval.

Dès que le sultan eut aperçu Aladdin, il ne fut pas moins étonné de le voir vêtu plus magnifiquement qu'il ne l'avait jamais été lui-même, que surpris de sa bonne mine, de sa taille et d'un certain air de grandeur. Il descendit deux ou trois marches de son trône assez promptement pour empêcher Aladdin de se jeter à ses pieds et pour l'embrasser avec une démonstration pleine d'amitié. Il l'obligea ensuite de monter et de s'asseoir entre son grand-visir et lui. Alors Aladdin prit la parole : « Sire, dit-il, je reçois les honneurs que votre majesté me fait, mais elle me permettra de lui dire que je n'ai point oublié que je suis né son esclave, et que je connais sa grandeur et sa puissance. S'il y a quelque endroit, continua-t-il, par où je puisse avoir mérité un accueil si favorable, j'avoue que je ne le dois qu'à la hardiesse, qu'un pur hasard m'a fait naître, d'élever mes désirs jusqu'à la divine princesse qui fait l'objet de mes

6

souhaits. Je demande pardon à votre majesté de ma témérité ; mais je ne puis dissimuler que je mourrais de douleur si je perdais l'espérance d'en voir l'accomplissement. — Mon fils, répondit alors le sultan, vous me feriez tort de douter de ma parole. Votre vie m'est trop chère désormais pour ne pas la conserver en vous présentant le remède qui est en ma disposition. Je préfère le plaisir de vous voir et de vous entendre à tous mes trésors réunis avec les vôtres. » En achevant ces paroles, le sultan fit un signal, et aussitôt on entendit l'air retentir du son des trompettes, des hautbois et des timbales, et en même temps le sultan conduisit Aladdin dans un magnifique salon, où on servit un superbe festin. Le sultan mangea seul avec Aladdin. Dans la conversation qu'ils eurent ensemble pendant le repas, il parla avec tant de connaissance et de sagesse, qu'il acheva de confirmer le sultan dans la bonne opinion qu'il avait conçue de lui d'abord. Le repas achevé, le sultan fit appeler le premier juge et lui commanda de dresser le contrat de mariage de la princesse sa fille et d'Aladdin. Pendant ce temps là, le sultan entretint Aladdin de plusieurs choses indifférentes en présence du grand-visir et des seigneurs de sa cour, qui admirèrent la solidité de son esprit et la grande facilité qu'il avait de parler et de s'énoncer.

Quand le juge eut achevé le contrat, le sultan demanda à Aladdin s'il voulait rester dans le palais pour terminer les cérémonies du mariage le même jour. « Sire, quelque impatience que j'aie de jouir pleinement des bontés de votre majesté, je la supplie de vouloir bien permettre que je diffère jusqu'à ce que j'aie fait bâtir un palais pour y recevoir la princesse selon son mérite. Je le prie, pour cet effet, de m'accorder une place convenable dans le sien, afin que je sois plus à portée de lui faire ma cour. Je n'oublierai rien pour faire en sorte qu'il soit achevé avec toute la diligence possible. — Mon fils, lui dit le sultan, prenez tout le terrain que vous jugerez à propos, mais souvenez-vous que je ne puis vous voir assez tôt uni avec ma fille pour mettre le comble à ma joie. » En achevant ces paroles, il embrassa encore Aladdin, qui prit congé du sultan avec la même politesse que s'il eût été élevé et qu'il eût toujours vécu à la cour.

Aladdin monta à cheval, et il retourna chez lui au travers de la foule et aux acclamations du peuple, qui lui souhaitait toute sorte de bonheur et de prospérité. Dès qu'il fut rentré, il se retira dans sa chambre, prit la lampe, et il appela le génie, qui ne se fit pas attendre et lui fit offre de ses services. « Génie, lui dit Aladdin, j'ai tout sujet de me louer de ton exactitude à exécuter tout ce que j'ai exigé de toi jusqu'à présent. Il s'agit aujourd'hui de faire paraître, s'il est possible, plus de zèle et de diligence que tu n'as encore fait. Je te demande donc qu'en aussi peu de temps que tu le pourras tu me fasses bâtir, vis-à-vis le palais du sultan, un palais digne d'y recevoir la princesse. Je laisse à ta liberté le choix des matériaux, c'est-à-dire du porphyre, du jaspe, de l'agate, du lapis et du marbre le plus fin, le plus varié en couleurs, et du reste de l'édifice ; mais j'entends qu'au plus haut de ce palais tu fasses élever un grand salon en forme de dôme, à quatre faces égales, dont les assises ne soient d'autre matière que d'or et d'argent massif, posées alternativement avec vingt-

quatre croisées, six à chaque face, et que les jalousies de chaque croisée, à la réserve d'une seule
que je veux qu'on laisse imparfaite, soient enrichies avec art et symétrie de diamants de rubis et
d'émeraudes, de manière que rien de pareil en ce
genre n'ait été vu dans le monde. Je veux aussi
que ce palais soit accompagné d'une avant-cour,
d'une cour, d'un jardin ; mais sur toutes choses,
qu'il y ait dans un endroit que tu me diras un trésor bien rempli d'or et d'argent monnayé. Je veux
aussi qu'il y ait dans ce palais des cuisines, des of-
fices, des garde-meubles garnis de meubles précieux pour toutes les saisons, des écuries remplies
des plus beaux chevaux, avec leurs écuyers et leurs
palefreniers, sans oublier un équipage de chasse.
Il faut qu'il y ait aussi des officiers de cuisine et
d'office, et des femmes esclaves nécessaires pour
le service de la princesse. Tu dois comprendre
mon intention; va et reviens quand cela sera fait. »
Le soleil venait de se coucher quand Aladdin acheva
de charger le génie de la construction du palais
qu'il avait imaginé.

Le lendemain, à la petite pointe du jour, Aladdin était à peine levé, que le génie se présenta à
lui : « Seigneur, dit-il, votre palais est achevé; venez voir si vous en êtes content. » Aladdin n'eut
pas plus tôt témoigné qu'il le voulait bien, que le
génie l'y transporta en un instant. Aladdin le
trouva si fort au-dessus de son attente, qu'il ne
pouvait assez l'admirer. Le génie le conduisit en
tous les endroits, et partout il ne trouva que richesse, que propreté et que magnificence, avec
des officiers et des esclaves, tous habillés selon
leur rang et selon les services auxquels ils étaient
destinés. Il ne manqua pas, comme une des cho-

ses principales, de lui faire voir le trésor, dont la porte fut ouverte par le trésorier, et Aladdin y vit des tas de bourses de différentes grandeurs, selon les sommes qu'elles contenaient, élevés jusqu'à la voûte, et disposés dans un arrangement qui faisait plaisir à voir. En sortant, le génie l'assura de la fidélité du trésorier. Il le mena ensuite aux écuries, et là il lui fit remarquer les plus beaux chevaux qu'il y eût au monde, et les palefreniers occupés à les panser. Quand Aladdin eut examiné tout le palais depuis le haut jusqu'en bas, et particulièrement le salon aux vingt-quatre croisées, et qu'il y eut trouvé des richesses et de la magnificence, avec toutes sortes de commodités au-delà de ce qu'il s'en était promis, il dit au génie : « Génie, on ne peut être plus content que je le suis, et j'aurais tort de me plaindre. Il reste une seule chose dont je ne t'ai rien dit, parce que je ne m'en étais pas avisé : c'est d'étendre depuis la porte du palais du sultan jusqu'à la porte de l'appartement destiné pour la princesse dans ce palais-ci, un tapis du plus beau velours, afin qu'elle marche dessus en venant du palais du sultan. — Je reviens dans un moment, dit le génie. » Et comme il eut disparu, peu de temps après Aladdin fut étonné de voir ce qu'il avait souhaité exécuté sans savoir comment cela s'était fait. Le génie reparut, et il reporta Aladdin chez lui dans le temps qu'on ouvrait la porte du palais du sultan. Les portiers du palais, qui venaient d'ouvrir la porte, et qui avaient toujours eu la vue libre du côté où était le palais d'Aladdin, furent fort étonnés de la voir bornée et de voir un tapis de velours qui venait de ce côté-là jusqu'à la porte de celui du sultan. Ils ne distinguèrent pas bien d'abord ce que c'é-

6.

tait; mais leur surprise augmenta quand ils eurent aperçu distinctement le superbe palais d'Aladdin. Le grand-visir qui était arrivé presque à l'ouverture de la porte du palais, n'avait pas été moins surpris de cette nouveauté que les autres; il en fit part au sultan le premier; mais il voulut lui faire passer la chose pour un enchantement. « Visir, reprit le sultan, pourquoi voulez-vous que ce soit un enchantement? Vous savez aussi bien que moi que c'est le palais qu'Aladdin a fait bâtir par la permission que je lui en ai donnée pour loger la princesse ma fille. Après l'échantillon de ses richesses que nous avons vu, pouvons-nous trouver étrange qu'il ait fait bâtir ce beau palais en si peu de temps? »

Quand Aladdin eut congédié le génie, il trouva que sa mère était levée et qu'elle commençait à se parer d'un des habits qu'il lui avait fait apporter. Il la disposa à aller au palais en la priant, si elle voyait le sultan, de lui marquer qu'elle venait pour avoir l'honneur d'accompagner la princesse vers le soir, quand elle serait en état de passer à son palais. Elle partit accompagnée de ses femmes esclaves. Pour ce qui est d'Aladdin, il monta à cheval, et, après être sorti de sa maison paternelle pour n'y plus revenir, sans avoir oublié la lampe merveilleuse, il se rendit publiquement à son palais, avec la même pompe qu'il était allé se présenter au sultan le jour de devant.

Dès que les portiers du palais du sultan eurent aperçu la mère d'Aladdin qui venait, ils en avertirent le sultan. Aussitôt l'ordre fut donné aux troupes de musiciens qui étaient déjà postées sur les terrasses du palais, et en un moment l'air retentit de fanfares et de concerts qui annoncèrent la joie à toute la ville. Les artisans quittèrent leur travail et le peuple se rendit avec empressement à la grande place, qui se trouva alors entre le palais du sultan et celui d'Aladdin. Ce dernier attira d'abord leur admiration, mais le sujet de leur plus grand étonnement fut de voir un palais si magnifique dans un lieu où le jour d'auparavant il n'y avait ni matériaux ni fondements préparés.

La mère d'Aladdin fut reçue dans le palais avec honneur, et introduite dans l'appartement de la princesse Badroulboudour. Aussitôt que la princesse l'aperçut, elle alla l'embrasser et lui fit prendre place sur un sofa ; et, pendant que ses femmes achevaient de l'habiller et de la parer des joyaux les plus précieux dont Aladdin lui avait fait présent, elle la fit régaler d'une collation magnifique. Le sultan, qui venait pour être auprès de la princesse sa fille le plus de temps qu'il pourrait, avant qu'elle se séparât d'avec lui pour passer au palais d'Aladdin, lui fit aussi de grands honneurs.

Quand la nuit fut venue, la princesse prit congé du sultan son père. Les adieux furent tendres et mêlés de larmes ; ils s'embrassèrent plusieurs fois sans se rien dire, et enfin la princesse sortit de son appartement et se mit en marche avec la mère d'Aladdin à sa gauche, et suivie de cent femmes esclaves, habillées d'une magnificence surprenante. Elles étaient suivies par cent chiaoux et par un pareil nombre d'eunuques noirs en deux files, avec leurs officiers à leur tête. Quatre cents jeunes pages du sultan marchaient sur les côtés, en tenant chacun un flambeau à la main ; cette lumière, jointe aux illuminations tant du palais du sultan

que de celui d'Aladdin, suppléait merveilleusement au défaut du jour. Dans cet ordre, la princesse marcha sur le tapis étendu depuis le palais
du sultan jusqu'au palais d'Aladdin, et arriva enfin au nouveau palais. Aladdin courut, avec toute
la joie imaginable, à l'entrée de l'appartement qui
lui était destiné pour la recevoir. La mère d'A-
laddin avait eu soin de faire distinguer son fils à
la princesse, au milieu des officiers qui l'environnaient; et la princesse, en l'apercevant, le trouva
si bien fait qu'elle en fut charmée. « Adorable
princesse. lui dit Aladdin en l'abordant, si j'a-
vais le malheur de vous avoir déplu par la témérité que j'ai eue d'aspirer à la possession d'une si
aimable princesse, j'ose vous dire que ce serait à
vos beaux yeux et à vos charmes que vous devriez
vous en prendre, et non pas à moi — Prince,
lui répondit la princesse, j'obéis à la volonté du
sultan, mon père, et il me suffit de vous avoir
vu pour vous dire que je lui obéis sans répugnance. »

Aladdin, charmé d'une réponse si agréable et
si satisfaisante pour lui, prit la main qu'il baisa
avec une grande démonstration de joie, et il la
conduisit dans un grand salon éclairé d'une infinité de bougies, où la table se trouva servie d'un
superbe festin. Les plats étaient d'or massif et
remplis des viandes les plus délicieuses; les vases,
les bassins, les gobelets dont le buffet était très
bien garni, étaient aussi d'or et d'un travail exquis. La princesse, enchantée de voir tant de richesses rassemblées dans un même lieu, dit à
Aladdin : « Prince, je croyais que rien au monde
n'était plus beau que le palais du sultan mon père;
mais, à voir ce seul salon, je m'aperçois que je

m'étais trompée. — Princesse, répondit Aladdin, en la faisant mettre à la table à la place qui lui était destinée, je reçois une si grande honnêteté co..me je le dois; mais je sais ce que je dois croire. »

La princesse Badroulboudour, Aladdin et la mère d'Aladdin se mirent à table, et aussitôt un chœur d'instruments les plus harmonieux, accompagnés de très belles voix de femmes, commença un concert qui dura sans interruption jusqu'à la fin du repas. La princesse en fut si charmée qu'elle dit qu'elle n'avait rien entendu de pareil dans le palais du sultan son père.

Quand le souper fut achevé, et que l'on eut desservi, une troupe de danseurs et de danseuses succédèrent aux musiciennes. Ils dansèrent plusieurs sortes de danses figurées, et ils finirent par un danseur et une danseuse qui firent paraître chacun à leur tour toute la bonne grâce et l'adresse dont ils étaient capables. Il était près de minuit quand Aladdin se leva et présenta la main à la princesse Badroulboudour. Ils passèrent ensemble dans l'appartement où le lit nuptial était préparé. Les femmes de la princesse la déshabillèrent et la mirent au lit; les officiers d'Aladdin en firent autant et chacun se retira. Ainsi furent terminées les cérémonies et les réjouissances des noces d'Aladdin et de la princesse Badroulboudour.

Le lendemain, quand Aladdin fut éveillé, ses valets de chambre l'habillèrent; ensuite il monta à cheval et se rendit au palais du sultan au milieu d'une grosse troupe d'esclaves qui marchaient devant lui, à ses côtés et à sa suite. Le sultan le reçut avec les mêmes honneurs que la première fois.

« Sire, lui dit Aladdin, je supplie votre majesté
de me faire l'honneur de venir prendre un repas
dans le palais de la princesse, avec son grand-visir et les seigneurs de sa cour. » Le sultan lui accorda cette grâce avec plaisir. Il se leva à l'heure
même, et, comme le chemin n'était pas long, il
voulut y aller à pied. Ainsi il sortit avec Aladdin
à sa droite, le grand-visir à sa gauche et les seigneurs à sa suite, précédé par les chiaoux et les
principaux officiers de sa maison. Plus le sultan
approchait du palais d'Aladdin, plus il était frappé de sa beauté. Ce fut toute autre chose quand il
fut entré : ses acclamations ne cessaient pas à chaque pièce qu'il voyait ; mais, quand ils furent arrivés au salon aux vingt-quatre croisées, où
Aladdin l'avait invité à monter, qu'il eut vu les
ornements, et surtout qu'il eut jeté la vue sur les
jalousies enrichies de diamants, de rubis et d'é-
meraudes, toutes pierres parfaites dans leur grosseur proportionnée, et qu'Aladdin lui eut fait remarquer que la richesse était pareille au dehors,
il en fut tellement surpris qu'il demeura comme
en extase.

Le sultan cependant descendit du salon, et
Aladdin le conduisit dans celui où il avait régalé
la princesse Badroulboudour le jour des noces. La
princesse arriva un moment après ; elle reçut le
sultan son père d'un air qui lui fit connaître combien elle était contente de son mariage. Deux ta-
bles se trouvèrent fournies des mets les plus délicieux, et servies tout en vaisselle d'or. Le sultan
se mit à la première et mangea avec la princesse sa
fille, Aladdin et le grand-visir. Tous les seigneurs
de la cour furent régalés à la seconde, qui était
fort longue. Le sultan trouva les mets de bon

goût, et il avoua que jamais il n'avait rien trouvé de plus excellent. Il dit la même chose du vin, qui était délicieux. Ce qu'il admira davantage lu-rent quatre grands buffets garnis et chargés à pro-fusion de flacons, de bassins et de coupes d'or mas-sif, le tout enrichi de pierreries. Il fut charmé aussi des chœurs de musique qui étaient disposés dans le salon, pendant que les fanfares de trom-pettes, accompagnées de timbales et de tambours, retentissaient au dehors à une distance propor-tionnée pour en avoir tout l'agrément.

Le sultan retourna à son palais de la manière qu'il y était venu, sans permettre à Aladdin de l'y accompagner, et rempli d'admiration des mer-veilles dont il venait d'être témoin.

Aladdin ne demeurait pas renfermé dans son palais; il avait soin de se faire voir par la ville, soit qu'il allât faire sa prière dans une mosquée, ou que de temps en temps il allât rendre visite au grand-visir, qui affectait de lui faire sa cour à certains jours réglés, ou qu'il fît l'honneur aux principaux seigneurs, qu'il régalait souvent dans son palais, d'aller les voir chez eux Chaque fois qu'il sortait, il faisait jeter par deux de ses escla-ves des pièces d'or à poignées dans les rues et dans les places par où il passait, et où le peuple se rendait toujours en grande foule. D'ailleurs, pas un pauvre ne se présentait à la porte de son palais qu'il ne s'en retournât content de la libéralité qu'on y faisait par ses ordres Comme Aladdin avait partagé son temps de manière qu'il n'y avait pas de semaine qu'il n'allât à la chasse, il exerçait la même libéralité par les chemins et par les vil-lages. Cette inclination généreuse lui fit donner par tout le peuple mille bénédictions, et il était

ordinaire de ne jurer que par sa tête ; enfin, sans
donner aucun ombrage au sultan, à qui il faisait
fort régulièrement sa cour, on peut dire qu'Aladdin s'était attiré par ses manières affables et libé-
rales toute l'affection du peuple. Il joignit à toutes
ces belles qualités une valeur et un zèle pour le
bien de l'État qu'on ne saurait assez louer. Il en
donna même des marques à l'occasion d'une révolte vers les confins du royaume. Il n'eut pas
plutôt appris que le sultan levait une armée
pour la dissiper, qu'il la supplia de lui en donner
le commandement en chef. Il n'eut pas de peine à
l'obtenir. Sitôt qu'il fut mis à la tête de l'armée,
il la fit marcher contre les révoltés ; et il se conduisit en toute cette expédition avec tant de diligence, que le sultan apprit plus tôt que les révoltés avaient été défaits que son arrivée à l'armée.
Cette action, qui rendit son nom célèbre dans toute
l'étendue du royaume, ne changea point son cœur ;
il revint victorieux, mais aussi affable qu'il l'avait
toujours été.

Il y avait déjà plusieurs années qu'Aladdin se
gouvernait comme nous venons de le dire, quand
le magicien qui lui avait donné, sans y penser, le
moyen de s'élever à une si haute fortune, se souvint de lui en Afrique, où il était retourné. Quoique jusqu'alors il se fût persuadé qu'Aladdin était
mort misérablement dans le souterrain où il l'a-
vait laissé, il lui vint néanmoins à la pensée de savoir quelle avait été sa fin. Comme il était grand
géomancien, il tira d'une armoire un carré en
forme de boîte couverte. Il s'assied sur son sofa,
met le carré devant lui, le découvre, et, après
avoir préparé, nivelé le sable, il jette ses points, il
en tire les figures et il en forme l'horoscope. En

xaminant l'horoscope, au lieu de découvrir
qu'Aladdin fût mort misérablement dans le
souterrain, il découvre qu'il en était sorti et
qu'il vivait sur terre dans une grande splendeur, puissamment riche, mari d'une princesse, honoré et respecté. Le magicien africain
n'eut pas plus tôt appris qu'Aladdin était dans
cette grande élévation, que le feu lui en monta au
visage. De rage il dit en lui-même : « Ce misérable fils de tailleur a découvert le secret et la vertu
de la lampe! J'avais cru sa mort certaine, et le
voilà qui jouit du fruit de mes travaux et de mes
veilles! J'empêcherai qu'il en jouisse longtemps,
ou je périrai. » Il ne fut pas longtemps à délibé-
rer sur le parti qu'il avait à prendre. Dès le
lendemain matin il monta sur un barbe qu'il
avait dans son écurie, et il se mit en chemin. Il
arriva à la Chine, et bientôt dans la capitale du
sultan dont Aladdin avait épousé la fille. Il mit
pied à terre dans un khan ou hôtellerie publique.
Il y demeura le reste du jour et la nuit suivante,
pour se remettre de la fatigue de son voyage. Le
lendemain, avant toutes choses, le magicien africain voulut savoir ce qu'on disait d'Aladdin. En
se promenant par la ville, il entra dans le lieu le
plus fréquenté par les personnes de distinction.
Il n'y eut pas plus tôt pris place qu'il entendit
qu'on parlait du palais d'Aladdin; il s'approcha
l'un de ceux qui s'en entretenaient, et il lui demanda en particulier ce que c'était que ce palais
dont on parlait si avantageusement. « D'où venez-vous? lui dit celui à qui il s'était adressé, si
vous n'avez pas encore entendu parler du palais
du prince Aladdin, car on doit en parler par toute

7

la terre depuis qu'il est bâti. Voyez-le, et vous jugerez si je vous en aurai parlé contre la vérité.
— Pardonnez à mon ignorance, reprit le magicien africain ; je ne suis arrivé que d'hier, et je viens véritablement de si loin, je veux dire de l'extrémité de l'Afrique, que la renommée n'en était pas encore venue jusque-là quand je suis parti; mais je ne manquerai pas de l'aller voir : l'impatience que j'en ai est si grande, dès à présent, que je vous prie de m'en enseigner le chemin. »

Celui à qui le magicien s'était adressé se fit un plaisir de lui enseigner le chemin par où il fallait qu'il passât pour avoir la vue du palais d'Aladdin, et le magicien africain se leva et partit dans le moment. Quand il y fut arrivé, et qu'il eut examiné le palais de près et de tous les côtés, il ne douta pas qu'Aladdin ne se fût servi de la lampe pour le faire bâtir. Sans s'arrêter à l'impuissance d'Aladdin, fils d'un simple tailleur, il savait bien qu'il n'appartenait de faire de semblables merveilles qu'à des génies esclaves de la lampe dont l'acquisition lui avait échappé. Piqué au vif de la grandeur d'Aladdin, il retourna au khan où il avait pris logement.

Il s'agissait de savoir où était la lampe, si Aladdin la portait avec lui, ou en quel lieu il la conservait; et c'est ce qu'il fallait que le magicien découvrît par une opération de géomancie. Dès qu'il fut arrivé où il logeait, il prit son carré et son sable, qu'il portait en tous ses voyages. L'opération achevée, il connut que la lampe était dans le palais d'Aladdin, et il eut une joie si grande de cette découverte, qu'à peine il se sentait lui-même. Je l'aurai cette lampe, dit-il, et je défie Aladdin de

'empêcher de la lui enlever. Le malheur pour
laddin voulut qu'alors il était allé à une partie
: chasse pour huit jours, et qu'il n'y en avait
e trois qu'il était parti; et voici de quelle ma-
ère le magicien africain en fut informé Quand
eut fait l'opération qui venait de lui donner tant
: joie, il alla voir le concierge du khan. Il lui
t qu'il venait de voir le palais d'Aladdin, et
rès lui avoir exagéré tout ce qu'il y avait re-
arqué de plus surprenant : « Ma curiosité, ajouta-
l, va plus loin, et je ne serai pas satisfait que je
aie vu le maître à qui appartient un édifice si
erveilleux. — Il ne vous sera pas difficile de le
ir, reprit le concierge; il n'y a presque pas de
urs qu'il n'en donne occasion, quand il est dans
ville; mais il y a trois jours qu'il est parti pour
e grande chasse qui en doit durer huit. » Le
agicien ne voulut pas en savoir davantage : il
it congé du concierge, et, en se retirant, il
la à la boutique d'un faiseur de lampes : « Maî-
e, lui dit-il, j'ai besoin d'une douzaine de lam-
es de cuivre, pouvez-vous me la fournir? — Le
endeur lui dit qu'il en manquait quelques-unes,
ais que, s'il voulait se donner patience jusqu'au
ndemain, il fournirait le nombre complet à
heure qu'il voudrait. Le magicien le voulut bien;
lui recommanda qu'elles fussent propres et bien
olies. Après lui avoir promis qu'il le paierait
en, il se retira dans son khan. Le lendemain, la
ouzaine de lampes fut livrée au magicien africain,
ui les paya au prix qui lui fut demandé, sans en
en diminuer. Il les mit alors dans un panier
ont il s'était pourvu exprès, et, avec ce panier
u bras il alla vers le palais d'Aladdin, et, quand

il se fut approché, il se mit à crier : « *Qui veut changer des vieilles lampes pour des neuves?* »

À mesure qu'il avançait, et d'aussi loin que les petits enfants qui jouaient dans la place l'entendirent, ils accoururent et ils s'assemblèrent autour de lui avec de grandes huées et le regardèrent comme un fou. Les passants riaient même de sa bêtise, à ce qu'ils s'imaginaient. Le magicien africain ne s'étonna ni des huées des enfants ni de tout ce qu'on pouvait dire de lui, et il continua de crier : « *Qui veut changer des vieilles lampes pour des neuves?* » Il répéta si souvent la même chose en allant et en venant devant le palais et à l'entour, que la princesse Badroulboudour, qui était dans le salon aux vingt-quatre croisées, entendit la voix d'un homme; mais comme elle ne pouvait distinguer ce qu'il criait, à cause des huées des enfants qui le suivaient, et dont le nombre augmentait de moment en moment, elle envoya une de ses esclaves pour voir ce que c'était que ce bruit. L'esclave ne fut pas longtemps à remonter; elle entra dans le salon avec de grands éclats de rire. » Eh bien! folle, dit la princesse, veux-tu me dire pourquoi tu ris? — Princesse, répondit la femme esclave en riant toujours, qui pourrait s'empêcher de rire en voyant un fou avec un panier au bras, plein de belles lampes toutes neuves, qui ne demande pas à les vendre, mais à les changer contre des vieilles? Ce sont les enfants, dont il est si fort environné qu'à peine peut il avancer, qui font tout le bruit qu'on entend, et se moquant de lui. » Sur ce récit, une autre femme esclave, en prenant la parole : « A propos de vieilles lampes, dit-elle, je ne sais si la princesse a pris garde qu'en voilà une sur la corniche, celui à qui elle appartient ne sera pas fâché d'en trouver une neuve au lieu de cette vieille. Si la princesse le veut bien, elle peut avoir le plaisir d'éprouver si ce fou est véritablement assez fou pour donner une lampe neuve en échange d'une vieille, sans en rien demander de retour. La lampe dont la femme esclave parlait était la lampe merveilleuse d'Aladdin, qu'il avait mise lui-même sur la corniche avant d'aller à la chasse, dans la crainte de la perdre, et il avait pris la même précaution toutes les fois qu'il y était allé. Hors ce temps, il la portait toujours sur lui. On dira qu'Aladdin aurait dû enfermer la lampe : cela est vrai; mais on a fait de semblables fautes de tout temps; on en fait encore aujourd'hui, et l'on ne cessera d'en faire.

La princesse Badroulboudour, qui ignorait que la lampe fût aussi précieuse qu'elle l'était, commanda à un eunuque de la prendre et d'en aller faire l'échange. L'eunuque obéit, et il ne fut pas plus tôt sorti du palais, qu'il aperçut le magicien; il l'appela, et en lui montrant la vieille lampe : « Donne-moi, dit-il, une lampe neuve pour celle-ci. » Le magicien africain ne douta pas que ce ne fût la lampe qu'il cherchait. Il la prit promptement de la main de l'eunuque, et, après l'avoir fourrée bien avant dans son sein, il lui présenta son panier et lui dit de choisir celle qui lui plairait. L'eunuque choisit, et, après avoir laissé le magicien, il porta la lampe neuve à la princesse Badroulboudour; mais l'échange ne fut pas plutôt fait, que les enfants firent retentir la place des plus grands éclats qu'ils n'avaient encore faits, en

7.

sé moquant, selon eux, de la bêtise du magicien.
Le magicien africain les laissa criailler tant qu'ils
voulurent, et, dès qu'ils furent hors de la place,
il s'échappa par les rues les moins fréquentées,
et, comme il n'avait point besoin des autres lampes, il posa le panier au milieu d'une rue où il vit
qu'il n'y avait personne. Alors il pressa le pas
jusqu'à ce qu'il arrivât à une des portes de la
ville. Quand il fut dans la campagne, il se détourna du chemin dans un lieu à l'écart, où il resta
jusqu'au moment d'exécuter le dessein qui l'avait
amené.

Le magicien africain passa le reste de la journée
dans ce lieu, jusqu'à une heure de nuit, que les
ténèbres furent les plus obscures. Alors il tira la
lampe de son sein et il la frotta. A cet appel, le
génie lui apparut. « *Que veux-tu ?* lui demanda
le génie ; *me voilà prêt à t'obéir comme ton esclave et celui de tous ceux qui ont la lampe à
la main, moi et ses autres esclaves.* »

« Je commande, reprit le magicien africain,
qu'à l'heure même tu enlèves le palais que toi ou
les autres esclaves de la lampe avez bâti dans cette
ville, tel qu'il est, et avec tout ce qu'il y a de vivant, et que tu les transportes avec moi, et en
même temps, dans un tel endroit de l'Afrique. »
Sans lui répondre, le génie avec l'aide d'autres génies, esclaves de la lampe comme lui, le transpor-
tèrent en très peu de temps, lui et son palais en
son entier, au propre lieu de l'Afrique qui lui avait
été marqué. Nous laisserons le magicien africain
et le palais avec la princesse Badroulboudour en
Afrique, pour parler de la surprise du sultan.
Dès que le sultan fut levé, il jeta la vue du côté

où il avait coutume de voir le palais, et il ne vit qu'une place vide, telle qu'elle était avant qu'on l'y eût bâti. Il crut qu'il se trompait et il se frotta les yeux; mais il ne vit rien de plus que la première fois, quoique le temps fut serein, le ciel net, et que l'aurore, qui avait commencé de paraître, rendît tous les objets fort distincts. Son étonnement fut si grand, qu'il demeura longtemps dans la même place, les yeux tournés du côté où le palais avait été, et où il ne le voyait plus, en cherchant comment il se pouvait faire qu'un palais aussi grand et aussi apparent que celui d'Aladdin, qu'il avait vu presque chaque jour depuis qu'il avait été bâti, se fût évanoui de manière qu'il n'en restait pas le moindre vestige. « Je ne me trompe pas, disait-il, il était dans la place que voilà; s'il s'était écroulé, les matériaux paraîtraient, et si la terre l'avait englouti, on en verrait quelque marque. » Il se retira enfin, et il commanda qu'on lui fît venir le grand-visir en toute diligence. Cependant il s'assit, l'esprit agité de pensées si différentes, qu'il ne savait quel parti prendre.

Le grand-visir ne fit pas attendre le sultan; il vint même avec une si grande précipitation que ni lui ni ses gens ne firent réflexion que le palais d'Aladdin n'était plus à sa place; en abordant le sultan : « Sire, lui dit le grand-visir, l'empressement avec lequel votre majesté m'a fait appeler m'a fait juger que quelque chose de bien extraordinaire était arrivé. — Ce qui est arrivé est véritablement extraordinaire, comme tu le dis. Dis-moi où est le palais d'Aladdin. — Le palais d'Aladdin, sire! je viens de passer devant, il m'a semblé qu'il était à sa place. — Va voir à la croi-

sée, répondit le sultan, et tu me diras si tu l'as
vu. »

Le grand-visir alla vers une fenêtre, et il lui arriva la même chose qu'au sultan. « Eh bien ! as-
tu vu le palais d'Aladdin? lui demanda celui-ci.—
Sire, répondit le grand-visir, votre majesté peut
se souvenir que j'ai eu l'honneur de lui dire que
ce palais, qui faisait le sujet de son admiration,
n'était qu'un ouvrage de magie; mais votre majesté n'a pas voulu y faire attention. » Le sultan,
qui ne pouvait disconvenir de ce que le grand-visir lui représentait, entra dans une grande colère.
« Où est, dit-il, cet imposteur, que je lui fasse
couper la tête? — Sire, reprit le grand-visir, il
faut lui envoyer demander où est son palais, il ne
doit pas l'ignorer. — Ce serait le traiter avec trop
d'indulgence, repartit le sultan; va donner ordre
à trente de mes cavaliers de me l'amener chargé
de chaînes. » Le grand visir alla donner l'ordre du
sultan aux cavaliers, et il instruisit leur officier de
quelle manière ils devaient s'y prendre, afin qu'il
ne leur échappât point. Ils partirent et ils rencon-
trèrent Aladdin à cinq ou six lieues de la ville,
qui revenait en chassant. L'officier lui dit en l'a-
bordant : « Prince Aladdin, c'est avec un grand
regret que nous vous déclarons l'ordre que nous
avons du sultan de vous arrêter et de vous mener
à lui en criminel d'état; nous vous supplions de
ne pas trouver mauvais que nous nous acquittions
de notre devoir et de nous le pardonner. » Cette
déclaration fut un sujet de grande surprise à
Aladdin, qui se sentait innocent; il demanda à
l'officier s'il savait de quel crime il était accusé. A
quoi il répondit que ni lui ni ses gens ne savaient

rien. Aladdin mit pied à terre. « Me voilà, dit-il, exécutez l'ordre que vous avez. Je puis dire néanmoins que je ne me sens coupable d'aucun crime. » On lui passa aussitôt au cou une chaîne fort grosse et fort longue, dont on le lia aussi par le milieu du corps, de manière qu'il n'avait pas les bras libres. Quand l'officier se fut mis à la tête de sa troupe, un cavalier prit le bout de la chaîne, et, en marchant après l'officier, il mena Aladdin, qui fut obligé de le suivre à pied, et dans cet état il fut conduit vers la ville. Quand les cavaliers furent entrés dans le faubourg, les premiers qui virent qu'on menait Aladdin en criminel d'état, ne doutèrent pas que ce ne fût pour lui couper la tête. Comme il était aimé généralement, les uns prirent des sabres et d'autres armes, et ceux qui n'en avaient pas s'armèrent de pierres et ils suivirent les cavaliers. Quelques uns des cavaliers qui étaient à la queue firent volte-face en faisant mine de vouloir les dissiper, mais bientôt ils grossirent en un si grand nombre que les cavaliers prirent le parti d'occuper la largeur du terrain, tantôt en s'étendant, tantôt en se resserrant ; de la sorte ils arrivèrent à la place du palais où leur officier et le cavalier qui menait Aladdin le firent entrer. Aladdin fut conduit devant le sultan. Sitôt qu'il le vit, il commanda au bourreau, qui avait eu ordre de se trouver là, de lui couper la tête sans vouloir l'entendre, ni tirer de lui aucun éclaircissement. Quand le bourreau se fut saisi d'Aladdin, il lui ôta la chaîne qu'il avait au cou et autour du corps, et, après avoir étendu sur la terre un cuir teint du sang d'une infinité de criminels qu'il avait exécutés, il l'y fit mettre à genoux et lui banda les yeux. Alors il tira son sabre et il attendit que le sultan lui donnât le signal pour trancher la tête d'Aladdin. En ce moment, le grand-visir vint lui dire que la populace, qui avait forcé les cavaliers, venait d'escalader les murs du palais en plusieurs endroits, et commençait à les démolir. Avant que le sultan donnât le signal, il lui dit : « Sire, je supplie votre majesté de penser qu'elle va courir risque de voir son palais forcé, et si ce malheur arrivait, l'événement pourrait en être funeste. — Mon palais forcé! reprit le sultan ; qui peut avoir cette audace? — Sire, repartit le grand-visir, que votre majesté jette les yeux sur les murs de son palais et sur la place, elle connaîtra la vérité de ce que je lui dis. » L'épouvante du sultan fut si grande quand il eut vu une émeute si vive que, dans le moment même, il commanda au bourreau d'ôter le bandeau des yeux d'Aladdin et de le laisser libre. Il donna ordre de crier que le sultan lui faisait grâce, et que chacun eût à se retirer. Alors tous ceux qui étaient déjà montés au haut des murs du palais abandonnèrent leur dessein. Ils descendirent en peu d'instants et publièrent cette nouvelle à tous ceux qui étaient autour d'eux. La justice que le sultan venait de rendre à Aladdin en lui faisant grâce désarma la populace, fit cesser le tumulte, et insensiblement chacun se retira chez soi.

Quand Aladdin se vit libre, il leva la tête du côté du balcon, et comme il eut aperçu le sultan : « Sire, dit-il en élevant sa voix d'une manière touchante, je supplie votre majesté de vouloir bien me faire connaître quel est mon crime. — Quel est ton crime, perfide! répondit le sultan, ne le sais-tu pas? Monte jusqu'ici, continua-t-il, je te le ferai connaître. » Aladdin monta, et quand il se fut présenté : « Suis-moi, lui dit le sultan : tu dois savoir où était ton palais; regarde de tous côtés, et dis-moi ce qu'il est devenu? » Aladdin regarde et ne voit rien; il s'aperçoit bien de tout le terrain que son palais occupait; mais, comme il ne pouvait deviner comment il avait pu disparaître, cet événement extraordinaire et surprenant le mit dans une confusion et dans un étonnement qui l'empêchèrent de pouvoir répondre un seul mot au sultan. Le sultant impatient : « Dis-moi donc, répéta-t-il à Aladdin, où est ton palais, et où est ma fille? » Alors Aladdin rompit le silence. « Sire, dit-il, je vois bien, et je l'avoue, que le palais que j'ai fait bâtir n'est plus à la place où il était, mais je puis l'assurer que je n'ai aucune part à cet événement. — Je ne me mets pas en peine de ce que ton palais est devenu, reprit le sultan; j'estime ma fille un million de fois davantage. Je veux que tu me la retrouves, autrement je te ferai couper la tête, et nulle considération ne m'en empêchera. — Sire, repartit Aladdin, je supplie votre majesté de m'accorder quarante jours pour faire mes diligences, et si dans cet intervalle je n'y réussis pas, je lui donne ma parole que j'apporterai ma tête au pied de son trône afin qu'elle en dispose à sa volonté. — Je t'accorde les quarante jours que tu me demandes, lui dit le sultan; mais ne crois pas abuser de la grâce que je te fais en pensant échapper à mon ressentiment : en quelque endroit de la terre que tu puisses être, je saurai bien te retrouver. »

Aladdin s'éloigna de la présence du sultan dans

un état à faire pitié. Il passa au travers des cours du palais la tête baissée, et les principaux officiers de la cour, dont il n'avait pas désobligé un seul, au lieu de s'approcher de lui pour le consoler ou pour lui offrir un asile chez eux, lui tournèrent le dos, autant pour ne pas le voir qu'afin qu'il ne pût les reconnaître. Enfin, comme il ne pouvait plus, dans l'état malheureux où il se voyait, rester dans une ville où il avait fait une si belle figure, il en sortit et il prit le chemin de la campagne. Il arriva enfin à l'entrée de la nuit au bord d'une rivière. Là, il lui prit une pensée de désespoir : « Où irai-je chercher mon palais? dit-il en lui-même; en quelle partie du monde le trouverai-je, aussi bien que ma chère princesse que le sultan me demande? Jamais je n'y réussirai. Il vaut donc mieux que je me délivre de tous les chagrins cuisants qui me rongent. » Il allait se jeter dans la rivière, selon la résolution qu'il venait de prendre; mais il crut qu'il ne devait pas le faire sans avoir auparavant fait sa prière. En voulant s'y préparer, il s'approcha du bord de l'eau pour se laver les mains et le visage; mais comme cet endroit était un peu en pente, il glissa, et il serait tombé dans la rivière s'il ne se fût pas retenu à un petit roc élevé hors de terre. Heureusement pour lui, il portait encore l'anneau que le magicien lui avait mis au doigt avant qu'il descendît dans le souterrain pour aller prendre la précieuse lampe qui venait de lui être enlevée. Il frotta cet anneau assez fortement contre le roc en se retenant; dans l'instant, le même génie qui lui était apparu dans ce souterrain lui apparut encore : « *Que veux-tu?* lui dit le génie: *me voici*

prêt à t'obéir comme ton esclave et celui de
de tous ceux qui ont l'anneau au doigt, moi et
les autres esclaves de l'anneau! » Aladdin,
agréablement surpris par une apparition si peu
attendue dans le désespoir où il était, répondit :
« Génie, sauve-moi la vie une seconde fois, en m'en-
seignant où est le palais que j'ai fait bâtir, ou en
faisant qu'il soit rapporté incessamment où il était.
— Ce que tu me demandes, reprit le génie, n'est
point de mon ressort : je ne suis esclave que de
l'anneau ; adresse-toi à l'esclave de la lampe. —
Si cela est, repartit Aladdin, je te commande donc,
par la puissance de l'anneau, de me transporter
jusqu'au lieu où est mon palais, et de me poser
sous les fenêtres de la princesse Badroulboudour. »
A peine eut-il achevé de parler que le génie le
transporta en Afrique, au milieu d'une prairie
où était le palais, peu éloigné d'une grande ville,
et le posa précisément au-dessous des fenêtres de
la princesse Badroulboudour, où il le laissa. Tout
cela se fit en un instant.

Nonobstant l'obscurité de la nuit, Aladdin reconnut fort bien son palais et l'appartement de la
princesse Badroulboudour; mais comme tout était
tranquille dans le palais, il se retira un peu à l'é-
cart, et il s'assit sous un arbre. Là, rempli d'espérance et dans une situation beaucoup plus pai-
sible que depuis qu'il avait été arrêté, il s'endormit au pied de l'arbre où il était. Le lendemain,
dès que l'aurore commença à paraître, Aladdin
fut éveillé agréablement par le ramage des oiseaux
qui avaient passé la nuit sur l'arbre sous lequel il
était couché. Il jeta d'abord les yeux sur son palais, et alors il se sentit une joie inexprimable d'ê-

8

tre sur le point de s'en revoir bientôt le maître et
de posséder sa chère princesse Badroulboudour.
Il se leva et se rapprocha de l'appartement de la
princesse. Il se promena quelque temps sous ses
fenêtres, en attendant qu'il pût l'apercevoir. Dans
cette attente, il cherchait en lui-même d'où pouvait être venue la cause de son malheur, et il ne
douta plus que toute son infortune ne vînt d'avoir
quitté sa lampe de vue. Ce qui l'embarrassait davantage, c'est qu'il ne pouvait s'imaginer qui
était jaloux de son bonheur. Il l'eût compris s'il
eût su que lui et son palais se trouvaient alors
en Afrique; mais le génie, esclave de l'anneau,
ne lui en avait rien dit. Le seul nom de l'Afrique
lui eût rappelé le magicien africain, son ennemi
déclaré.

La princesec Badroulboudour se levait plus matin qu'elle n'avait coutume depuis son enlèvement
et son transport en Afrique par l'artifice du magicien africain, dont jusqu'alors elle avait été contrainte de supporter la vue une fois chaque jour,
parce qu'il était maître du palais; mais elle l'avait
traité si durement chaque fois, qu'il n'avait encore osé prendre la hardiesse de s'y loger. Quand
elle fut habillée, une de ses femmes, en regardant
au travers de la jalousie, aperçoit Aladdin. Elle
court aussitôt en avertir sa maîtresse. La princesse, qui ne pouvait croire cette nouvelle, vient
vite se présenter à la fenêtre, et aperçoit Aladdin.
Elle ouvre la jalousie. Au bruit que la princesse
fait en l'ouvrant, Aladdin lève la tête; il la reconnaît et il la salue d'un air qui exprimait l'excès de
sa joie. » Pour ne pas perdre de temps, lui dit la
princesse, on est allé vous ouvrir la porte secrète;

ntrez et montez. » Et elle ferma la jalousie. La
porte secrète était au-dessous de l'appartement de
a princesse, et Aladdin monta à son appartement.
l n'est pas possible d'exprimer la joie que ressen-
irent les deux époux de se revoir réunis après
'être crus séparés pour jamais. Ils s'embrassèrent
plusieurs fois et se donnèrent toutes les marques
d'amour et de tendresse qu'on peut s'imaginer,
près une séparation aussi triste et aussi peu at-
endue que la leur. Après ces embrassements,
mêlés de larmes de joie, ils s'assirent, et Aladdin
en prenant la parole : « Princesse, dit-il, avant de
vous entretenir de toute autre chose, je vous supplie, au nom de Dieu, de me dire ce qu'est devenue une vieille lampe que j'avais mise sur la corniche du salon aux vingt-quatre croisées, avant
d'aller à la chasse. — Ah! cher époux, répondit
a princesse, je m'étais bien doutée que notre malheur réciproque venait de cette lampe, et ce qui
me désole, c'est que j'en suis la cause. — Princesse, reprit Aladdin, ne vous en attribuez pas la
cause; elle est tout entière sur moi, et je devrais
avoir été plus soigneux de la conserver. Ne songeons qu'à réparer cette perte; et pour cela faites-
moi la grâce de me raconter comment la chose
s'est passée et en quelles mains elle est tombée. »
Alors la princesse Badroulboudour raconta à
Aladdin ce qui s'était passé dans l'échange de la
lampe vieille pour la neuve, et comme la nuit
suivante, après s'être aperçue du transport du palais, elle s'était trouvée le matin dans un pays inconnu où elle lui parlait, et qui était l'Afrique :
particularité qu'elle avait apprise de la bouche
même du traître qui l'y avait fait transporter par

son art magique. « Princesse, dit Aladdin en l'interrompant, vous m'avez fait connaître le traître en me marquant que je suis en Afrique avec vous. Il est le plus perfide de tous les hommes. Mais ce n'est ni le temps ni le lieu de vous faire une peinture plus ample de ses méchancetés. Je vous prie seulement de me dire ce qu'il a fait de la lampe et où il l'a mise. Il la porte dans son sein et l'a développée en ma présence pour m'en faire un trophée. — Ma princesse, dit alors Aladdin, apprenez-moi, je vous en conjure, comment vous vous trouvez du traitement d'un homme aussi méchant et aussi perfide. — Depuis que je suis en ce lieu, reprit la princesse, il ne s'est présenté devant moi qu'une fois chaque jour. Tous ses discours ne tendent qu'à me persuader de rompre la foi que je vous ai donnée, et de le prendre pour époux, en voulant me faire croire que je ne dois pas espérer de vous revoir jamais, que vous ne vivez plus, et que mon père vous a fait couper la tête. Et comme il ne reçoit de moi pour réponse que mes plaintes douloureuses et mes larmes, il est contraint de se retirer aussi peu satisfait que quand il arrive. Je crains que son intention ne soit de laisser passer mes plus vives douleurs dans l'espérance que je changerai de sentiments, et à la fin d'user de violence si je persévère à lui faire résistance. Mais, cher époux, votre présence a déjà dissipé mes inquiétudes. — Princesse, interrompit Aladdin, j'ai confiance que ce n'est pas en vain, je crois avoir trouvé le moyen de vous délivrer de votre ennemi et du mien. Pour cela, il est nécessaire que j'aille à la ville. Je serai de retour vers le midi, et alors je vous communiquerai quel est mon dessein, et ce qu'il faudra que vous fassiez pour contribuer à le faire réussir. Mais ne vous étonnez pas de me voir revenir avec un autre habit, et donnez ordre qu'on ne me fasse pas attendre à la porte secrète au premier coup que je frapperai. » La princesse lui promit qu'on l'attendrait à la porte, et que l'on serait prompt à lui ouvrir.

Quand Aladdin fut descendu de l'appartement de la princesse, il regarda de côté et d'autre, et il aperçut un paysan qui prenait le chemin de la campagne. Comme le paysan allait au-delà du palais, et qu'il en était un peu éloigné, Aladdin pressa le pas; quand il l'eut joint, il lui proposa de changer d'habit, et il fit tant que le paysan y consentit. L'échange se fit à la faveur d'un buisson, et, quand ils se furent séparés, Aladdin prit le chemin de la ville. Dès qu'il y fut entré, il enfila une des rues les plus fréquentées, et entra dans la boutique d'un droguiste; il demanda au marchand s'il avait une certaine poudre qu'il lui nomma; en faisant voir de l'or, il demanda un demi-drachme de cette poudre. Le marchand la pesa, l'enveloppa, et, en la présentant à Aladdin, il en demanda une pièce d'or. Aladdin la lui mit entre les mains, et, sans s'arrêter dans la ville qu'autant de temps qu'il en fallait pour prendre un peu de nourriture, il revint à son palais. Il n'attendit pas à la porte : elle lui fut ouverte d'abord et il monta à l'appartement de la princesse Badroulboudour. « Princesse, lui dit-il, l'aversion que vous avez pour votre ravisseur, comme vous me l'avez témoignée, fera peut-être que vous aurez de la peine à suivre le conseil que j'ai à vous

8.

donner; mais permettez-moi de vous dire qu'il est à propos que vous dissimuliez, si vous voulez vous délivrer de sa persécution. Vous commencerez, dès à présent, à vous parer d'un de vos plus beaux habits; quand le magicien africain reviendra, recevez-le sans affectation et sans contrainte, avec un visage ouvert. Dans la conversation, donnez-lui à connaître que vous faites vos efforts pour m'oublier, et afin qu'il soit persuadé de votre sincérité, invitez-le à souper avec vous, et marquez-lui que vous seriez bien aise de goûter du meilleur vin de son pays; il ne manquera pas de vous quitter pour en aller chercher. Alors, en attendant qu'il revienne, mettez dans un des gobelets la poudre que voici, et, en le mettant à part, avertissez celle de vos femmes qui vous donne à boire de vous l'apporter plein de vin au signal que vous lui ferez. Quand le magicien sera revenu et que vous serez à table, après avoir mangé et bu, faites-vous apporter le gobelet où sera la poudre, et changez votre gobelet avec le sien; il trouvera la faveur que vous lui ferez si grande qu'il ne la refusera pas; il boira même sans rien laisser dans le gobelet; et à peine l'aura-t-il vidé que vous le verrez tomber à la renverse. »

Quand Aladdin eut achevé : « Je vous avoue, lui dit la princesse, que je me fais une grande violence en consentant à faire au magicien les avances que vous désirez que je fasse; mais quelle résolution ne peut-on pas prendre contre un si cruel ennemi ! Je ferai donc ce que vous me conseillez. » Ces mesures prises avec la princesse, Aladdin prit congé d'elle, et il alla passer le reste du jour aux environs du palais, en attendant la nuit pour se rapprocher de la porte secrète.

Dès qu'Aladdin se fut retiré, la princesse se fit coiffer par ses femmes de la manière qui lui était la plus avantageuse; elle prit un habit le plus riche et le plus convenable à son dessein. La ceinture dont elle se ceignit n'était qu'or et diamants enchâssés, et elle accompagna la ceinture d'un collier de perles des plus précieuses. Les bracelets, entremêlés de diamants et de rubis, répondaient merveilleusement bien à la richesse de la ceinture et du collier. Quand la princesse Badroulboudour fut entièrement habillée, elle consulta son miroir, et après qu'elle eut vu qu'il ne lui manquait aucun des charmes qui pouvaient flatter la folle passion du magicien, elle s'assit sur son sofa en attendant qu'il arrivât. Le magicien africain ne manqua pas de venir à son heure ordinaire. Dès que la princesse le vit entrer, elle se leva avec tout son appareil de beautés et de charmes, et elle lui montra de la main la place honorable où elle attendait qu'il se mît, pour s'asseoir en même temps que lui: civilité distinguée qu'elle ne lui avait pas encore faite. Le magicien africain, plus ébloui de l'éclat des beaux yeux de la princesse que du brillant des pierreries dont elle était ornée, fut fort surpris. Son air majestueux, et un certain ton gracieux dont on l'accueillait, le rendirent confus. D'abord il voulut prendre place sur le bord du sofa; mais comme il vit que la princesse ne voulait pas s'asseoir qu'il ne se fût assis, il obéit. Quand le magicien africain fut placé, la princesse prit la parole et elle lui dit:

« Vous vous étonnerez sans doute de me voir

aujourd'hui tout autre que vous ne m'avez vue
jusqu'à présent ; mais vous n'en serez plus surpris
quand je vous dirai que je suis d'un tempérament
si opposé à la tristesse et à la mélancolie que je
cherche à les éloigner le plus tôt qu'il m'est possible. J'ai fait réflexion sur ce que vous m'avez
représenté du destin d'Aladdin, et de l'humeur
dont je connais mon père, je suis persuadée comme
vous qu'il n'a pu éviter l'effet terrible de son
courroux. Ainsi, quand je m'opiniâtrerais à le
pleurer toute ma vie, je vois bien que mes larmes
ne le feraient pas revivre. C'est pour cela qu'a-
près lui avoir rendu, même jusque dans le tombeau, les devoirs que mon amour demandait que
je lui rendisse, il m'a paru que je devais chercher
tous les moyens de me consoler. Voilà les motifs
du changement que vous voyez en moi. Pour
commencer donc à éloigner tout sujet de tristesse, résolue à la bannir entièrement, et persuadée que vous voudrez bien me tenir compagnie,
j'ai commandé qu'on nous préparât à souper.
Mais comme je n'ai que du vin de la Chine, et
que je me trouve en Afrique, il m'a pris une envie de goûter de celui qu'elle produit ; et j'ai
cru, s'il y en a, que vous en trouverez du meilleur. »

Le magicien africain, qui avait regardé comme
impossible le bonheur de parvenir si promptement
à entrer dans les bonnes grâces de la princesse
Badroulboudour, lui marqua qu'il ne trouvait pas
de termes assez forts pour lui témoigner combien
il était sensible à ses bontés ; et, en effet, pour finir au plus tôt un entretien dont il eut peine à se
retirer, il se jeta sur le vin d'Afrique dont elle ve-

naît de lui parler, et il lui dit qu'il en avait une
pièce de sept ans qui surpassait en bonté les vins
les plus exquis. « Si ma princesse, ajouta-t-il,
veut me le permettre, j'irai en prendre deux bouteilles et je serai de retour incessamment. — Je
serais fâchée de vous donner cette peine, lui dit la
princesse ; il faudrait mieux que vous y envoyas-
siez quelqu'un. — Il est nécessaire que j'y aille
moi-même, repartit le magicien africain : personne que moi ne sait où est la clé du magasin. —
Si cela est ainsi, dit la princesse, allez donc et revenez promptement ; songez que nous nous met-
trons à table dès que vous serez de retour. Le
magicien africain, plein d'espérance de son prétendu bonheur, courut chercher son vin de sept
ans et revint fort promptement. La princesse, qui
n'avait pas douté qu'il ne fît diligence, avait jeté
elle-même la poudre qu'Aladdin lui avait apportée dans un gobelet qu'elle avait mis à part, et
elle venait de faire servir. Ils se mirent à table
vis-à-vis l'un de l'autre, de manière que le magicien avait le dos tourné au buffet. En lui présentant ce qu'il y avait de meilleur, la princesse lui
dit : « Si vous voulez, je vous donnerai le plaisir
des instruments et des voix ; mais comme nous ne
sommes que vous et moi, il me semble que la conversation nous donnera plus de plaisir. » Le magicien regarda ce choix de la princesse comme une
nouvelle faveur. Après qu'ils eurent mangé quelques morceaux, la princesse demanda à boire et
but à la santé du magicien : « Vous aviez raison,
dit-elle, de faire l'éloge de votre vin ; jamais je
n'en avais bu de si délicieux. — Charmante princesse, répondit-il en tenant à la main le gobelet

qu'on venait de lui présenter , mon vin acquiert
une nouvelle bonté par l'approbation que vous lui
donnez. » Quand ils eurent continué de manger et
de boire trois autres coups, la princesse, qui avait
achevé de charmer le magicien par ses manières ,
donna enfin le signal à la femme qui lui donnait à
boire, en disant qu'on lui apportât son gobelet
plein de vin , qu'on remplît de même celui du magicien africain et qu'on le lui présentât. Quand ils
eurent chacun leur gobelet à la main : « Je ne
sais, dit-elle, comment on en use chez vous quand
on s'aime bien , et qu'on boit ensemble comme
nous le faisons. Chez nous, l'amant et l'amante se
présentent réciproquement chacun leur gobelet,
et ils boivent à la santé l'un de l'autre. » En même
temps elle lui présenta le gobelet qu'elle tenait,
en avançant l'autre main pour recevoir le sien.
Le magicien africain se hâta de faire cet échange,
regardant cette faveur comme la marque la plus
certaine de la conquête du cœur de la princesse,
ce qui le mit au comble de son bonheur. « Princesse, dit-il le gobelet à la main, en m'instruisant
d'une coutume que j'ignorais , j'apprends à quel
point je dois être sensible à la grâce que je reçois.
Jamais je ne l'oublierai, aimable princesse. J'ai
trouvé , en buvant dans votre gobelet, une vie
dont votre cruauté m'eût fait perdre l'espérance
si elle eût continué. » La princesse Badroulbou-
bour, qui s'ennuyait du discours du magicien :
« Buvons, dit-elle en l'interrompant, vous repren-
drez après ce que vous voulez me dire. » En
même temps elle porta à la bouche le gobelet,
qu'elle ne toucha que du bout des lèvres, pendant que le magicien vida le sien sans en laisser

une goutte. En achevant de le vider, les yeux lui tournèrent et il tomba sur le dos sans sentiment.

Le magicien africain ne fut pas plutôt tombé à la renverse, que la porte fut ouverte dans le moment, et Aladdin entra dans le salon. Dès qu'il eut vu le magicien africain étendu sur le sofa, il arrêta la princesse Badroulboudour, qui s'était levée et qui s'avançait pour lui témoigner sa joie en l'embrassant : « Princesse, dit-il, il n'est pas encore temps; montez à votre appartement pendant que je vais travailler à vous faire retourner à la Chine avec la même diligence que vous en avez été éloignée. » En effet, quand la princesse fut hors du salon avec ses femmes et ses eunuques, Aladdin ferma la porte, et, après qu'il se fut approché du cadavre du magicien, il ouvrit sa veste et il en tira la lampe. Il la développa et il la frotta. Aussitôt le génie se présenta. « Génie, lui dit Aladdin, je t'ai appelé pour t'ordonner de la part de la lampe de faire que ce palais soit reporté incessamment à la Chine, et au même lieu et à la même place d'où il a été apporté ici. » Le génie, après avoir marqué par une inclination de tête qu'il allait obéir, disparut. En effet, le transport se fit dans un intervalle de très peu de durée. Aladdin se rendit à l'appartement de la princesse, et en l'embrassant : « Princesse, dit-il, je puis vous assurer que votre joie et la mienne seront complètes demain matin. » Comme la princesse n'avait pas achevé de souper, et qu'Aladdin avait besoin de manger, ils mangèrent ensemble, et burent du bon vin vieux du magicien africain .

après quoi ils se retirèrent dans leur appartement.

« Depuis l'enlèvement du palais d'Aladdin et de
la princesse Badroulboudour , le sultan était inconsolable de l'avoir perdue. Il ne dormait presque ni nuit ni jour. Aussi l'aurore ne faisait encore
que de paraître, lorsque le sultan vint à son cabinet, le même matin que le palais d'Aladdin venait
d'être rapporté à sa place. En y entrant, il jeta les
yeux d'une manière triste du côté de la place où il
ne croyait voir que l'air vide , sans apercevoir le
palais. Mais comme il vit que ce vide était rempli, il regarde avec plus d'attention, et il reconnaît
le palais d'Aladdin. Alors la joie succède à la tristesse. Il retourne à son appartement en pressant
le pas, et se dirige vers le palais d'Aladdin.

Aladdin, qui avait prévu ce qui pouvait arriver, s'était levé dès la pointe du jour; et il était
monté au salon aux vingt-quatre croisées, d'où il
aperçut que le sultan venait. Il descendit, pour le
recevoir au bas du grand escalier, et l'aider à mettre pied à terre. « Aladdin, lui dit le sultan, je ne
puis vous voir que je n'aie vu et embrassé ma fille. » Aladdin conduisit le sultan à l'appartement
de la princesse Badroulboudour au moment où
elle venait de s'habiller. Le sultan l'embrassa plusieurs fois le visage baigné de larmes de joie; et la
princesse, de son côté, lui donna toutes les marques du plaisir extrême qu'elle avait de le revoir.

Le sultan prit enfin la parole : « Ma fille, dit-il,
vous devez avoir beaucoup souffert. On n'est pas
transporté dans un palais tout entier, aussi subi-
tement que vous l'avez été , sans de grandes alar-

mes. Je veux que vous me racontiez ce qui en est.
La princesse se fit un plaisir de donner au sultan
son père la satisfaction qu'il demandait sur ce qui
la concernait. « Quant au reste, ajouta-t-elle, je
laisse à Aladdin à vous en rendre compte. » Aladdin eut peu de chose à ajouter, et en terminant :
« J'ai fait, dit-il, en sorte que le palais se retrouvât en sa place, et j'ai eu le bonheur de ramener
la princesse à votre majesté, comme elle me l'avait
commandé. Je n'en impose point à votre majesté;
et si elle veut se donner la peine de monter au salon, elle verra le magicien puni comme il le méritait »

Pour s'assurer entièrement de la vérité, le sultan se leva et monta ; et quand il eut vu le magicien africain mort, le visage déjà livide par la violence du poison, il embrassa Aladdin avec beaucoup de tendresse, en lui disant : « Mon fils, ne
me sachez pas mauvais gré du procédé dont j'ai
usé contre vous; l'amour paternel m'y a forcé.—
Sire, reprit Aladdin, je n'ai pas le moindre sujet
de plainte contre la conduite de votre majesté. Ce
magicien, cet infâme, est la cause unique de ma
disgrâce. Quand votre majesté en aura le loisir,
je lui ferai le récit d'une autre malice qu'il m'a
faite, non moins noire que celle-ci, dont j'ai été
préservé par une grâce de Dieu toute particulière.
— Je prendrai ce loisir exprès, repartit le sultan,
et bientôt. Mais songeons à nous réjouir, et faites
ôter cet objet odieux. » Aladdin fit enlever le cadavre du magicien africain, avec ordre de le jet-
ter à la voirie pour servir de pâture aux animaux
et aux oiseaux. Le sultan fit proclamer une fête
de dix jours, en réjouissance du retour de la

9

princesse Badroulboudour et d'Aladdin avec son palais.

C'est ainsi qu'Aladdin échappa pour la seconde fois au danger presque inévitable de perdre la vie; mais ce ne fut pas le dernier : il en courut un troisième dont nous allons rapporter les circonstances. Le magicien africain avait un frère cadet qui n'était pas moins habile que lui dans l'art magique : on peut même dire qu'il le surpassait en méchanceté et en artifices. Comme ils ne demeuraient pas dans la même ville, ils ne manquaient pas chaque année de s'instruire, par la géomancie, en quelle partie du monde ils étaient, en quel état ils se trouvaient, et s'ils n'avaient pas besoin du secours l'un de l'autre.

Quelque temps après que le magicien africain eut succombé dans son entreprise contre le bonheur d'Aladdin, son cadet, qui n'avait pas eu de ses nouvelles depuis un an, et qui n'était pas en Afrique, voulut savoir en quel endroit de la terre il était, comment il se portait, et ce qu'il y faisait. Il prend son carré; il accommode le sable, il en jette les points, il en tire les figures, et enfin il forme l'horoscope. En parcourant chaque figure, il trouve que son frère avait été empoisonné, que cela était arrivé dans une capitale de la Chine, située à tel endroit; et enfin, que celui par qui il avait été empoisonné était un homme de basse naissance, et qui avait épousé une princesse fille d'un sultan.

Quand le magicien eut appris de la sorte quelle avait été la destinée de son frère, il prit la résolution de venger sa mort; il monte à cheval et il se met en chemin. Il traverse plaines, rivières, mon-

tagnes, et, après une longue traite , sans s'arrêter
en aucun endroit, il arrive enfin à la Chine, et peu
de temps après à la capitale que la géomancie lui
avait enseignée. Le lendemain de son arrivée, le
magicien sort, et, en se promenant par la ville, il
s'introduisit dans les lieux les plus fréquentés, et
il prêta l'oreille à ce que l'on disait. Étant entré
dans un lieu où l'on passait le temps à jouer, il entendit qu'on racontait des merveilles de la vertu
et de la piété d'une femme retirée du monde,
nommée Fatime. Comme il crut que cette femme
pouvait lui être utile à quelque chose dans ce qu'il
méditait, il prit à part un de ceux de la compagnie, et le pria de vouloir bien lui dire plus particulièrement quelle était cette sainte femme, et
quelle sorte de miracles elle faisait. « Quoi ! lui
dit cet homme, vous n'avez pas encore vu cette
femme ? Elle fait l'admiration de toute la ville par
ses jeûnes et par ses austérités, et les jours qu'elle
se fait voir par la ville, elle fait des biens infinis. »
Le magicien demanda encore au même homme en
quel quartier de la ville était l'ermitage. Cet homme le lui enseigna ; sur quoi, après avoir arrêté
son projet, il sortit vers le minuit , et il alla droit
à l'ermitage de Fatime. La porte n'était fermée
qu'avec un loquet ; il la referma sans faire de
bruit quand il fut entré, et il aperçut Fatime, à la
clarté de la lune, couchée à l'air, et qui dormait
sur un sofa garni d'une méchante natte. Il s'approcha d'elle ; et , après avoir tiré un poignard
qu'il portait à son côté, il l'éveilla. En ouvrant les
yeux, la pauvre Fatime fut fort étonnée de voir
un homme prêt à la poignarder. En lui appuyant
le poignard contre le cœur, prêt à le lui enfoncer :

« Si tu cries, dit-il, ou si tu fais le moindre bruit, je te tue; mais lève-toi, et fais ce que je te dirai. » Fatime, qui était couchée dans son habit, se leva en tremblant de frayeur. « Ne crains pas, lui dit le magicien, je ne demande que ton habit, donne-le moi et prends le mien. » Ils firent l'échange d'habits, et, quand le magicien se fut habillé de celui de Fatime, il lui dit : « Colore-moi le visage comme le tien, de manière que je te ressemble, et que la couleur ne s'efface pas. » Comme il vit qu'elle tremblait encore, il lui dit : « Ne crains pas, te dis-je encore une fois ; je te jure par le nom de Dieu que je te donne la vie. » Fatime alluma sa lampe, et, en prenant d'une certaine liqueur dans un vase avec un pinceau, elle lui en frotta le visage et lui assura qu'il avait le visage de la même couleur qu'elle. Elle lui mit ensuite sa propre coiffure sur la tête avec son voile. Enfin après qu'elle lui eut mis autour du cou un gros chapelet, elle lui mit à la main le même bâton qu'elle avait coutume de porter, et, en lui présentant un miroir : « Regardez, dit-elle, vous verrez que vous me ressemblez on ne peut pas mieux. » Le magicien se trouva comme il l'avait souhaité; mais il ne tint pas à la bonne Fatime le serment qu'il lui avait fait si solennellement. Afin qu'on ne vît pas de sang en la perçant de son poignard, il l'étrangla, et il traîna son cadavre jusqu'à la citerne de l'ermitage, et il le jeta dedans.

Le magicien, déguisé ainsi en Fatime, passa le reste de la nuit dans l'ermitage. Le lendemain, à une heure ou deux du matin, il alla reconnaître le palais d'Aladdin, car c'était là qu'il avait projeté de jouer son rôle.

Dès qu'on eut aperçu la sainte femme, comme tout le peuple se l'imagina, le magicien fut bientôt environné d'une grande affluence de monde. Les uns se recommandaient a ses prières, d'autres lui baisaient la main, et d'autres s'inclinaient devant lui, afin qu'il leur imposât les mains ; ce qu'il faisait en marmottant quelques paroles en guise de prières. Après s'être arrêté souvent pour satisfaire ces sortes de gens, il arriva enfin dans la place du palais d'Aladdin, où l'empressement fut plus grand à qui s'approcherait de lui. Les plus forts fendaient la foule pour se faire place ; et de là s'élevèrent des querelles dont le bruit se fit entendre du salon où était la princesse Badroulboudour. La princesse commanda qu'on allât voir ce que c'était que ce bruit, et qu'on vînt lui en rendre compte. Une de ses femmas regarda par la jalousie, et elle revint dire que le bruit venait de la foule du monde qui environnait la sainte femme pour se faire guérir du mal de tête par l'imposition de ses mains. La princesse, qui depuis longtemps avait entendu dire beaucoup de bien de la sainte femme, mais qui ne l'avait pas encore vue, donna des ordres au chef des eunuques, et aussitôt il prit quatre eunuques avec ordre d'amener la prétendue sainte femme. Celui des eunuques qui prit la parole lui dit : « Sainte femme, la princesse veut vous voir, suivez-nous. — La princesse me fait bien de l'honneur, reprit la feinte Fatime ; je suis prête à lui obéir. » En même temps elle suivit les eunuques, qui avaient déjà repris le chemin du palais. Quand le magicien eut été introduit dans le salon aux vingt-quatre croisées, et qu'il eut aperçu la princesse, il déploya toute sa rhétorique

9.

d'imposteur et d'hypocrite pour s'insinuer dans l'esprit de la princesse, sous le manteau d'une grande piété, et il lui fut d'autant plus aisé de réussir, que la princesse qui était bonne naturellement, était persuadée que tout le monde était bon comme elle.

Quand la fausse Fatime eut achevé sa longue harangue : « Bonne mère, lui dit la princesse, je vous remercie de vos bonnes prières; j'y ai grande confiance, et j'espère que Dieu les exaucera : je vous demande une chose qu'il faut que vous m'accordiez : c'est que vous demeuriez avec moi, afin que j'apprenne de vous et par vos bons exemples comment je dois servir Dieu. — Princesse, dit alors la feinte Fatime, je vous supplie de ne pas exiger de moi une chose à laquelle je ne puis consentir sans me détourner et me distraire de mes prières.—Que cela ne vous fasse pas de peine, reprit la princesse, j'ai plusieurs appartements qui ne sont pas occupés; vous choisirez celui qui vous conviendra le mieux, et vous y ferez vos exercices avec la même liberté que dans votre ermitage. »

« Le magicien, qui n'avait d'autre but que de s'introduire dans le palais d'Aladdin, ne fit pas de plus grandes instances pour s'excuser d'accepter l'offre de la princesse. « Princesse, dit-il, quelque résolution qu'une femme pauvre et misérable comme je le suis, ait faite de renoncer au monde, je n'ose prendre la hardiesse de résister au commandement d'une princesse si pieuse et si charitable. » Sur cette réponse du magicien la princesse lui dit : « Levez-vous, et venez avec moi, que je vous fasse voir les appartements que j'ai, afin que vous

La princesse Badroulboudour.

choisissiez. » Il suivit la princesse ; et de tous les appartements qu'elle lui fit voir, qui étaient très bien meublés, il choisit celui qui lui parut l'être moins, en disant, par hypocrisie, qu'il était trop bon pour lui, et qu'il ne le choisissait que pour complaire à la princesse.. La princesse voulut ramener le fourbe au salon pour le faire dîner avec elle; mais comme, pour manger, il eût fallu qu'il se fût découvert le visage, il la pria avec tant d'instance de l'en dispenser, en lui représentant qu'il ne mangeait que du pain et quelques fruits secs, et de lui permettre de prendre son petit repas dans son appartement, qu'elle le lui accorda. « Ma bonne mère, lui dit-elle, vous êtes libre, faites comme si vous étiez dans votre ermitage : je vais vous faire apporter à manger; mais souvenez-vous que je vous attends dès que vous aurez pris votre repas.» La princesse dîna, et la fausse Fatime ne manqua pas de venir la retrouver dès qu'elle eut appris par un eunuque qu'elle était sortie de table. « Ma bonne mère, lui dit la princesse, je suis ravie de posséder une sainte femme comme vous, qui va faire la bénédiction de ce palais. A propos de ce palais, comment le trouvez-vous? » Sur cette demande, la fausse Fatime parcourut le salon des yeux d'un bout jusqu'à l'autre, et quand elle l'eut bien considéré : « Princesse, dit-elle, ce salon est véritablement admirable et d'une grande beauté; mais mon avis, s'il peut être de quelque importance, serait que si, au haut et au milieu de ce dôme, il y avait un œuf de roc suspendu, ce salon n'aurait point de pareil dans les quatre parties du monde, et votre palais serait la merveille de l'univers. — Ma bonne mère, demanda la princesse, quel oiseau est-ce que le roc? et où pourrait-on en trouver un œuf? — Princesse, répondit la fausse Fatime, c'est un oiseau d'une grandeur prodigieuse, qui habite au plus haut du mont Caucase : l'architecte de votre palais peut vous en trouver un. » Après avoir remercié la fausse Fatime de son avis, la princesse continua de s'entretenir avec elle sur d'autres sujets; mais elle n'oublia pas l'œuf de roc, et compta bien en parler à Aladdin dès qu'il serait revenu de la chasse. Il y avait six jours qu'il y était allé; et le magicien, qui ne l'avait pas ignoré, avait voulu profiter de son absence. Il revint le même jour sur le soir, dans le temps que la fausse Fatime venait de prendre congé de la princesse, et de se retirer à son appartement. En arrivant il monta à l'appartement de la princesse. En l'embrassant, il lui parut qu'elle le recevait avec un peu de froideur. « Ma princesse, dit-il, je ne retrouve pas en vous la même gaîté que j'ai coutume d'y trouver. Est-il arrivé quelque chose, pendant mon absence, qui vous ait déplu et causé du chagrin? — C'est peu de chose, reprit la princesse. Mais puisque vous apercevez quelque altération sur mon visage, je ne vous en dissimulerai pas la cause. J'avais cru avec vous que notre palais était le plus accompli qu'il y eût au monde. Je vous dirai néanmoins ce qui m'est venu dans la pensée après avoir bien examiné le salon aux vingt-quatre croisées. Ne trouvez-vous pas, comme moi, qu'il n'y aurait plus rien à désirer, si un œuf de roc était suspendu au milieu de l'enfoncement du dôme? — Princesse, repartit Aladdin, il suffit que vous trouviez qu'il y manque un œuf de roc, pour que j'y trouve le même défaut. Vous verrez par la diligence que je vais apporter à le réparer, qu'il n'y a rien que je ne fasse pour l'amour de vous. »

« Dans le moment Aladdin quitta la princesse Badroulboudour ; il monta au salon aux vingt-quatre croisées; et là, après avoir tiré de son sein la lampe qu'il portait toujours sur lui, depuis le danger qu'il avait couru pour avoir négligé de prendre cette précaution, il la frotta. Aussitôt le génie se présenta devant lui. « Génie, lui dit Aladdin, il manque à ce dôme un œuf de roc suspendu au milieu de l'enfoncement ; je te demande, au nom de la lampe que je tiens que tu fasses en sorte que ce défaut soit réparé. »

Aladdin n'eut pas achevé de prononcer ces paroles, que le génie fit un cri si bruyant et si épouvantable, que le salon en fut ébranlé, et qu'Aladdin en chancela, prêt à tomber de son haut. « Quoi, misérable ! s'écrie le génie, d'une voix à faire trembler l'homme le plus assuré, ne te suffit-il pas que mes compagnons et moi nous ayons fait toute chose en ta considération, pour me demander, par une ingratitude qui n'a pas de pareille, que je t'apporte mon maître, et que je le pende au milieu de ce dôme? Cet attentat mériterait que vous fussiez réduits en cendres sur le champ, toi, ta femme et ton palais. Mais tu es heureux de n'en être pas l'auteur, et que la demande ne vienne pas directement de ta part. Apprends quel en est le véritable auteur, c'est le frère du magicien africain, ton ennemi, que tu as exterminé comme il le méritait. Il est dans ton palais, déguisé sous l'habit de Fatime la sainte femme, qu'il a assassinée ; et c'est lui qui a suggéré à ta femme de faire la demande pernicieuse que tu m'as faite. Son dessein est de te tuer, c'est à toi d'y prendre garde. » Et en achevant ces mots il disparut.

Aladdin ne perdit pas une des dernières paroles du génie; il avait entendu parler de Fatime la sainte femme, et il n'ignorait pas de quelle manière elle guérissait le mal de tête, à ce que l'on prétendait. Il revint à l'appartement de la princesse; et sans parler de ce qui venait de lui arriver, il s'assit, en disant qu'un grand mal de tête venait de le prendre tout à coup, et en s'appuyant la main contre le front. La princesse commanda aussitôt qu'on fît venir la sainte femme; et, pendant qu'on alla l'appeler, elle raconta à Aladdin à quelle occasion elle se trouvait dans le palais, où elle lui avait donné un appartement.

La fausse Fatime arriva; et dès qu'elle fut entrée : « Venez, ma bonne mère, lui dit Aladdin, je suis bien aise de vous voir. Je suis tourmenté d'un furieux mal de tête qui vient de me saisir. Je vous demande votre secours par la confiance que j'ai en vos bonnes prières, et j'espère que vous ne me refuserez pas. » En achevant ces paroles, il se leva en baissant la tête; et la fausse Fatime s'avança de son côté, mais en portant la main sur un poignard qu'elle avait à sa ceinture sous sa robe. Aladdin qui l'observait lui saisit la main avant qu'elle l'eût tiré, et, en lui perçant le cœur du sien, il la jeta morte sur le plancher.

« Mon cher époux, qu'avez-vous fait? s'écria la princesse, avec surprise; vous avez tué la sainte femme! — Non, ma princesse, répondit Aladdin sans s'émouvoir, je n'ai pas tué Fatime, mais un scélérat qui m'allait assassiner, si je ne l'eusse prévu. C'est ce méchant homme que vous voyez, ajouta-il en le dévoilant, qui a étranglé Fatime que vous avez cru regretter en m'accusant de sa mort, et qui s'était déguisé sous son habit pour me poignarder, et afin que vous le connaissiez mieux, il était frère du magicien africain votre ravisseur. » Aladdin lui raconta ensuite par quelle voie il avait appris ces particularités; après quoi il fit enlever le cadavre. C'est ainsi qu'Aladdin fut délivré de la persécution des deux frères africains. Peu d'années après, le sultan mourut dans une grande vieillesse. Comme il ne laissa pas d'enfants mâles, la princesse Badroulboudour, en qualité de légitime héritière, lui succéda, et communiqua la puissance suprême à Aladdin. Ils régnèrent ensemble de longues années et laissèrent une illustre postérité.

Paris. — Imp. de Pommeret et Moreau, 42, rue Vavin.

HISTOIRE

D'ALI-BABA.

Arrivée des Voleurs à la grotte.

HISTOIRE

D'ALI BABA

ET DE QUARANTE VOLEURS EXTERMINÉS PAR UNE ESCLAVE.

Dans une ville de Perse, aux confins des Etats d'un puissant sultan des Indes, il y avait deux frères, dont l'un se nommait Cassim et l'autre Ali Baba. Comme leur père ne leur avait laissé que peu de biens, et qu'il les avait partagés également, il semble que leur fortune devait être égale : le hasard néanmoins en disposa autrement.

Cassim épousa une femme qui, peu de temps après leur mariage, devint héritière d'une boutique bien garnie, d'un magasin rempli de bonnes marchandises, et de biens en fonds de terre qui le mirent tout à coup à son aise et le rendirent un des marchands les plus riches de la ville.

Ali Baba, au contraire, qui avait épousé une femme aussi pauvre que lui, était logé fort pauvrement, et il n'avait d'autre industrie pour gagner sa vie et de quoi s'entretenir, lui et ses enfants, que d'aller couper du bois dans une forêt voisine, et de venir le vendre à la ville, chargé sur trois ânes, qui faisaient toute sa possession.

Ali Baba était un jour dans une forêt, et il achevait d'avoir coupé à peu près assez de bois pour faire la charge de ses ânes, lorsqu'il aperçut une

grosse poussière qui s'élevait en l'air et qui avançait droit du côté où il était. Il regarde attentivement, et il distingue une troupe nombreuse de gens
à cheval qui venaient d'un bon train.

Quoiqu'on ne parlât pas de voleurs dans le pays,
Ali Baba néanmoins eut la pensée que ce pouvait
en être, et, sans considérer ce que deviendraient ses
ânes, il songea à sauver sa personne. Il monta sur
un gros arbre dont les branches, à peu de hauteur,
se séparaient en rond si près les unes des autres,
qu'elles n'étaient séparées que par un très-petit
espace. Il se posta au milieu avec d'autant plus d'assurance qu'il pouvait voir sans être vu ; et l'arbre s'élevait au pied d'un rocher isolé de tous côtés, beaucoup
plus haut que l'arbre, et escarpé de manière qu'on
ne pouvait monter au haut par aucun endroit.

Les cavaliers, grands, puissants, tous bien montés et bien armés, arrivèrent près du rocher, où ils
mirent pied à terre ; et Ali Baba, qui en compta
quarante, à leur mine et à leur équipement, ne
douta pas qu'ils ne fussent des voleurs. Il ne se
trompa pas : en effet, c'étaient des voleurs qui,
sans faire aucun tort aux environs, allaient exercer
leurs brigandages bien loin et avaient là leur rendez-
vous, et ce qu'il les vit faire le confirma dans cette
opinion.

Chaque cavalier débrida son cheval, l'attacha,
lui passa au cou un sac plein d'orge qu'il avait apporté sur la croupe, et ils se chargèrent chacun de
leur valise ; et la plupart des valises parurent si pe-
santes à Ali Baba, qu'il jugea qu'elles étaient pleines d'or et d'argent monnayés.

Le plus apparent, chargé de sa valise comme les
autres, qu'Ali Baba prit pour le capitaine des voleurs. s'approcha du rocher fort près du gros arbre

ù il s'était réfugié, et, après qu'il se fut fait un
hemin au travers de quelques arbrisseaux, il pro-
0nça ces paroles si distinctement : « Sésame, ou-
re-toi, » qu'Ali Baba les entendit. Dès que le ca-
itaine des voleurs les eut prononcées, une porte
ouvrit, et, après qu'il eut fait passer tous ses gens
evant lui et qu'ils furent tous entrés, il entra
ussi, et la porte se ferma.

Les voleurs demeurèrent longtemps dans le ro-
her, et Ali Baba, qui craignit que quelqu'un d'eux
u tous ensemble ne sortissent s'il quittait son poste
our se sauver, fut contraint de rester sur l'arbre et
'attendre avec patience. Il fut tenté néanmoins de
escendre pour se saisir de deux chevaux, en mon-
er un et mener l'autre par la bride, et de gagner
a ville en chassant ses trois ânes devant lui; mais
incertitude de l'événement fit qu'il prit le parti le
lus sûr.

La porte se rouvrit enfin, les quarante voleurs
ortirent, et, au lieu que le capitaine était entré le
ernier, il sortit le premier et après les avoir vus dé-
ler devant lui. Ali Baba entendit qu'il fit refer-
ner la porte en prononçant ces paroles : « Sésame,
eferme-toi. » Chacun retourna à son cheval, le re-
rida, rattacha sa valise et remonta dessus. Quand
e capitaine enfin vit qu'ils étaient tous prêts à par-
ir, il se mit à la tête, et il reprit avec eux le che-
ain par lequel ils étaient venus

Ali Baba ne descendit pas de l'arbre d'abord; il
it en lui-même : « Ils peuvent avoir oublié quelque
hose qui les oblige de revenir, et je me trouverais
ttrapé si cela arrivait. » Il les conduisit de l'œil
squ'à ce qu'il les eût perdus de vue, et il ne des-
endit que longtemps après pour plus grande sû-
té. Comme il avait retenu les paroles par les-

quelles le capitaine des voleurs avait fait ouvrir et
refermer la porte, il eut la curiosité d'éprouver si en
les prononçant elles feraient le même effet. Il passa
au travers des arbrisseaux, et il aperçut la porte
qu'ils cachaient. Il se présenta devant, et il dit :
« Sésame, ouvre-toi, » et dans l'instant la porte s'ouvrit toute grande.

Ali Baba s'était attendu à voir un lieu de ténèbres et d'obscurité; mais il fut surpris d'en voir un
bien éclairé, vaste et spacieux, creusé en voûte fort
élevée à main d'hommes, qui recevait la lumière du
haut du rocher par une ouverture pratiquée de
même. Il vit de grandes provisions de bouche, des
ballots de riches marchandises en pile, des étoffes
de soie de brocart, des tapis de grand prix, et surtout de l'or et de l'argent monnayés, par tas et
dans des sacs ou grandes bourses de cuir les unes
sur les autres ; et, à voir toutes ces choses, il lui parut qu'il y avait, non pas de longues années, mais
des siècles que cette grotte servait de retraite à des
voleurs qui avaient succédé les uns les autres.

Ali Baba ne balança pas sur le parti qu'il devait
prendre : il entra dans la grotte, et, dès qu'il y fut
entré, la porte se referma; mais cela ne l'inquiéta
pas, il savait le secret de la faire ouvrir. Il ne s'attacha pas à l'argent, mais à l'or monnayé, et particulièrement à celui qui était dans des sacs ; il en
enleva à plusieurs fois autant qu'il pouvait en porter
et qu'ils purent suffire pour faire la charge de ses
trois ânes. Il rassembla ses trois ânes qui étaient
dispersés, et, quand il les eut fait approcher du rocher, il les chargea des sacs, et, pour les cacher, il
accommoda du bois par-dessus, de manière qu'on
ne pouvait les apercevoir. Quand il eut achevé, il
se présenta devant la porte, et il n'eut pas prononcé

ces paroles : « Sésame, referme-toi, » qu'elle se
ferma, car elle s'était fermée d'elle-même chaque
fois qu'il y était entré, et demeurée ouverte chaque
fois qu'il en était sorti.

Cela fait, Ali Baba reprit le chemin de la ville,
et, arrivant chez lui, il fit entrer ses ânes dans une
petite cour et referma la porte avec grand soin. Il
mit bas le peu de bois qui couvrait les sacs, et il
porta les sacs dans sa maison, qu'il posa et arrangea
devant sa femme, qui était assise sur un sofa.

Sa femme mania les sacs, et, comme elle se fut
aperçue qu'ils étaient pleins d'argent, elle soup-
çonna son mari de les avoir volés; de sorte que
quand il eut achevé de les apporter tous, elle ne
put s'empêcher de lui dire : « Ali Baba, seriez-vous
assez malheureux pour... » Ali Baba l'interrompit :
« Paix, ma femme, dit-il, ne vous alarmez pas, je
ne suis pas voleur, à moins que ce ne soit l'être que
de prendre sur les voleurs. Vous cesserez d'avoir cette
mauvaise opinion de moi quand je vous aurai raconté ma bonne fortune. » Il vida les sacs, qui firent un gros tas d'or, dont sa femme fut éblouie; et,
quand il eut fait, il lui fit le récit de son aventure
depuis le commencement jusqu'à la fin, et, en achevant, il lui recommanda sur toute chose de garder
le secret.

La femme, revenue et guérie de son épouvante,
se réjouit avec son mari du bonheur qui leur était
arrivé, et elle voulut conter pièce par pièce tout
l'or qui était devant elle. « Ma femme, lui dit Ali
Baba, vous n'êtes pas sage. Que prétendez-vous
faire? Je vais creuser une fosse et l'enfouir dedans,
nous n'avons pas de temps à perdre. — Il est bon,
reprit la femme, que nous sachions au moins à-peu
près la quantité qu'il y en a. Je vais chercher une

petite mesure dans le voisinage, et je mesurerai pendant que vous creuserez la fosse. — Ma femme, repartit Ali Baba, ce que vous voulez faire n'est bon à rien; vous vous en abstiendriez si vous vouliez me croire. Faites néanmoins ce qu'il vous plaira; mais souvenez-vous de garder le secret. »

Pour se satisfaire, la femme d'Ali Baba sort, et va chez Cassim, son beau-frère, qui ne demeurait pas loin. Cassim n'était pas chez lui, et, à son défaut, elle s'adresse à sa femme, qu'elle prie de lui prêter une mesure pour quelques moments. La belle-sœur lui demande si elle la voulait grande ou petite, et la femme d'Ali Baba lui en demanda une petite. « Très-volontiers, dit la belle-sœur; attendez un moment, je vais vous l'apporter. »

La belle-sœur va chercher la mesure : elle la trouve; mais, comme elle connaissait la pauvreté d'Ali Baba, curieuse de savoir quelle sorte de grains sa femme voulait mesurer, elle s'avisa d'appliquer adroitement du suif au-dessous de la mesure, et elle y en appliqua. Elle revint, et, en la présentant à la femme d'Ali Baba, elle s'excusa de l'avoir fait attendre sur ce qu'elle avait eu de la peine à la trouver.

La femme d'Ali Baba revint chez elle : elle posa la mesure sur le tas d'or, l'emplit, et la vida un peu plus loin sur le sofa jusqu'à ce qu'elle eut achevé, et elle fut contente du bon nombre de mesures qu'elle en trouva, dont elle fit part à son mari, qui venait d'achever de creuser la fosse.

Pendant qu'Ali Baba enfouit l'or, sa femme, pour marquer son exactitude et sa diligence à sa belle-sœur, lui reporte la mesure, mais sans prendre garde qu'une pièce d'or s'était attachée dessous. « Belle-sœur, dit elle en la rendant, vous voyez que je n'ai pas gardé longtemps votre mesure ; je vous en suis bien obligée, je vous la rends. »

La femme d'Ali Baba n'eut pas tourné le dos, que la femme de Cassim regarda la mesure par le dessous, et elle fut dans un étonnement inexprimable d'y voir une pièce d'or attachée. L'envie s'empara de son cœur dans le moment. « Quoi ! dit-elle, Ali Baba a de l'or par mesure ! et où le misérable a-t-il pris cet or ? » Cassim, son mari, n'était pas à la maison, comme nous l'avons dit : il était à sa boutique, d'où il ne devait revenir que le soir. Tout le temps qu'il se fit attendre fut un siècle pour elle, dans la grande impatience où elle était de lui apprendre une grande nouvelle dont il ne devait pas être moins surpris qu'elle.

A l'arrivée de Cassim chez lui : « Cassim, lui dit sa femme, vous croyez être riche, vous vous trompez : Ali Baba l'est infiniment plus que vous ; il ne compte pas son or comme vous, il le mesure. » Cassim demanda l'explication de cette énigme, et elle lui en donna l'éclaircissement en lui apprenant de quelle adresse elle s'était servie pour faire cette découverte, et elle lui montra la pièce de monnaie qu'elle avait trouvée attachée au-dessous de la mesure, pièce si ancienne, que le nom du prince qui y était marqué lui était inconnu.

Loin d'être sensible au bonheur qui pouvait être arrivé à son frère pour se tirer de la misère, Cassim en conçut une jalousie mortelle. Il en passa presque la nuit sans dormir. Le lendemain il alla chez lui que le soleil n'était pas levé. Il ne le traita pas de frère, il avait oublié ce nom depuis qu'il avait épousé la riche veuve. « Ali Baba, dit-il en l'abordant, vous êtes bien réservé dans vos affaires : vous

faites le pauvre, le misérable, le gueux, et vous me-
surez l'or !

— Mon frère, reprit Ali Baba, je ne sais de quoi
vous voulez me parler, expliquez-vous. — Ne faites
pas l'ignorant, » repartit Cassim, en lui montrant
la pièce d'or que sa femme lui avait mise entre les
mains : « Combien avez-vous de pièces, ajouta-t-il,
semblables à celle-ci que ma femme a trouvée attachée au-dessous de la mesure que la vôtre vint lui
emprunter hier? »

À ce discours, Ali Baba connut que Cassim et la
femme de Cassim (par un entêtement de sa propre
femme) savaient déjà ce qu'il avait un si grand intérêt à tenir caché. Mais la faute était faite, elle ne
pouvait se réparer. Sans donner à son frère la moindre marque d'étonnement ni de chagrin, il lui avoua
la chose et lui raconta par quel hasard il avait découvert la retraite des voleurs et en quel endroit, et
il lui offrit, s'il voulait garder le secret, de lui faire
part du trésor.

« Je le prétends bien ainsi, reprit Cassim d'un
air fier; mais, ajouta-t-il, je veux savoir aussi où
est précisément ce trésor, les enseignes, les marques, et comment je pourrais y entrer moi-même s'il
m'en prenait envie : autrement, je vais vous dénoncer
à la justice. Si vous le refusez, non seulement vous
n'aurez plus rien à en espérer, vous perdrez même ce
que vous avez enlevé, au lieu que j'en aurais ma part
pour vous avoir dénoncé.

Ali Baba, plutôt par son bon naturel qu'intimidé
par les menaces insolentes d'un frère barbare, l'instruisit pleinement de ce qu'il souhaitait, et même
des paroles dont il fallait qu'il se servît, tant pour
entrer dans la grotte que pour en sortir.

Cassim n'en demanda pas davantage à Ali Baba,

le quitta, résolu de le prévenir et plein d'espé-
.nce de s'emparer du trésor lui seul. Il part le
ndemain de grand matin, avant la pointe du jour,
'ec dix mulets chargés de grands coffres qu'il se
'oposa le remplir, en se réservant d'en mener un
us grand nombre dans un second voyage, à pro-
ortion des charges qu'il trouverait dans la grotte.
 prend le chemin qu'Ali Baba lui avait enseigné;
 arrive près du rocher, et il reconnaît les enseignes
: l'arbre sur lequel Ali Baba s'était caché. Il cher-
ıe la porte, il la trouve, et, pour la faire ouvrir,
 prononce les paroles : « Sésame, ouvre-toi. » La
orte s'ouvre, il entre, et aussitôt elle se referme.
 n examinant la grotte, il est dans une grande ad-
ıiration de voir beaucoup plus de richesses qu'il ne
avait compris par le récit d'Ali Baba, et son admi-
ıtion augmenta à mesure qu'il examina chaque
hose en particulier. Avare et amateur des richesses
omme il l'était, il eût passé la journée à se repaî-
:e les yeux de la vue de tant d'or, s'il n'eût songé
u'il était venu pour l'enlever et pour en charger
es dix mulets. Il en prend un nombre de sacs, au-
ant qu'il en peut porter, et, en venant à la porte pour
ı faire ouvrir, l'esprit rempli de toute autre idée que
.e ce qui lui importait davantage, il se trouve qu'il
ublie le mot nécessaire, et, au lieu de « Sésame, »
l dit : « Orge, ouvre-toi, » et il est bien étonné de
'oir que la porte, loin de s'ouvrir, demeure fermée.
l nomme plusieurs autres noms de grains autres
[ue celui qu'il fallait, et la porte ne s'ouvre pas.

Cassim ne s'attendait pas à cet événement. Dans
e grand danger où il se voit, la frayeur se saisit de
ı personne, et plus il fait d'effort pour se souvenir
lu mot de Sésame, plus il embrouille sa mémoire,
ıt il en demeure exclu absolument comme si jamais

il n'en avait entendu parler. Il jette par terre les
sacs dont il s'était chargé. Il se promène à grands
pas dans la grotte, tantôt d'un côté, tantôt de l'autre,
et toutes les richesses dont il se voit environné ne le
touchent plus. Laissons Cassim déplorant son sort, il
ne mérite pas de compassion.

Les voleurs revinrent à leur grotte vers le midi,
et, quand ils furent à peu de distance et qu'ils eurent vu les mulets de Cassim autour du rocher,
chargés de coffres, inquiets de cette nouveauté, ils
avancèrent à toute bride et firent prendre la fuite
aux dix mulets, que Cassim avait négligé d'attacher
et qui paissaient librement, de manière qu'ils se dispersèrent de çà et de là dans la forêt, si loin qu'ils
les eurent bientôt perdus de vue.

Les voleurs ne se donnèrent pas la peine de courir après les mulets : il leur importait davantage de
trouver celui à qui ils appartenaient. Pendant que
quelques-uns tournent autour du rocher pour le
chercher, le capitaine avec les autres met pied à terre
et va droit à la porte, le sabre à la main, prononce
les paroles, et la porte s'ouvre.

Cassim, qui entendit le bruit des chevaux du milieu de la grotte ne douta pas de l'arrivée des voleurs
non plus que de sa perte prochaine. Résolu au moins
de faire un effort pour échapper de leurs mains et se
sauver, il s'était tenu prêt à se jeter dehors dès que
la porte s'ouvrirait. Il ne la vit pas plutôt ouverte,
après avoir entendu prononcer le mot de Sésame qui
était échappé de sa mémoire, qu'il s'élança en sortant si brusquement qu'il renversa le capitaine par
terre. Mais il n'échappa pas aux autres voleurs, qui
avaient aussi le sabre à la main, et qui lui ôtèrent
la vie sur-le-champ.

Le premier soin des voleurs, après cette exécution

.t d'entrer dans la grotte : ils trouvèrent près de
porte les sacs que Cassim avait commencé d'en-
ver pour les emporter et en charger ses mulets, et
s les remirent à leur place sans s'apercevoir de ceux
l'Ali Baba avait emportés auparavant. En tenant
onseil et en délibérant ensemble sur cet événement,
s comprirent bien comment Cassim n'avait pu sor-
r de la grotte : mais qu'il y eût pu entrer, c'est ce
u'ils ne pouvaient s'imaginer. Il leur vint en pensée
u'il pouvait être descendu par le haut de la grotte ;
ais l'ouverture par où le jour y venait était si éle-
ée et le haut du rocher était si inaccessible par
ehors, outre que rien ne leur marquait qu'il l'eût
it, qu'ils tombèrent d'accord que cela était hors de
ur connaissance. Qu'il fût entré par la porte, c'est
e qu'ils ne pouvaient se persuader, à moins qu'il
'eût eu le secret de la faire ouvrir ; mais ils tenaient
our certain qu'ils étaient les seuls qui l'avaient, en
uoi ils se trompaient en ignorant qu'ils avaient été
piés par Ali Baba, qui le savait.

De quelque manière que la chose fût arrivée,
omme il s'agissait que leurs richesses communes
ussent en sûreté, ils convinrent de faire quatre
uartiers du cadavre de Cassim et de les mettre près
e la porte en dedans de la grotte, deux d'un côté,
eux de l'autre, pour épouvanter quiconque aurait
a hardiesse de faire une pareille entreprise, sauf à
e revenir dans la grotte que dans quelque temps,
près que la puanteur du cadavre serait exhalée.
ette résolution prise, ils l'exécutèrent, et quand
ls n'eurent plus rien qui les arrêtât, ils laissèrent
e lieu de leur retraite bien fermé, remontèrent à
heval, et allèrent battre la campagne sur les routes
réquentées par les caravanes, pour les attaquer et
xercer leurs brigandages accoutumés.

La femme de Cassim, cependant, fut dans une grande inquiétude quand elle vit qu'il était nuit close et que son mari n'était pas revenu. Elle alla chez Ali Baba tout alarmée, et elle lui dit : « Beau-frère, vous n'ignorez pas, comme je le crois, que Cassim votre frère est allé à la forêt et pour quel sujet. Il n'est pas encore revenu, et voilà la nuit avancée ; je crains que quelque malheur ne lui soit arrivé. »

Ali Baba s'était douté de ce voyage de son frère après le discours qu'il lui avait tenu, et ce fut pour cela qu'il s'était abstenu d'aller à la forêt ce jour-là, afin de ne pas lui donner d'ombrage. Sans lui faire aucun reproche dont elle pût s'offenser, ni son mari s'il eût été vivant, il lui dit qu'elle ne devait pas encore s'alarmer, et que Cassim apparemment avait jugé à propos de ne rentrer dans la ville que bien avant dans la nuit.

La femme de Cassim le crut ainsi, d'autant plus facilement qu'elle considéra combien il était important que son mari fît la chose secrètement. Elle retourna chez elle et elle attendit patiemment jusqu'à minuit. Mais après cela ses alarmes redoublèrent avec une douleur d'autant plus sensible, qu'elle ne pouvait la faire éclater ni la soulager par des cris, dont elle vit bien que la cause devait être cachée au voisinage. Alors si sa faute était irréparable, elle se repentit de la folle curiosité qu'elle avait eue, par une envie condamnable, de pénétrer dans les affaires de son beau-frère et de sa belle-sœur. Elle passa la nuit dans les pleurs, et dès la pointe du jour elle courut chez eux, et leur annonça le sujet qui l'amenait plutôt par ses larmes que par ses paroles.

Ali Baba n'attendit pas que sa belle-sœur le priât de se donner la peine d'aller voir ce que Cassim

était devenu. Il partit sur-le-champ avec ses trois
ânes, après lui avoir recommandé de modérer son
affliction, et il alla à la forêt. En approchant du rocher, après n'avoir vu dans tout le chemin ni son
frère ni les dix mulets, il fut étonné du sang répandu
qu'il aperçut près de la porte et il en prit un mauvais
augure. Il se présenta devant la porte, il prononça
les paroles : elle s'ouvrit, et il fut frappé du triste
spectacle du corps de son frère mis en quatre quartiers. Il n'hésita pas sur le parti qu'il devait prendre
pour rendre les derniers devoirs à son frère, en ou-
bliant le peu d'amitié fraternelle qu'il avait eue pour
lui. Il trouva dans la grotte de quoi faire deux paquets des quatre quartiers, dont il fit la charge d'un
de ses ânes avec du bois pour les cacher. Il chargea
les deux autres ânes de sacs pleins d'or, et de bois
par-dessus, comme la première fois, sans perdre de
temps, et dès qu'il eut achevé et qu'il eut commandé à la porte de se refermer, il reprit le
chemin de la ville, mais il eut la précaution de s'arrêter à la sortie de la forêt assez de temps pour n'y
rentrer que de nuit. En arrivant chez lui, il ne fit
entrer dans la cour que les deux ânes chargés d'or,
et après avoir laissé à sa femme le soin de les dé-
charger et lui avoir fait part en peu de mots de ce
qui était arrivé à Cassim, il conduisit l'autre âne
chez sa belle-sœur.

Ali Baba frappa à la porte, qui lui fut ouverte
par Morgiane; et Morgiane était une esclave adroite,
entendue et féconde en inventions pour faire réussir
les choses les plus difficiles, et Ali Baba la connaissait pour telle. Quand il fut entré dans la cour, il
déchargea l'âne du bois et des deux paquets, et en
prenant Morgiane à part : « Morgiane, dit-il, la
première chose que je te demande, c'est un secret

inviolable : tu vas voir combien il nous est nécessaire autant à ta maîtresse qu'à moi. Voilà le corps
de ton maître dans ces deux paquets. Il s'agit de le
faire enterrer comme s'il était mort de sa mort naturelle. Fais-moi parler à ta maîtresse, et sois atten-
tive à ce que je lui dirai. »

Morgiane avertit sa maîtresse, et Ali Baba qui la
suivait, entra. « Hé bien ! beau-frère, demanda la
belle-sœur à Ali Baba avec grande impatience, quelle
nouvelle apportez-vous de mon mari ? Je n'aperçois
rien sur votre visage qui doive me consoler.

— Belle-sœur, répondit Ali Baba, je ne puis rien
vous dire qu'auparavant vous me promettiez de m'é-
couter depuis le commencement jusqu'à la fin sans
ouvrir la bouche. Il ne vous est pas moins important
qu'à moi, dans ce qui est arrivé, de garder un grand
secret pour votre bien et pour votre repos.

— Ah ! s'écria la belle-sœur sans élever la voix,
ce préambule me fait connaître que mon mari n'est
plus. Mais en même temps je connais la nécessité du
secret que vous me demandez. Il faut bien que je me
fasse violence ; dites, je vous écoute. »

Ali Baba raconta à sa belle-sœur tout le succès de
son voyage jusqu'à son arrivée avec le corps de Cassim. « Belle-sœur, ajouta-t-il, voilà un sujet d'affliction pour vous d'autant plus grand, que vous vous
y attendiez le moins. Quoique le mal soit sans
remède, si quelque chose néanmoins est capable de
vous consoler, je vous offre de joindre le peu de
bien que Dieu m'a envoyé au vôtre, en vous épousant et en vous assurant que ma femme n'en sera
pas jalouse, et que vous vivrez bien ensemble. Si
la proposition vous agrée, il faut songer à faire en
sorte qu'il paraisse que mon frère est mort de sa
mort naturelle, et c'est un soin dont il me semble

e vous pouvez vous reposer sur Morgiane, et j'y
itribuerai de mon côté de tout ce qui sera en mon
voir. »

Quel meilleur parti pouvait prendre la veuve de
ssim que celui qu'Ali Baba lui proposait, elle qui,
c les biens qui lui demeuraient par la mort de
premier mari, en trouvait un autre plus riche
elle et qui, par la découverte du trésor qu'il
it faite, pouvait le devenir davantage? Elle ne
usa pas le parti, elle le regarda au contraire
ome un motif raisonnable de consolation. En es-
ant ses larmes, qu'elle avait commencé à verser
abondance, en supprimant les cris perçants ordi-
res aux femmes qui ont perdu leur mari, elle té-
igna suffisamment à Ali Baba qu'elle acceptait
. offre.

Ali Baba laissa la veuve de Cassim dans cette dis-
ition, et, après avoir recommandé à Morgiane
bien s'acquitter de son patronage, il retourna
z lui avec son âne.

Morgiane ne s'oublia pas; elle sortit en même
ps qu'Ali Baba, et alla chez un apothicaire qui
it dans le voisinage. Elle frappe à la boutique,
ouvre, et elle demande d'une sorte de tablettes
s-salutaires dans les maladies les plus dange-
ses. L'apothicaire lui en donna pour l'argent
elle avait présenté, en demandant qui était ma-
e chez son maître. « Ah! dit-elle avec un grand
pir, c'est Cassim lui-même, mon bon maître. On
ntend rien à sa maladie, il ne parle ni ne peut
nger. » Avec ces paroles, elle emporte les ta-
ttes, dont véritablement Cassim n'était plus en
t de faire usage.

Le lendemain, la même Morgiane revient chez
même apothicaire et demande, les larmes aux

yeux, d'une essence dont on avait coutume de ne faire prendre aux malades qu'à la dernière extrémité ; et on n'espérait rien de leur vie si cette essence ne les faisait revivre. « Hélas ! dit-elle, avec une grande affliction en la recevant des mains de l'apothicaire, je crains fort que ce remède ne fasse pas plus d'effet que les tablettes. Ah ! que je perds un bon maître ! »

D'un autre côté, comme on vit toute la journée Ali Baba et sa femme d'un air triste faire plusieurs allées et venues chez Cassim, on ne fut pas étonné sur le soir d'entendre les cris lamentables de la femme de Cassim, et surtout de Morgiane, qui annonçait que Cassim était mort.

Le jour suivant de grand matin, que le jour ne faisait que commencer à paraître, Morgiane, qui savait qu'il y avait sur la place un bon homme de savetier fort vieux, qui ouvrait tous les jours sa boutique le premier, longtemps avant les autres, sort, elle va le trouver. En l'abordant et en lui donnant le bonjour, elle lui met une pièce d'or dans la main.

Baba Moustafa, connu de tout le monde, sous ce nom ; Baba Moustafa, dis-je, qui était naturellement gai et qui avait toujours le mot pour rire, en regardant la pièce d'or à cause qu'il n'était pas encore bien jour, et en voyant que c'était de l'or : « Bonne étrenne, dit-il, de quoi s'agit-il ? me voilà prêt à bien faire.

— Baba Moustafa, lui dit Morgiane, prenez ce qui vous est nécessaire pour coudre, et venez avec moi promptement, mais à condition que je vous banderai les yeux quand nous serons dans un tel endroit. »

A ces paroles, Baba Moustafa fit le difficile.

« Oh! oh! reprit-il, vous voulez donc me faire faire quelque chose contre ma conscience ou contre mon honneur? » En lui mettant une autre pièce d'or dans la main : « Dieu garde, reprit Morgiane, que j'exige rien de vous que vous ne puissiez faire en tout honneur. Venez seulement, et ne craignez rien. »

Baba Moustafa se laissa mener, et Morgiane, après lui avoir bandé les yeux avec un mouchoir à l'endroit qu'elle avait marqué, le mena chez défunt son maître, et elle ne lui ôta le mouchoir que dans la chambre où elle avait mis le corps, chaque quartier à sa place. Quand elle le lui eut ôté : « Baba Moustafa, c'est dit-elle pour faire coudre les pièces que voilà que je vous ai amené. Ne perdez pas de temps, et, quand vous aurez fait, je vous donnerai une autre pièce d'or. »

Quand Baba Moustafa eut achevé, Morgiane lui rebanda les yeux dans la même chambre, et, après lui avoir donné la troisième pièce d'or qu'elle lui avait promise et lui avoir recommandé le secret, elle le ramena jusqu'à l'endroit où elle lui avait bandé les yeux en l'amenant; et là, après lui avoir encore ôté le mouchoir, elle le laissa retourner chez lui, en le conduisant de vue jusqu'à ce qu'elle ne le vit plus, afin de lui ôter la curiosité de revenir sur ses pas pour l'observer elle-même.

Morgiane avait fait chauffer de l'eau pour laver le corps de Cassim : ainsi Ali Baba, qui arriva comme elle venait de rentrer, le lava, le parfuma d'encens et l'ensevelit avec les cérémonies accoutumées. Le menuisier apporta aussi la bière qu'Ali Baba avait pris soin de commander.

Afin que le menuisier ne pût s'apercevoir de rien, Morgiane reçut la bière à la porte, et, après

t'avoir payé et renvoyé, elle aida à Ali Baba à met-
ſre-le corps dedans ; et quand Ali Baba eut bien
cloué les planches par-dessus, elle alla à la mosquée avertir que tout était prêt pour l'enterrement.
Les gens de la mosquée destinés pour laver les
corps des morts s'offrirent pour venir s'acquitter
de leur fonction, mais elle leur dit que la chose
était faite.

Morgiane, de retour, ne faisait presque quede
rentrer quand l'iman et d'autres ministres de la
mosquée arrivèrent. Quatre des voisins assemblést
chargèrent la bière sur leurs épaules, et, en suivau
l'iman, qui récitait des prières, ils la portèrent au
cimetière. Morgiane en pleurs, comme esclave du
défunt, suivit la tête nue en poussant des cris pi-
toyables, en se frappant la poitrine de grands coups
et en s'arrachant les cheveux ; et Ali Baba marchait
après accompagné des voisins, qui se détachaient
tour à tour, de temps en temps, pour relayer et
soulager les autres voisins qui portaient la bière,
jusqu'à ce qu'on arrivât aucimetière.

Pour ce qui est de la femme de Cassim, elle resta
dans sa maison, en se désolant et en poussant des
cris lamentables avec les femmes du voisinage, qui,
selon la coutume, y accoururent pendant la cérémonie de l'enterrement, et qui, en joignant leurs
lamentations aux siennes, remplirent tout le quartier de tristesse bien loin aux environs.

De la sorte, la mort funeste de Casssim fut
cachée et dissimulée entre Ali Baba, sa femme, la
veuve de Cassim et Morgiane, avec un ménagement
si grand, que personne de la ville, loin d'en avoir
la connaissance, n'en eut pas le moindre soupçon.

Trois ou quatre jours après l'enterrement de Cassim, Ali Baba transporta le peu de meubles qu'il

avait, avec l'argent qu'il avait enlevé du trésor des
voleurs, qu'il ne porta que de nuit dans la maison
de la veuve de son frère, pour s'y établir, ce qui fit
connaître son nouveau mariage avec sa belle-sœur.
Et comme ces sortes de mariages sont ordinaires dans la religion musulmane, personne n'en
fut surpris.

Quant à la boutique de Cassim, Ali Baba avait
un fils qui, depuis quelque temps, avait achevé son
apprentissage chez un autre gros marchand qui
avait toujours rendu témoignage de sa bonne conduite. Il la lui donna, avec promesse, s'il continuait
de se gouverner sagement, qu'il ne serait pas longtemps à le marier avantageusement selon son état.

Laissons Ali Baba jouir des commencements de
sa bonne fortune, et parlons des quarante voleurs.
Ils revinrent à leur retraite de la forêt dans le temps
dont ils étaient convenus ; mais ils furent dans un
grand étonnement de ne pas trouver le corps de
Cassim, et il augmenta quand ils se furent aperçus
de la diminution de leurs sacs d'or. « Nous sommes
découverts et perdus, dit le capitaine, si nous n'y
prenons garde, et que nous ne cherchions prompt-
tement à y apporter le remède ; insensiblement
nous allons perdre tant de richesses que nos ancêtres et nous avons amassées avec tant de peines et
de fatigues. Tout ce que nous pouvons juger du dommage qu'on nous a fait, c'est que le voleur que nous
avons surpris a eu le secret de faire ouvrir la porte,
et que nous sommes arrivés heureusement à point
nommé dans le temps qu'il en allait sortir. Mais il
n'était pas le seul, un autre doit l'avoir comme lui.
Son corps emporté et notre trésor diminué en sont
des marques incontestables. Et comme il n'y a pas
d'apparence que plus de deux personnes aient eu

ce secret, après avoir fait périr l'un, il faut que
nous fassions périr l'autre de même. Qu'en dites-
vous, braves gens? n'êtes-vous pas du même avis
que moi? »

La proposition du capitaine des voleurs fut
trouvée si raisonnable par sa compagnie, qu'ils l'ap-
prouvèrent tous, et qu'ils tombèrent d'accord qu'il
fallait abandonner toute autre entreprise pour ne
s'attacher uniquement qu'à celle-ci, et ne s'en dé-
partir qu'ils n'y eussent réussi.

« Je n'en attendais pas moins de votre courage
et de votre bravoure, reprit le capitaine; mais, avant
toute chose, il faut que quelqu'un de vous, hardi,
adroit et entreprenant, aille à la ville, sans armes
et en habit de voyageur et d'étranger, et qu'il em-
ploie tout son savoir-faire pour découvrir si l'on n'y
parle pas de la mort étrange de celui que nous
avons massacré comme il le méritait, qui il était,
et en quelle maison il demeurait. C'est ce qu'il
nous est important que nous sachions d'abord, pour
ne rien faire dont nous ayons lieu de nous repentir en nous découvrant nous-mêmes, dans un pays·
où nous sommes inconnus depuis si longtemps ; et
où nous avons un si grand intérêt de continuer de
l'être. Mais, afin d'animer celui de vous qui s'offrira
pour se charger de cette commission, et l'empêcher
de se tromper en nous venant faire un rapport faux
au lieu d'un véritable, qui serait capable de causer notre ruine, je vous demande si vous ne jugez
pas à propos qu'en ce cas-là il se soumette à la peine
de mort? »

Sans attendre que les autres donnassent leurs suf-
frages : « Je m'y soumets, dit l'un des voleurs, et
je fais gloire d'exposer ma vie en me chargeant de
la commission. Si je ne réussis pas, vous vous sou-

viendrez au moins que je n'aurai manqué ni de bonne volonté ni de courage pour le bien commun de la troupe. »

Ce voleur, après avoir reçu de grandes louanges du capitaine et de ses camarades, se déguisa de manière que personne ne pouvait le prendre pour ce qu'il était. En se séparant de la troupe, il partit la nuit et il prit si bien ses mesures, qu'il entra dans la ville dans le temps que le jour ne faisait que commencer à paraître. Il avança jusqu'à la place, où il ne vit qu'une seule boutique ouverte, et c'était celle de Baba Moustafa.

Baba Moustafa était assis sur son siége, l'alène à la main, déjà prêt à travailler de son métier. Le voleur alla l'aborder en lui souhaitant le bonjour, et comme il se fut aperçu de son grand âge : « Bon homme, dit-il, vous commencez à travailler de grand matin ; il n'est pas possible que vous y voyiez encore clair, âgé comme vous l'êtes. Et, quand il ferait plus clair je doute que vous ayez d'assez bons yeux pour coudre.

— Qui que vous soyez, reprit Baba Moustafa, il faut que vous ne me connaissiez pas. Si vieux que vous me voyez, je ne laisse pas d'avoir les yeux excellents, et vous n'en douterez pas quand vous saurez qu'il n'y a pas longtemps que j'ai cousu un mort dans un lieu où il ne faisait guère plus clair qu'il fait présentement. »

Le voleur eut grande joie de s'être adressé en arrivant à un homme qui d'abord, comme il n'en douta pas, lui donnait de lui-même la nouvelle de ce qui l'avait amené, sans le lui demander. « Un mort ! reprit-il avec étonnement et pour le faire parler ; pourquoi coudre un mort ? ajouta-t-il ; vous voulez dire apparemment que vous avez cousu le linceul dans lequel il a été enseveli !

— Non, non repartit Baba Moustafa, je sais ce que je veux dire : vous voudriez me faire parler, mais vous n'en saurez pas davantage. »

Le voleur n'avait pas besoin d'un éclaircissement plus ample pour être persuadé qu'il avait découvert ce qu'il était venu chercher. Il tira une pièce d'or, et, en la mettant dans la main de Baba Moustafa, il lui dit : « Je n'ai garde de vouloir entrer dans votre secret, quoique je puisse vous assurer que je ne le divulguerais pas si vous me l'aviez confié. La seule chose dont je vous prie, c'est de me faire la grâce de m'enseigner ou de venir me montrer la maison où vous avez cousu ce mort.

— Quand j'aurais la volonté de vous accorder la grâce que vous me demandez, reprit Baba Moustafa en retenant la pièce d'or, prêt à la rendre, je vous assure que je ne pourrais pas le faire, et vous devez m'en croire sur ma parole. En voici la raison : c'est qu'on m'a mené jusqu'à un certain endroit où l'on m'a bandé les yeux, et de là je me suis laissé conduire jusque dans la maison, d'où, après avoir fait ce que je devais faire, on me ramena de la même manière jusqu'au même endroit. Vous voyez l'impossibilité qu'il y a que je puisse vous rendre service.

— Au moins, repartit le voleur, vous devez vous souvenir à peu près du chemin qu'on vous a fait faire les yeux bandés. Venez, je vous prie, avec moi, je vous banderai les yeux en cet endroit-là, et nous marcherons ensemble par le même chemin et par les mêmes détours que vous pourrez vous remettre dans la mémoire d'avoir marché. Et, comme toute peine mérite récompense, voici une autre pièce

l'or : venez, faites-moi le plaisir que je vous demande. » Et, en disant ces paroles, il lui mit une
autre pièce dans la main.

Les deux pièces d'or tentèrent Baba Moustafa; il
les regarda quelque temps dans sa main sans dire
mot, en se consultant pour savoir ce qu'il devait
faire. Il tira enfin sa bourse de son sein, et en les
mettant dedans : « Je ne puis vous assurer, dit-il au
voleur, que je me souvienne précisément du chemin qu'on me fit faire. Mais puisque vous le voulez ainsi, allons, je ferai ce que je pourrai pour
m'en souvenir. »

Baba Moustafa se leva, à la grande satisfaction
du voleur, et sans fermer sa boutique, où il n'y
avait rien de conséquence à perdre, il mena le
voleur avec lui jusqu'à l'endroit où Morgiane lui
avait bandé les yeux. Quand ils y furent arrivés :
« C'est ici, dit Baba Moustafa, qu'on m'a bandé
les yeux, et j'étais tourné comme vous me voyez. »
Le voleur, qui avait son mouchoir prêt, les lui
banda, et il marcha à côté de lui, en partie en le
conduisant et en partie en se laissant conduire par
lui jusqu'à ce qu'il s'arrêta.

Alors, « Il me semble, dit Baba Moustafa, que
je n'ai point passé plus loin, » et il se trouva véritablement devant la maison de Cassim, où Ali Baba
demeurait alors. Avant de lui ôter le mouchoir de
devant les yeux, le voleur fit promptement une
marque à la porte avec de la craie qu'il tenait
prête; et, quand il le lui eut ôté, il demanda s'il
savait à qui appartenait la maison. Baba Moustafa
lui répondit qu'il n'était pas du quartier, et ainsi
qu'il ne pouvait lui en rien dire.

Comme le voleur vit qu'il ne pouvait apprendre
rien davantage de Baba Moustafa, il le remercia de

la peine qu'il lui avait fait prendre ; et, après qu'il l'eut quitté et laissé retourner à sa boutique, il reprit le chemin de la forêt, persuadé qu'il serait bien reçu.

Peu de temps après que le voleur et Baba Moustafa se furent séparés, Morgiane sortit de la maison d'Ali Baba pour quelque affaire, et, en revenant, elle remarqua la marque que le voleur y avait faite : elle s'arrêta pour y faire attention. « Que signifie cette marque ? dit-elle en elle-même ; quelqu'un voudrait-il du mal à mon maître ? ou l'a-t-on faite pour se divertir ? A quelque intention qu'on l'ait pu faire, ajouta-t-elle, il est bon de se précautionner contre tout événement. » Elle prend aussi de la craie, et, comme les deux ou trois portes au-dessus et au-dessous étaient semblables, elle les marqua au même endroit, et elle rentra dans la maison sans parler de ce qu'elle venait de faire ni à son maître ni à sa maîtresse.

Le voleur, cependant, qui continuait son chemin, arriva à la forêt et rejoignit sa troupe de bonne heure. En arrivant, il fit le rapport du succès de son voyage, en exagérant le bonheur qu'il avait eu d'avoir trouvé d'abord un homme par lequel il avait appris le fait dont il était venu s'informer, ce que personne n'eût pu lui apprendre. Il fut écouté avec une grande satisfaction, et le capitaine, en prenant la parole après l'avoir loué de sa diligence : « Camarades, dit-il en s'adressant à tous, nous n'avons pas de temps à perdre ; partons bien armés sans qu'il paraisse que nous le soyons, et quand nous serons entrés dans la ville, séparément, les uns après les autres pour ne pas donner des soupçons, que le rendez-vous soit dans la grande place, les uns d'un côté, les autres d'un autre, pen-

lant que j'irai reconnaître la maison avec notre ca-
marade qui vient de nous apporter une si bonne
nouvelle, afin que là-dessus je juge du parti qui
nous conviendra le mieux. »

Le discours du capitaine des voleurs fut applaudi,
et ils furent bientôt en état de partir. Ils défilèrent
deux à deux, trois à trois ; et, en marchant à une
distance raisonnable les uns des autres, ils en-
rèrent dans la ville sans donner aucun soupçon. Le
capitaine et celui qui était venu le matin y en-
rèrent les derniers. Celui-ci mena le capitaine dans
la rue où il avait marqué la maison d'Ali Baba, et
quand il fut devant une des portes qui avaient été
marquées par Morgiane, il la lui fit remarquer en
lui disant que c'était celle-là. Mais, en continuant
leur chemin sans s'arrêter afin de ne pas se rendre
suspects, comme le capitaine eut observé que la
porte qui suivait était marquée de la même marque
et au même endroit, il le fit remarquer à son conducteur, et lui demanda si c'était celle-ci ou la première. Le conducteur demeura confus et il ne sut
que répondre, encore moins quand il eut vu avec
le capitaine que les quatre ou cinq portes qui suivaient avaient aussi la même marque. Il assura au
capitaine avec serment qu'il n'en avait marqué
qu'une. « Je ne sais, ajouta-t-il, qui peut avoir marqué
les autres avec tant de ressemblance, mais, dans
cette confusion, j'avoue que je ne peux distinguer
laquelle est celle que j'ai marquée. »

Le capitaine, qui vit son dessein avorté, se rendit
à la grande place, où il fit dire à ses gens, par le
premier qu'il rencontra, qu'ils avaient perdu leur
peine et fait un voyage inutile, et qu'ils n'avaient
autre parti à prendre que de reprendre le chemin de
leur retraite commune. Il en donna l'exemple, et

ils le suivirent tous dans le même ordre qu'ils étaient venus.

Quand la troupe se fut rassemblée dans la forêt, le capitaine leur expliqua la raison pourquoi il les avait fait revenir. Aussitôt le conducteur fut déclaré digne de mort tout d'une voix, et il s'y condamna lui-même en reconnaissant qu'il aurait dû prendre mieux sa précaution, et il présenta le cou avec fermeté à celui qui se présenta pour lui couper la tête.

Comme il s'agissait, pour la conservation de la bande, de ne pas laisser sans vengeance le tort qui lui avait été fait, un autre voleur, qui se promit de mieux réussir que celui qui venait d'être châtié, se présenta et demanda en grâce d'être préféré. Il est écouté, il marche, il corrompt Baba Moustafa, comme le premier l'avait corrompu, et Baba Moustafa lui fait connaître la maison d'Ali Baba, les yeux bandés. Il la marque de rouge dans un endroit moins apparent, en comptant que c'était un moyen sûr pour la distinguer d'avec celles qui étaient marquées de blanc.

Mais peu de temps après Morgiane sortit de la maison, comme le jour précédent, et quand elle revint, la marque rouge n'échappa pas à ses yeux clairvoyants. Elle fit le même raisonnement qu'elle avait fait, et elle ne manqua pas de faire la même marque de crayon rouge aux autres portes voisines et au même endroit.

Le voleur, à son retour vers sa troupe dans la forêt, ne manqua pas de faire valoir la précaution qu'il avait prise, comme infaillible, disait-il, pour ne pas confondre la maison d'Ali Baba avec les autres. Le capitaine et ses gens croient avec lui que la chose doit réussir. Ils se rendent à la ville dans le même ordre et avec les mêmes soins qu'auparavant, armés aussi de même, prêts à faire le coup qu'ils méditaient. Et le capitaine et le voleur, en arrivant, vont à la rue d'Ali Baba ; mais ils trouvent la même difficulté que la première fois. Le capitaine en est indigné, et le voleur dans une confusion aussi grande que celui qui l'avait précédé avec la même commission.

Ainsi, le capitaine fut contraint de se retirer encore ce jour-là avec ses gens , aussi peu satisfait que le jour d'auparavant. Le voleur, comme auteur de la méprise, subit pareillement le châtiment auquel il s'était soumis volontairement.

Le capitaine, qui vit sa troupe diminuée de deux braves sujets, craignit de la voir diminuer davantage s'il continuait de s'en rapporter à d'autres pour être informé au vrai de la maison d'Ali Baba. Leur exemple lui fit connaître qu'ils n'étaient propres tous qu'à des coups de mains, et nullement à agir de tête dans les occasions. Il se charge de la chose lui-même : il vient à la ville et avec l'aide de Baba Moustafa, qui lui rendit le même service qu'aux deux députés de sa troupe , il ne s'amusa pas à faire aucune marque pour connaître la maison d'Ali Baba ; mais il l'examina si bien, non seulement en la considérant, attentivement, mais même en passant et en repassant à diverses fois par devant, qu'il n'était pas possible qu'il s'y méprît.

Le capitaine des voleurs, satisfait de son voyage et instruit de ce qu'il avait souhaité, retourna à la forêt, et quand il fut arrivé dans la grotte où toute sa troupe l'attendait : « Camarades, dit il, rien enfin ne peut plus nous empêcher de prendre une pleine vengeance du dommage qui nous a été fait. Je connais avec certitude la maison du coupable sur qui

elle doit tomber, et, dans le chemin, j'ai songé aux
moyens de la lui faire sentir si adroitement, que
personne ne pourra avoir connaissance du lieu de
notre retraite non plus que de notre trésor, car
c'est le but que nous devons avoir dans notre entreprise : autrement, au lieu de nous être utile ,
elle nous serait funeste.

« Pour parvenir à ce but, continua le capitaine,
voici ce que jai imaginé. Quand je vous l'aurai exposé, si quelqu'un sait un expédient meilleur, il
pourra le communiquer. » Alors, il leur expliqua
de quelle manière il prétendait s'y comporter ; et,
comme ils lui eurent tous donné leur approbation,
il les chargea, et en se partageant dans les bourgs
et dans les villages d'alentour et même dans la ville,
d'acheter des mulets, jusqu'au nombre de dix-neuf,
et trente-huit grands vases de cuir à transporter de
l'huile, l'un plein et les autres vides.

En deux ou trois jours de temps les voleurs
eurent fait tout cet amas. Comme les vases vides
étaient un peu étroits par la bouche pour l'exécution de son dessein, le capitaine les fit un peu élargir ; et, après avoir fait entrer un de ses gens dans
chacun avec les armés qu'il avait jugées nécessaires,
en laissant ouvert ce qu'il avait fait decoudre, afin
de leur laisser la respiration libre, il les ferma de
manière qu'ils paraissaient pleins d'huile, et, pour
les mieux déguiser, il les frotta par le dehors d'huile
qu'il prit du vase qui en était plein.

Les choses ainsi disposées, quand les mulets
furent chargés des trente-sept voleurs, sans y comprendre le capitaine , chacun caché dans un des
vases, et du vase qui était plein d'huile, leur capitaine, comme conducteur, prit le chemin de la
ville dans le temps qu'il avait résolu, et y arriva à

ι brune, environ une heure après le coucher du
oleil, comme il se l'était proposé. Il y entra, et
alla droit à la maison d'Ali Baba, dans le dessein
e frapper à la porte et de demander à y passer la
nuit avec ses mulets, sous le bon plaisir du maître.
l n'eut pas la peine de frapper : il trouva Ali Baba
la porte, qui prenait le frais après le souper. Il
it arrêter ses mulets, et en s'adressant à Ali Baba :
« Seigneur, dit-il, j'amène l'huile que vous voyez
e bien loin pour la vendre demain au marché, et,
. l'heure qu'il est, je ne sais où aller loger. Si cela
ιe vous incommode pas, faites-moi le plaisir de me
ecevoir chez vous pour y passer la nuit, je vous en
ιurai obligation. »

Quoique Ali Baba eût vu dans la forêt celui qui lui
ιarlait, et même entendu sa voix, comment eût-il
ιu le reconnaître pour capitaine des quarante voleurs
ιous le déguisement d'un marchand d'huile? « Vous
ètes le bienvenu, lui dit-il, entrez. » Et, en disant
:es paroles, il lui fit place pour le laisser entrer avec
ιes mulets, comme il le fit.

En même temps Ali Baba appela un esclave qu'il
ιvait, et lui commanda, quand les mulets seraient
déchargés, de les mettre non seulement à couvert
dans l'écurie, mais même de leur donner du foin et
de l'orge. Il prit aussi la peine d'entrer dans la cuisine et d'ordonner à Morgiane d'apprêter promptement à souper pour l'hôte qui venait d'arriver, et de
lui préparer un lit dans une chambre.

Ali Baba fit plus : pour faire à son hôte tout l'ac-
ceuil possible, quand il vit que le capitaine des
voleurs avait déchargé ses mulets, que les mulets
avaient été menés dans l'écurie comme il l'avait
commandé, et qu'il cherchait une place pour passer
la nuit à l'air, il alla le prendre pour le faire entrer

dans la salle où il recevait son monde, en lui disant qu'il ne souffrirait pas qu'il couchât dans la cour. Le capitaine des voleurs s'en excusa fort, sous le prétexte de ne vouloir pas être incommode, mais, dans le vrai, pour avoir lieu d'exécuter ce qu'il méditait avec plus de liberté, et il ne céda aux honnêtetés d'Ali Baba qu'après de fortes instances.

Ali Baba, non content de tenir compagnie à celui qui en voulait à sa vie jusqu'à ce que Morgiane lui eût servi le souper, continua de l'entretenir de plusieurs choses qu'il crut pouvoir lui faire plaisir, et il ne le quitta que quand il eut achevé le repas dont il l'avait régalé. « Je vous laisse le maître, lui dit-il; vous n'avez qu'à demander toutes les choses dont vous pouvez avoir besoin, il n'y a rien chez moi qui ne soit à votre service. »

Le capitaine des voleurs se leva en même temps qu'Ali Baba et l'accompagna jusqu'à la porte, et, pendant qu'Ali Baba alla dans la cuisine pour parler à Morgiane, il entra dans la cour sous prétexte d'aller à l'écurie voir si rien ne manquait à ses mulets.

Ali Baba, après avoir recommandé de nouveau à Morgiane de prendre un grand soin de son hôte, et de ne le laisser manquer de rien : « Morgiane, ajouta-t-il, je t'avertis que demain je vais au bain avant le jour : prends soin que mon linge de bain soit prêt, et de le donner à Abdalla (c'était le nom de son esclave), et fais-moi un bon bouillon pour le prendre à mon retour. » Après lui avoir donné ses ordres, il se retira pour se coucher.

Le capitaine des voleurs cependant, à la sortie de l'écurie, alla donner à ses gens l'ordre de ce qu'ils devaient faire. En commençant depuis le premier vase jusqu'au dernier, il dit à chacun : « Quand je jetterai de petites pierres de la chambre où l'on me

ge, ne manquez pas de faire ouverture en fendant
e vase depuis le haut jusqu'au bas avec le couteau
ont vous êtes munis, et d'en sortir : aussitôt je
erai à vous. » Et le couteau dont il parlait était
ointu et effilé pour cet usage.

Cela fait, il revint, et, comme s'il se fût presente
la porte de la cuisine, Morgiane prit de la lumière
t elle le conduisit à la chambre qu'elle lui avait
réparée, où elle le laissa après lui avoir demandé
il avait besoin de quelque autre chose. Pour ne pas
onner de soupçons, il éteignit la lumière peu de
emps après, et il se coucha tout habillé, prêt à se
ever dès qu'il aurait fait son premier somme.

Morgiane n'oublia pas les ordres d'Ali Baba ; elle
répare son linge de bain, elle en charge Abdalla,
ui n'était pas encore allé se coucher ; elle met le
ot au feu pour le bouillon, et, pendant qu'elle
cume le pot, la lampe s'éteint. Il n'y a plus d'huile
ans la maison, et la chandelle y manquait aussi.
ue faire ? Elle a besoin cependant de voir clair
our écumer son pot ; elle en témoigne sa peine à
bdalla. « Te voilà bien embarrassée, lui dit Abdalla ;
a prendre de l'huile dans un des vases que voilà
ans la cour. »

Morgiane remercia Abdalla de l'avis ; et, pen-
ant qu'il va se coucher près de la chambre d'Ali
aba pour le suivre au bain, elle prend la cruche à
huile, et elle va dans la cour. Comme elle se fut
pprochée du premier vase qu'elle rencontra, le
oleur qui était caché dedans demanda, en parlant
as : « Est-il temps ? »

Quoique le voleur eût parlé bas, Morgiane néan-
oins fut frappée de la voix, d'autant plus faci-
ment que le capitaine des voleurs, dès qu'il eut
échargé ses mulets, avait ouvert non seulement ce

vase, mais même tous les autres pour donner de
l'air à ses gens, qui d'ailleurs y étaient fort mal à
leur aise, sans y être encore privés de la facilité de
respirer.

Toute autre esclave que Morgiane, aussi surprise
qu'elle le fut en trouvant un homme dans un vase
au lieu d'y trouver de l'huile qu'elle cherchait, eût
fait un vacarme capable de causer de grands mal-
heurs. Mais Morgiane était au-dessus de ses semblables. Elle comprit en un instant l'importance de
garder le secret, le danger présent où se trouvait
Ali Baba et sa famille et où elle se trouvait elle-
même, et la nécessité d'y apporter promptement
le remède sans faire d'éclat; et par sa capacité elle
en pénétra d'abord les moyens. Elle rentra donc en
elle-même dans le moment, et sans faire paraître
aucune émotion, en prenant la place du capitaine
des voleurs, elle répondit à la demande, et elle dit :
« Pas encore, mais bientôt. » Elle s'approcha du
vase qui suivait, et la même demande lui fut faite,
et ainsi de suite jusqu'à ce qu'elle arriva au dernier,
qui était plein d'huile; et , à la même demande ,
elle donna la même réponse.

Morgiane connut par-là que son maître Ali Baba,
qui avait cru ne donner à loger chez lui qu'à un
marchand d'huile, y avait donné entrée à trente-
huit voleurs, en y comprenant le faux marchand
leur capitaine. Elle emplit en diligence sa cruche
d'huile qu'elle prit du dernier vase; elle revint
dans sa cuisine, où, après avoir mis de l'huile dans
la lampe et l'avoir rallumée, elle prend, une
grande chaudière, et retourne à la cour, où elle
l'emplit de l'huile du vase. Elle la rapporte, la met
sur le feu, et met dessous force bois, parce que
plus tôt l'huile bouillira, plus tôt elle aura exécuté
ce qui doit contribuer au salut commun de la mai-

n, qui ne demande pas de retardement. L'huile
out enfin; elle prend la chaudière et elle va ver-
r dans chaque vase assez d'huile toute bouillante,
epuis le premier jusqu'au dernier, pour les étouf-
r et leur ôter la vie.

Cette action, digne du courage de Morgiane,
xécutée sans bruit, comme elle l'avait projetée,
le revient dans la cuisine avec la chaudière vide,
, ferme la porte. Elle éteint le grand feu qu'elle
ait allumé et elle n'en laisse qu'autant qu'il en
ut pour achever de faire cuire le pot du bouillon
Ali Baba. Ensuite elle souffle la lampe et elle de-
eure dans un grand silence, résolue à ne pas se
oucher qu'elle n'eût observé ce qui arriverait, par
ne fenêtre de la cuisine qui donnait sur la cour,
itant que l'obscurité de la nuit pouvait le per-
ettre. Il n'y avait pas encore un quart d'heure
ie Morgiane attendait, quand le capitaine des vo-
urs s'éveilla. Il se lève, il regarde par la fenêtre,
i'il ouvre; et, comme il n'aperçoit aucune lumière
qu'il voit régner un grand repos et un profond
lence dans la maison, il donne le signal en jetant
e petites pierres, dont plusieurs tombèrent sur les
ses, comme il n'en douta point par le son qui lui
i vint aux oreilles. Il prête l'oreille et il n'entend
n'aperçoit rien qui lui fasse connaître que ses
ens se mettent en mouvement. Il en est inquiet, il
tte de petites pierres une seconde et une troisième
is. Elles tombent sur les vases, et cependant pas un
s voleurs ne donne le moindre signe de vie, et il
en peut comprendre la raison. Il descend dans la
ur, tout alarmé, avec le moins de bruit qu'il lui est
ossible; il approche de même du premier vase, et,
iand il veut demander au voleur, qu'il croit vivant,
l dort, il sent une odeur d'huile chaude, et de

brûlé qui s'exhale du vase, par où il connaît qu
son entreprise contre Ali Baba pour lui ôter la vi
et pour piller sa maison, et pour emporter, s'il pou
vait, l'or qu'il avait enlevé à sa communauté, éta
échouée. Il passe au vase qui suivait et à tous le
autres l'un après l'autre, et il trouve que tous ce
gens avaient péri par le même sort. Et, par la d:
minution de l'huile, dans le vase qu'il avait apport
plein, il connut la manière dont on s'était pris pou
le priver du secours qu'il en attendait. Au désespoi
d'avoir manqué son coup, il enfila la porte du jar
din d'Ali Baba, qui donnait dans la cour, et de jar
din en jardin, en passant par-dessus les murs, il s
sauva.

Quand Morgiane n'entendit plus de bruit (
qu'elle ne vit pas revenir le capitaine des voleu
après avoir attendu quelque temps, elle ne doul
pas du parti qu'il avait pris, plutôt que de cher
cher à se sauver par la porte de la maison, qu
était fermée à double tour. Satisfaite et dans un
grande joie d'avoir si bien réussi à mettre toute l
maison en sûreté, elle se coucha enfin et elle s'er
dormit.

Ali Baba cependant sortit avant le jour et alla a
bain, suivi de son esclave, sans rien savoir de l'é
vénement étonnant qui était arrivé chez lui penda
qu'il dormait, au sujet duquel Morgiane n'avait pa
jugé à propos de l'éveiller, avec d'autant plus c
raison qu'elle n'avait pas de temps à perdre dans
temps du danger, et qu'il était inutile de troubl
son repos, après qu'elle l'eut détourné.

En revenant des bains, et en rentrant chez lu
que le soleil était levé, Ali Baba fut si surpris c
voir encore les vases d'huile dans leur place, et qu
le marchand ne se fût pas rendu au marché av

; mulets, qu'il en demanda la raison à Morgiane,
i lui était venue ouvrir et qui avait laissé toutes
oses dans l'état où il les voyait, pour lui en don-
r le spectacle et lui expliquer plus sensiblement
 qu'elle avait fait pour sa conservation.

« Mon bon maître, dit Morgiane en répondant à
i Baba, Dieu vous conserve, vous et toute votre
iison ! vous apprendrez mieux ce que vous dési-
z savoir, quand vous aurez vu ce que j'ai à
us faire voir : prenez la peine de venir avec
)i. »

Ali Baba suivit Morgiane. Quand elle eut fermé
porte, elle le mena au premier vase. « Regardez
ns le vase, lui dit-elle, et voyez s'il y a de l'huile. »
Ali Baba regarda, et, comme il eut vu un homme
ns le vase il se tira en arrière tout effrayé, avec
 grand cri. « Ne craignez rien, lui dit Morgiane,
omme que vous voyez ne vous fera pas de mal.
en a fait, mais il n'est plus en état d'en faire ni
'ous ni à personne, il n'a plus de vie.

— Morgiane, s'écria Ali Baba, que veut dire ce
e tu viens de me faire voir? Explique-le-moi.

— Je vous l'expliquerai, dit Morgiane; mais
)dérez votre étonnement et n'éveillez pas la curio-
é des voisins d'avoir connaissance d'une chose
'il est très-important que vous teniez cachée.
yez auparavant tous les autres vases. »
Ali Baba regarda dans les autres vases l'un après
ntre, depuis le premier jusqu'au dernier, où il y
iit de l'huile, dont il remarqua que l'huile était
tablement diminuée : et, quand il eut fait, il de-
:ura comme immobile, tantôt en jetant les yeux
r les vases, tantôt en regardant Morgiane sans
e mot, tant la surprise où il se trouvait était
inde. A la fin, comme si la parole lui fut revenue :

« Et le marchand, demanda-t-il, qu'est-il devenu ?

— Le marchand, répondit Morgiane, est aussi peu marchand que je suis marchande. Je vous dirai aussi qui il est et ce qu'il est devenu. Mais vous apprendrez toute l'histoire plus commodément dans votre chambre, car il est temps pour le bien de votre santé, que vous preniez un bouillon après être sorti du bain. »

Pendant qu'Ali Baba se rendit dans sa chambre Morgiane alla à la cuisine prendre le bouillon elle le lui apporta, et, avant de le prendre, Ali Baba lui dit : « Commence toujours à satisfaire l'impatience, où je suis, et raconte-moi une histoire si étrange avec toutes ses circonstances. »

Morgiane, pour obéir à Ali Baba, lui dit : « Seigneur, hier au soir, quand vous vous fûtes retiré pour vous coucher, je préparai votre linge de bain comme vous veniez de me le commander, et j'en chargeai Abdalla. Ensuite je mis le pot au feu pour le bouillon, et comme je l'écumais, la lampe faute d'huile, s'éteignit tout à coup, et il n'y en avait pas une goutte dans la cruche. Je cherchai quelque bout de chandelle, et je n'en trouvai pas un. Abdalla, qui me vit embarrassée, me fit souvenir de vases pleins d'huile qui étaient dans la cour, comme il n'en doutait pas non plus que moi, et comme vous l'avez cru vous-même. Je pris la cruche et courus au vase le plus voisin. Mais comme je fus près du vase, il en sortit une voix qui me demanda « Est-il temps ? » Je ne m'effrayai pas ; mais, comprenant sur-le-champ la malice du faux marchand, je répondis sans hésiter : « Pas encore, mais bientôt. » Je passai au vase qui suivait, et un autre voix me fit la même demande, à laquelle répondis de même. J'allai aux autres vases, l'un après l'autre; à pareille demande, pareille réponse, et je ne trouvai de l'huile que dans le dernier vase, dont j'emplis la cruche.

« Quand j'eus considéré qu'il y avait trente-sept voleurs au milieu de votre cour, qui n'attendaient que le signal ou que le commandement de leur chef, que vous aviez pris pour un marchand et à qui vous aviez fait un si grand accueil, pour mettre toute la maison en combustion, je ne perdis pas de temps. Je rapportai la cruche, j'allumai la lampe, et, après avoir pris la chaudière la plus grande de la cuisine, j'allai l'emplir d'huile. Je la mis sur le feu, et, quand elle fut bien bouillante, j'en allai verser dans chaque vase où étaient les voleurs, autant qu'il en fallut pour les empêcher tous d'exécuter le pernicieux dessein qui les avait amenés.

« La chose ainsi terminée de la manière que je l'avais méditée, je revins dans la cuisine, j'éteignis la lampe, et, avant que je me couchasse, je me mis à examiner tranquillement par la fenêtre quel parti prendrait le faux marchand d'huile.

« Au bout de quelque temps, j'entendis que, pour signal, il jeta de sa fenêtre de petites pierres qui tombèrent sur les vases. Il en jeta une seconde et une troisième fois, et, comme il n'aperçut ou n'entendit aucun mouvement, il descendit, et je le vis aller de vases en vases jusqu'au dernier; après quoi, l'obscurité de la nuit fit que je le perdis de vue. J'observai encore quelque temps, et, comme je vis qu'il ne revenait pas, je ne doutais pas qu'il ne se fût sauvé par le jardin, désespéré d'avoir si mal réussi. Ainsi persuadée que la maison était en sûreté, je me couchai. »

En achevant, Morgiane ajouta : « Voilà quelle

est l'histoire que vous m'avez demandée, et je suis
convaincue que c'est la suite d'une observation que
j'avais faite depuis deux ou trois jours, dont je
n'avais pas cru devoir vous entretenir, qui est qu'une
fois, en revenant de la ville de bon matin, j'aperçus
que la porte de la rue était marquée de blanc, et le
jour d'après de rouge après la marque blanche ; et que
chaque fois sans savoir à quel dessein cela pouvait
avoir été fait, j'avais marqué de même, et au
même endroit, deux ou trois portes de nos voisins,
au-dessus et au-dessous. Si vous joignez cela avec
ce qui vient d'arriver, vous trouverez que le tout a
été machiné par les voleurs de la forêt, dont je ne
sais pourquoi la troupe est diminuée de deux.
Quoi qu'il en soit, la voilà réduite à trois au plus.
Cela fait voir qu'ils avaient juré votre perte et qu'il
est bon que vous vous teniez sur vos gardes tant qu'il
sera certain qu'il en restera quelqu'un au monde.
Quant à moi, je n'oublierai rien pour veiller à votre
conservation comme j'y suis obligée. »

Quand Morgiane eut achevé, Ali Baba, pénétré
de la grande obligation qu'il lui avait, lui dit : « Je
ne mourrai pas que je ne t'aie récompensée comme
tu le mérites. Je te dois la vie, et, pour commencer
à t'en donner une marque de reconnaissance, je te
donne la liberté dès à présent, en attendant que j'y
mette le comble de la manière que je me le propose.
Je suis persuadé avec toi que ces quarante voleurs
m'ont dressé des embûches. Dieu m'a délivré par
ton moyen : j'espère qu'il continuera de me pré-
server de leur méchanceté, et qu'en achevant de
la détourner de dessus ma tête, il délivrera le
monde de leur persécution et de leur engeance
maudite. Ce que nous avons à faire, c'est d'enterrer
incessamment les corps de cette peste du genre

ûmain avec un si grand secret, que personne ne
puisse rien soupçonner de leur destinée , et c'est à
quoi je vais travailler avec Abdalla. »

Le jardin d'Ali Baba était d'une grande longueur,
erminé par de grands arbres. Sans différer, il alla
sous ces arbres avec son esclave creuser une fosse,
ongue et large à proportion des corps qu'ils avaient
y enterrer. Le terrain était aisé à remuer, et ils
ne mirent pas un long temps à l'achever. Ils tirèrent
es corps hors des vases, et ils y mirent à part les
armes dont les voleurs s'étaient munis. Ils trans-
portèrent ces corps au bout du jardin et ils les
arrangèrent dans la fosse, et après les avoir couverts
de la terre qu'ils en avaient tirée, ils dispersèrent
ce qui en restait aux environs, de manière que le
terrain parût égal comme auparavant. Ali Baba fit
cacher soigneusement les vases à l'huile et les
armes, et quant aux mulets, dont il n'avait pas besoin pour lors, il les envoya au marché à différentes
fois, où il les fit vendre par son esclave.

Pendant qu'Ali Baba prenait toutes ses mesures
pour ôter à la connaissance du public par quel
moyen il était devenu si riche en peu de temps, le
capitaine des quarante voleurs était retourné à la
forêt avec une mortification inconcevable ; et, dans
l'agitation ou plutôt dans la confusion où il était
d'un succès si malheureux et si contraire à ce qu'il
s'était promis, il était rentré dans la grotte sans avoir
pu s'arrêter à aucune résolution dans le chemin sur
ce qu'il devait faire ou ne pas faire à Ali Baba.

La solitude où il se trouva dans cette sombre
demeure lui parut affreuse. « Braves gens, s'écria-
t-il, compagnons de mes veilles, de mes courses et
de mes travaux, où êtes-vous? que puis-je faire
sans vous? Vous avais-je assemblés et choisis pour

vous faire périr tous à la fois par une destinée si
fatale et si indigne de votre courage! Je vous
regretterais moins si vous étiez morts le sabre à la
main en vaillants hommes. Quand aurai je fait une
autre troupe de gens de main comme vous? Et
quand je le voudrais, pourrais-je l'entreprendre et
ne pas exposer tant d'or, tant d'argent, tant de
richesses à la proie de celui qui s'est déjà enrichi
d'une partie? Je ne puis et je ne dois y songer qu'auparavant je ne lui aie ôté la vie. Ce que je n'ai pu
faire avec un secours si puissant, je le ferai moi seul,
et, quand j'aurai pourvu de la sorte à ce que ce trésor ne
soit plus exposé au pillage, je travaillerai à faire en
sorte qu'il ne demeure ni sans successeurs, ni sans
maîtres après moi, qu'il se conserve et qu'il s'augmente dans toute la postérité. » Cette résolution
prise, il ne fut pas embarrassé à chercher les
moyens de l'exécuter, et alors, plein d'espérance et
l'esprit tranquille, il s'endormit et il passa la nuit
assez paisiblement.

Le lendemain, le capitaine des voleurs, éveillé
de grand matin comme il se l'était proposé, prit
un habit fort propre, conformément au dessein qu'il
avait médité, et il vint à la ville, où il prit un
logement dans un khan, et comme il s'attendait que
ce qui s'était passé chez Ali Baba pouvait avoir fait
de l'éclat, il demanda au concierge, par manière
d'entretien, s'il y avait quelque chose de nouveau
dans la ville; sur quoi le concierge parla de tout
autre chose que de ce qu'il lui importait de savoir.
Il jugea de là que la raison pourquoi Ali Baba
gardait un si profond secret venait de ce qu'il ne
voulait pas que la connaissance qu'il avait du trésor
et du moyen d'y entrer fût divulguée, et de ce qu'il
n'ignorait pas que c'était pour ce sujet qu'on en

voulait à sa vie. Cela l'anima d'avantage à ne rien
négliger pour se défaire de lui par la même voie
du secret.

— Le capitaine des voleurs se pourvut d'un cheval
dont il se servit pour transporter à son logement
plusieurs sortes de riches étoffes et de toiles fines,
en faisant plusieurs voyages à la forêt, avec les précautions nécessaires pour cacher le lieu où il les
allait prendre. Pour débiter ces marchandises,
quand il en eut amassé ce qu'il avait jugé à propos,
il chercha une boutique, il en trouva une, et, après
l'avoir prise à louage du propriétaire, il la garnit et
il s'y établit. La boutique, qui se trouva vis-à-vis
de la sienne était celle qui avait appartenu à Cassim,
et qui était occupée par le fils d'Ali Baba, il n'y
avait pas longtemps.

Le capitaine des voleurs, qui avait pris le nom de
Cogia Houssain, comme nouveau venu ne manqua
pas de faire civilité aux marchands ses voisins,
selon la coutume. Mais comme le fils d'Ali Baba
était jeune, bien fait, qu'il ne manquait pas d'esprit,
et qu'il avait occasion plus souvent de lui parler et
de s'entretenir avec lui qu'avec les autres, il eut bientôt fait amitié avec lui; il s'attacha même à le cultiver plus fortement et plus assidûment quand, trois ou
quatre jours après son établissement, il eut reconnu
Ali Baba, qui vint voir son fils et qui s'arrêta à
s'entretenir avec lui comme il avait coutume de le
faire de temps en temps, et qu'il eut appris du fils,
après qu'Ali Baba l'eut quitté, que c'était son père;
il augmenta ses empressements auprès de lui, il le
caressa, il lui fit des petits présents, il le régala
même et lui donna plusieurs fois à manger.

Le fils d'Ali Baba ne voulut pas avoir tant d'obligation à Cogia Houssain sans lui rendre la pareille,

mais il était logé étroitement et il n'avait pas la
même commodité que lui pour le régaler comme il
le souhaitait; il parla de son dessein à Ali Baba,
son père, en lui faisant remarquer qu'il ne serait
pas bienséant qu'il demeurât plus longtemps sans
reconnaître les honnêtetés de Cogia Houssain.

Ali Baba se chargea du régal avec plaisir : « Mon
fils, dit-il, il est demain vendredi : comme c'est un
jour que les gros marchands, comme Cogia Houssain
et comme vous, tiennent leurs boutiques fermées,
faites avec lui une partie de promenade pour l'après-
dinée, et, en revenant, faites en sorte que vous le
fassiez passer par chez moi et que vous le fassiez
entrer : il sera mieux que la chose se fasse de la sorte
que si vous l'invitiez dans les formes; je vais ordonner
à Morgiane de faire le souper et de le tenir prêt. »

Le vendredi, le fils d'Ali Baba et Cogia Houssain
se trouvèrent l'après-dinée au rendez-vous qu'ils
s'étaient donné, et ils firent leur promenade. En
revenant, comme le fils d'Ali Baba avait affecté de
faire passer Cogia Houssain par la rue où demeurait son père, quand ils furent arrivés devant la porte de la maison, il l'arrêta, et, en frappant : « C'est,
lui dit-il, la maison de mon père, lequel, sur le
récit que je lui ai fait de l'amitié dont vous m'hono-
rez, m'a chargé de lui procurer l'honneur de votre
connaissance; je vous prie d'ajouter ce plaisir à tous
les autres dont je vous suis redevable. »

Quoique Cogia Houssain fût arrivé au but qu'il
s'était proposé, qui était d'avoir entrée chez Ali
Baba et de lui ôter la vie sans hasarder la sienne, en
ne faisant pas d'éclat, il ne laissa pas néanmoins de
s'excuser et de faire semblant de prendre congé du
fils; mais comme l'esclave d'Ali Baba venait d'ouvrir, le fils le prit obligeamment par la main, et,

en entrant le premier, il le tira et le força en quelque manière d'entrer comme malgré lui.

Ali Baba reçut Cogia Houssain avec un visage
ouvert et avec le bon accueil qu'il pouvait souhaiter ; il le remercia des bontés qu'il avait pour son
fils. « L'obligation qu'il vous en a et que je vous en
ai moi-même, ajouta-t-il, est d'autant plus grande,
que c'est un jeune homme qui n'a pas encore l'usage
du monde. et que vous ne dédaignerez pas de contribuer à le former. »

Cogia Houssain rendit compliment pour compliment à Ali Baba, en lui assurant que si son fils
n'avait pas encore acquis l'expérience de certains
vieillards, il avait un bon sens qui lui tenait lieu
de l'expérience d'une infinité d'autres

Après un entretien de peu de durée sur d'autres
sujets indifférents, Cogia Houssain voulut prendre
congé. Ali Baba l'arrêta : « Seigneur, dit-il, où
voulez-vous aller ? Je vous prie de me faire l'honneur de souper avec moi. Le repas que je veux vous
donner est beaucoupau-dessous de ce que vous méritez ; mais, tel qu'il est, j'espère que vous l'agréerez
d'aussi bon cœur que j'ai intention de vous le
donner.

— Seigneur Ali Baba, reprit Cogia Houssain,
je suis persuadé de votre bon cœur, et si je vous
demande en grâce de ne pas trouver mauvais que
je me retire sans accepter l'offre obligeante que vous
me faites, je vous supplie de croire que je ne le fais
ni par mépris ni par incivilité, mais parce que j'en
ai une raison que vous approuveriez si elle vous
était connue.

— Et quelle peut être cette raison, seigneur? repartit Ali Baba. eut-on vous la demander ? — Je
puis vous la dire, répliqua Cogia Houssain : c'est

que je ne mange ni viande ni ragoût où il y a du sel ; jugez vous-même de la contenance que je ferais à votre table. — Si vous n'avez que cette raison, insista Ali Baba, elle ne doit pas me priver du plaisir de vous posséder à souper, à moins que vous ne le vouliez autrement. Premièrement, il n'y a pas de sel dans le pain que l'on mange chez moi, et, quant à la viande et aux ragoûts, je vous promets qu'il n'y en aura pas dans ce qui sera servi devant vous ; je vais y donner ordre : ainsi, faites-moi la grâce de demeurer, je reviens à vous dans un moment. »

Ali Baba alla à la cuisine et il ordonna à Morgiane de ne pas mettre de sel sur la viande qu'elle avait à servir, et de préparer promptement deux ou trois ragoûts, entre ceux qu'il lui avait commandés, où il n'y eût pas de sel.

Morgiane, qui était prête à servir, ne put s'empêcher de témoigner son mécontentement sur ce nouvel ordre et de s'en expliquer à Ali Baba. « Qui est donc, dit-elle, cet homme si difficile qui ne mange pas de sel ? Votre souper ne sera plus bon à manger si je le sers plus tard. — Ne te fâche pas Morgiane, reprit Ali Baba, c'est un honnête homme ; fais ce que je te dis. »

Morgiane obéit, mais à contre-cœur, et elle eut la curiosité de connaître cet homme qui ne mangeait pas de sel. Quand elle eut achevé et qu'Abdalla eut préparé la table, elle l'aida à porter les plats. En regardant Cogia Houssain, elle le reconnut d'abord pour le capitaine des voleurs, malgré son déguisement, et, en l'examinant avec attention, elle aperçut qu'il avait un poignard caché sous son habit. « Je ne m'étonne plus, dit-elle en elle-même, que le scélérat ne veuille pas manger de sel avec mon

aître ; c'est son plus fier ennemi, il veut l'assassi-
er ; mais je l'en empêcherai. »

Quand Morgiane eut achevé de servir ou de faire
ervir par Abdalla, elle prit le temps pendant que
on soupait ; elle fit les préparatifs nécessaires pour
exécution d'un coup des plus hardis, et elle venait
achever, lorsque Abdalla vint l'avertir qu'il était
mps de servir le fruit. Elle porta le fruit, et, dès
'Abdalla eut levé ce qui était sur la table elle le ser-
t. Ensuite elle posa près d'Ali Baba une petite
ble sur laquelle elle mit le vin avec trois tasses, et,
sortant, elle emmena Abdalla avec elle comme
ur aller souper ensemble et donner à Ali Baba,
lon sa coutume, la liberté de s'entretenir et de se
jouir agréablement avec son hôte, et de le faire
en boire.

Alors le faux Cogia Houssain, ou plutôt le capi-
ine des quarante voleurs, crut que l'occasion favo-
ble pour ôter la vie à Ali Baba était venue. « Je
is, dit-il, faire enivrer le père et le fils, et le fils,
qui je veux bien donner la vie, ne m'empêchera
s d'enfoncer le poignard dans le cœur du père,
je me sauverai par le jardin, comme je l'ai déjà
it, pendant que la cuisinière et l'esclave n'auront
s encore achevé de souper, ou seront endormis
ns la cuisine. »

Au lieu de souper, Morgiane, qui avait pénétré
ns l'intention du faux Cogia Houssain, ne lui
nna pas le temps de venir à l'exécution de sa mé-
anceté. Elle s'habilla d'un habit de danseuse fort
opre, prit une coiffure convenable et se ceignit
une ceinture d'argent doré, où elle attacha un
ignard dont la gaine et la poignée étaient de même
étal, et, avec cela, elle appliqua un fort beau mas-
e sur son visage. Quand elle se fut déguisée de

la sorte, elle dit à Abdalla : « Abdalla, prends ton tambour de basque. et allons donner à l'hôte de notre maître et ami de son fils le divertissement que nous lui donnons quelquefois le soir. »

Abdalla prend le tambour de basque, il commence à en jouer en marchant devant Morgiane, et il entre dans la salle. Morgiane, en entrant après lui, fit une profonde révérence d'un air délibéré et à se faire regarder, comme en demandant la permission de faire voir ce qu'elle savait faire.

Comme Abdalla vit qu'Ali Baba voulait parler, il cessa de toucher le tambour de basque. « Entre, Morgiane, entre, dit Ali Baba ; Cogia Houssain jugera de quoi tu es capable, et il nous dira ce qu'il en pensera. Au moins, seigneur, dit-il à Cogia Houssain en se tournant de son côté, ne croyez pas que je me mette en dépense pour vous donner ce divertissement. Je le trouve chez moi, et vous voyez que c'est mon esclave et ma cuisinière, et dépensière en même temps. qui me le donne. J'espère que vous ne le trouverez pas désagréable. »

Cogia Houssain ne s'attendait pas qu'Ali Baba dût ajouter ce divertissement au souper qu'il lui donnait. Cela lui fit craindre de ne pouvoir pas profiter de l'occasion qu'il croyait avoir trouvée. Au cas que cela arrivât, il se consola par l'espérance de la retrouver en continuant de ménager l'amitié du père et du fils. Ainsi, quoiqu'il eût mieux aimé qu'Ali Baba eût bien voulu ne le lui pas donner, il fit semblant, néanmoins, de lui en avoir obligation, et il eut la complaisance de lui témoigner que ce qui lui faisait plaisir ne pouvait pas manquer de lui en faire aussi.

Quand Abdalla vit qu'Ali Baba et Cogia Houssain avaient cessé de parler, il recommença à toucher son

ambour de basque et l'accompagna de sa voix sur
un air à danser; et Morgiane, qui ne le cédait à au-
un danseur ou danseuse de profession, dansa d'une
manière à se faire admirer, même de toute autre
compagnie que celle à laquelle elle donnait ce spectacle, dont il n'y avait peut-être que le faux Cogia
Houssain qui y donnât le moins d'attention.

Après avoir dansé plusieurs danses avec le même
agrément et de la même force, elle tira enfin le
poignard, et, en le tenant à la main, elle en dansa
une dans laquelle elle se surpassa par les figures différentes, par les mouvements légers, par les sauts
surprenants et par les efforts merveilleux dont elle
les accompagna, tantôt en présentant le poignard
en avant, comme pour frapper, tantôt en faisant
semblant de s'en frapper elle-même dans le sein.

Comme hors d'haleine, enfin, elle arracha le tambour de basque des mains d'Abdalla de la main
gauche, et, en tenant le poignard de la droite, elle
alla présenter le tambour de basque par le creux
à Ali Baba, à l'imitation des danseurs et des danseuses de profession, qui en usent ainsi pour solli-
citer la libéralité de leurs spectateurs.

Ali Baba jeta une pièce d'or dans le tambour de
basque de Morgiane. Morgiane s'adressa ensuite au
fils d'Ali Baba, qui suivit l'exemple de son père.
Cogia Houssain, qui vit qu'elle allait venir aussi à
lui, avait déjà tiré la bourse de son sein pour lui
faire son présent, et il y mettait la main dans le moment que Morgiane, avec un courage digne de sa
fermeté et de sa résolution, lui enfonça le poignard
au milieu du cœur, si avant, qu'elle ne le retira
qu'après lui avoir ôté la vie.

Ali Baba et son fils, épouvantés de cette action,
poussèrent un grand cri. « Ah! malheureuse! s'écria

Ali Baba, qu'as-tu fait ? Est-ce pour nous perdre, moi et ma famille ?

— Ce n'est pas pour vous perdre, répondit Morgiane : je l'ai fait pour votre conservation. » Alors, en ouvrant la robe de Cogia Houssain et en montrant à Ali Baba le poignard dont il était armé : « Voyez, dit-elle, à quel fier ennemi vous aviez affaire, et regardez-le bien au visage : vous y reconnaîtrez le faux marchand d'huile et le capitaine des quarante voleurs. Ne considérez-vous pas aussi qu'il n'a pas voulu manger de sel avec vous ? En voulez-vous davantage pour vous persuader de son dessein pernicieux ? Avant que je l'eusse vu, le soupçon m'en était venu du moment que vous m'avez fait connaître que vous aviez un tel convive. Je l'ai vu, et vous voyez que mon soupçon n'était pas mal fondé. »

Ali Baba, qui connut la nouvelle obligation qu'il avait à Morgiane de lui avoir conservé la vie une seconde fois, l'embrassa. « Morgiane, dit-il, je t'ai donné la liberté, et alors je te promis que ma reconnaissance n'en demeurerait pas là, et que bientôt j'y mettrais le comble. Ce temps est venu, et je te fais ma belle-fille. »

Et en s'adressant à son fils : « Mon fils, ajouta Ali Baba, je vous crois assez bon fils pour ne pas trouver étrange que je vous donne Morgiane pour femme sans vous consulter. Vous ne lui en avez pas moins d'obligation que moi. Vous voyez que Cogia Houssain n'avait recherché votre amitié que dans le dessein de mieux réussir à m'arracher la vie par sa trahison, et, s'il y eût réussi, vous ne devez pas douter qu'il ne vous eût sacrifié aussi à sa vengeance. Considérez de plus qu'en épousant Morgiane vous épousez le soutien de ma famille tant que je vivrai, et l'appui de la vôtre jusqu'à la fin de vos jours. »

Le fils, bien loin de témoigner aucun mécontentement, marqua qu'il consentait à ce mariage, non seulement parce qu'il ne voulait pas désobéir à son père, mais même parce qu'il y était porté par sa propre inclination.

On songea ensuite dans la maison d'Ali Baba à enterrer le corps du capitaine auprès de ceux des quarante voleurs, et cela se fit si secrètement qu'on n'en eut connaissance qu'après de longues années, lorsque personne ne se trouvait plus intéressé dans la publication de cette histoire mémorable.

Peu de jours après, Ali Baba célébra les noces de son fils et de Morgiane avec grande solennité et par un festin somptueux, accompagné de danses, de spectacles et de divertissements accoutumés, et il eut la satisfaction de voir que ses amis et ses voisins, qu'il avait invités, sans avoir connaissance des vrais motifs du mariage, mais qui d'ailleurs n'ignoraient pas les belles et bonnes qualités de Morgiane, le louèrent hautement de sa générosité et de son bon cœur.

Après le mariage, Ali Baba, qui s'était abstenu de retourner à la grotte des voleurs depuis qu'il en avait tiré et rapporté le corps de son frère Cassim sur un de ses trois ânes, avec l'or dont il les avait chargés, par la crainte de les y trouver ou d'y être surpris, s'en abstint encore après la mort des trente-huit voleurs, en y comprenant leur capitaine, parce qu'il supposa que les deux autres, dont le destin ne lui était pas connu, étaient encore vivants.

Mais, au bout d'un an, comme il eut vu qu'il ne s'était fait aucune entreprise pour l'inquiéter, la curiosité le prit d'y faire un voyage en prenant les précautions nécessaires pour sa sûreté. Il monta à cheval, et, quand il fut arrivé près de la grotte, il prit un bon augure de ce qu'il n'aperçut aucun vestige ni d'hommes ni de chevaux. Il mit pied à terre, il attacha son cheval, et, en se présentant devant la porte, il prononça ces paroles : « Sésame, ouvre-toi, » qu'il n'avait pas oubliées. La porte s'ouvrit, il entra, et l'état où il trouva toutes choses dans la grotte lui fit juger que personne n'y était entré depuis environ le temps que le faux Cogia Houssain était venu lever boutique dans la ville, et ainsi que la troupe des quarante voleurs était entièrement dissipée et exterminée depuis ce temps-là, et il ne douta plus qu'il ne fût le seul au monde qui eût le secret de faire ouvrir la grotte, et que le trésor qu'elle enfermait était à sa disposition. Il s'était muni d'une valise, il la remplit d'autant d'or que son cheval en put porter, et il revint à la ville.

Depuis ce temps-là, Ali Baba, son fils, qu'il mena à la grotte, et à qui il enseigna le secret pour y entrer, et après eux leur postérité, à laquelle ils firent passer le même secret, en profitant de leur fortune avec modération, vécurent dans une grande splendeur et honorés des premières dignités de la ville.

FIN D'ALI BABA

HISTOIRE

CHEVAL ENCHANTÉ.

Le Nevrouz, c'est-à-dire le nouveau jour, qui est
premier de l'année et du printemps, est une fête
solennelle et si ancienne dans toute l'étendue de
Perse, dès les premiers temps même de l'idolâtrie,
la religion du prophète en s'y introduisant n'a pu
qu'à nos jours venir à bout de l'abolir, quoique
puisse dire qu'elle est toute païenne et que les
cérémonies qu'on y observe sont superstitieuses.
s parler des grandes villes, il n'y en a ni petite,
bourg, ni village, ni hameau, où elle ne soit cé-
rée avec des réjouissances extraordinaires.
Mais les réjouissances qui se font à la cour les
passent toutes infiniment par la variété des spec-
les surprenants et nouveaux, et des étrangers des
ts voisins, et même des plus éloignés, attirés par
récompenses et par la libéralité des rois envers
x qui excellent par leurs inventions et par leur
ustrie, de manière qu'on ne voit rien dans les au-
parties du monde qui approche de cette magni-
nce.
Dans une de ces fêtes après que les plus habiles et
plus ingénieux du pays, avec les étrangers qui
aient rendus à Schiraz, où la cour était alors,
eut donné au roi et à toute sa cour le divertis-
ment de leurs spectacles, et que le roi eut fait ses
gesses à chacun selon ce qu'il avait mérité et ce
il avait fait paraître de plus extraordinaire, de
s merveilleux et de plus satisfaisant, ménagé avec

une égalité telle, qu'il n'y en avait pas un qui ne
s'estimât dignement récompensé ; dans le temps
qu'il se préparait à se retirer et à congédier la grande
assemblée, un Indien parut au pied de son trône en
faisant avancer un cheval sellé, bridé et richement
harnaché, représenté avec tant d'art, qu'à le voir on
l'eût pris d'abord pour un véritable cheval.

L'Indien se prosterna devant le trône, et, quand
il se fut relevé, en montrant le cheval au roi : « Sire,
dit-il, quoique je me présente le dernier devant
Votre Majesté pour entrer en lice, je puis l'assurer
néanmoins que dans ce jour de fête elle n'a rien vu
d'aussi merveilleux et d'aussi surprenant que le cheval sur lequel je la supplie de jeter les yeux.

— « Je ne vois dans ce cheval, lui dit le roi, autre
chose que l'art et l'industrie de l'ouvrier à lui donner la ressemblance du naturel autant qu'il lui a été
possible ; mais un autre ouvrier pourrait en faire un
semblable, qui le surpasserait même en perfection.

— « Sire, reprit l'Indien, ce n'est pas aussi par sa
construction ni par ce qu'il paraît à l'extérieur que
j'ai dessein de faire regarder mon cheval par Votre
Majesté comme une merveille. C'est par l'usage que
j'en sais faire et que tout homme comme moi peut
en faire, par le secret que je puis lui communiquer.
Quand je le monte, en quelque endroit de la terre
si éloigné qu'il puisse être, que je veuille me transporter par la région de l'air, je puis l'exécuter en
très-peu de temps. En peu de mots, sire, voilà ce
quoi consiste la merveille de mon cheval, merveille
dont personne n'a jamais entendu parler, et dont je
m'offre de faire voir l'expérience à Votre Majesté, si
elle me le commande. »

Le roi de Perse, qui était curieux de tout ce qui
tenait du merveilleux, et qui, après tant de choses

e celte nature qu'il avait vues et qu'il avait cher-
hé et désiré de voir, n'avait rien vu qui en approchât,
ii entendu dire qu'on eût vu rien de semblable, dit
i l'Indien qu'il n'y avait que l'expérience qu'il venait de lui proposer qui pouvait le convaincre de la
prééminence de son cheval, et qu'il était prêt à en
voir la vérité.

L'Indien mit aussitôt le pied à l'étrier, se jeta sur
e cheval avec une grande légèreté, et, quand il eut
mis le pied dans l'autre étrier et qu'il se fut bien
assuré sur sa selle, il demanda au roi de Perse où il
lui plaisait de l'envoyer.

Environ à trois lieues de Schiraz, il y avait une
haute montagne qu'on découvrait à plein de la grande
place où le roi de Perse était devant son palais, remplie de tout le peuple qui s'y était rendu. « Vois-tu
cette montagne ? dit le roi en la montrant à l'Indien :
c'est où je souhaite que tu ailles : la distance n'est
pas longue, mais elle suffit pour faire juger de la
diligence que tu feras pour aller et pour revenir.
Et parce qu'il n'est pas possible de te conduire des
yeux jusque-là, pour marque certaine que tu y seras
allé, j'entends que tu m'apportes une palme d'un
palmier qui est au pied de la montagne. »

A peine le roi de Perse eut achevé de déclarer sa
volonté par ses paroles, que l'Indien ne fit que tourner une cheville qui s'élevait un peu au défaut du
cou du cheval en approchant du pommeau de la selle.
Dans l'instant, le cheval s'éleva de terre et enleva le
cavalier en l'air comme un éclair, si haut qu'en peu
de moments ceux qui avaient les yeux les plus perçants le perdirent de vue, et cela se fit avec une
grande admiration du roi et de ses courtisans, et de
grands cris d'étonnement de la part de tous les spectateurs assemblés.

Il n'y avait presque pas un quart d'heure que l'Indien était parti, quand on l'aperçut au haut de l'air, qui revenait la palme à la main. On le vit enfin arriver au-dessus de la place, où il fit plusieurs caracoles aux acclamations de joie du peuple qui lui applaudissait jusqu'à ce qu'il fiat se poser devant le trône du roi, à la même place d'où il était parti, sans aucune secousse du cheval qui pût l'incommoder. Il mit pied à terre en s'approchant du trône, il se prosterna et il posa la palme aux pieds du roi.

Le roi de Perse, qui fut témoin, avec non moins d'admiration que d'étonnement, du spectacle inouï que l'Indien venait de lui donner, conçut en même temps une forte envie de posséder le cheval; et comme il se persuadait qu'il ne trouverait pas de difficulté à en traiter avec l'Indien, quelque somme qu'il lui en demandât, résolu de la lui accorder, il le regardait déjà comme la pièce la plus précieuse qu'il aurait dans son trésor dont il comptait de l'enrichir. « A juger de ton cheval par son apparence extérieure, dit-il à l'Indien, je ne comprenais pas qu'il dût être considéré autant que tu viens de me faire voir qu'il le mérite. Je t'ai obligation de m'avoir désabusé, et, pour te marquer combien j'en fais d'estime, je suis prêt à l'acheter s'il est à vendre.

— « Sire, répondit l'Indien, je n'ai pas douté que Votre Majesté, qui passe, entre tous les rois qui règnent aujourd'hui sur la terre, pour celui qui sait juger le mieux de toutes choses et les estimer selon leur juste valeur, ne rendît à mon cheval la justice qu'elle lui rend, dès que je lui aurais fait connaître par où il était digne de son attention. J'avais même prévu qu'elle ne se contenterait pas de l'admirer et de le louer, mais qu'elle désirerait d'abord d'en être possesseur, comme elle vient de me le témoigner.

« Votre Majesté aura donc pour agréable, que je ui marque que je n'ai pas acheté ce cheval. Je ne 'ai obtenu de l'inventeur et du fabricateur qu'en ui donnant en mariage ma fille unique, qu'il me lemanda, et en même temps il exigea de moi que e ne le vendrais pas, et, si j'avais à lui donner un utre possesseur, ce serait par un échange tel que e le jugerais à propos.

« Je supplie néanmoins Votre Majesté de ne pas s'of-enser si je prends la hardiesse de lui témoigner jue je ne puis mettre mon cheval en sa possession ju'en recevant de sa main la princesse sa fille pour pousé. Je suis résolu de n'en perdre la propriété ju'à ce prix. »

Les courtisans qui environnaient le roi de Perse ie purent s'empêcher de faire un grand éclat de rire à la demande extravagante de l'Indien ; mais le prince Firouz Schah, fils aîné du roi et héritier pré-somptif du royaume, ne l'entendit qu'avec indigna-lion. Le roi pensa tout autrement, et il crut qu'il pouvait sacrifier la princesse de Perse à l'Indien pour satisfaire sa curiosité. Il balança, néanmoins, pour savoir s'il devait prendre ce parti.

Le prince Firouz Schah, qui vit que le roi son père hésitait sur la réponse qu'il devait faire à l'In-dien, craignit qu'il ne lui accordât ce qu'il lui demandait, chose qu'il eût regardée comme également injurieuse à la dignité royale, à la princesse sa sœur et à sa propre personne. Il prit donc la pa-role, et en le prévenant : « Sire, dit-il, que Votre Majesté me pardonne si j'ose lui demander s'il est possible qu'elle balance un moment sur le refus qu'elle doit faire à la demande insolente d'un homme de rien et d'un bateleur infâme, et qu'elle lui donne lieu de se flatter un moment qu'il va entrer dans l'alliance d'un des plus puissants monarques de la terre! Je la supplie de considérer ce qu'elle se doit non seulement à elle-même, mais à son sang et à la haute noblesse de ses aïeux.

— « Mon fils, reprit le roi de Perse, je prends votre remontrance en bonne part, et je vous sais bon gré du zèle que vous témoignez pour conserver l'éclat de votre naissance dans le même état que vous l'avez reçue; mais vous ne considérez pas assez l'excellence de ce cheval, ni que l'Indien qui me propose cette voie pour l'acquérir peut, si je le rebute, aller faire la même proposition ailleurs, où l'on passera par-dessus le point d'honneur, et que je serais au désespoir si un autre monarque pouvait se vanter de m'avoir surpassé en générosité et de m'avoir privé de posséder ce cheval que j'estime la chose la plus singulière et la plus digne d'admiration qu'il y ait au monde. Je ne veux pas dire, néanmoins, que je consente à lui accorder ce qu'il demande. Peut-être n'est-il pas bien d'accord avec lui-même sur l'exorbitance de sa prétention, et que, la princesse ma fille à part, je ferai telle autre convention, avec lui qu'il en sera content. Mais, avant que je vienne à la dernière discussion du marché, je suis bien aise que vous examiniez le cheval et que vous en fassiez l'essai vous-même, afin que vous m'en disiez votre sentiment. Je ne doute pas qu'il ne veuille bien me le permettre. »

Comme il est naturel de se flatter dans ce que l'on souhaite, l'Indien, qui crut entrevoir, dans le discours qu'il venait d'entendre, que le roi de Perse n'était pas absolument éloigné de le recevoir dans son alliance en acceptant le cheval à ce prix, et que le prince, au lieu de lui être contraire, comme il venait de le faire paraître, pourrait lui devenir

)rable, loin de s'opposer au désir du roi, en té-
igna de la joie ; et pour marque qu'il y consen-
avec plaisir. il prévint le prince en s'approchant
cheval, prêt à l'aider à le monter, et à l'avertir
uite de ce qu'il fallait qu'il fît pour le bien gou-
ner.

.e prince Firouz Schah, avec une adresse mer-
leuse, monta le cheval sans le secours de l'In-
n, et il n'eut pas plutôt le pied assuré dans l'un
'autre étrier, que, sans attendre aucun avis de
dien, il tourna la cheville qu'il lui avait vu
rner peu de temps auparavant lorsqu'il l'avait
nté. Du moment qu'il l'eut tournée, le cheval
lleva avec la même vitesse qu'une flèche tirée
l'archer le plus fort et le plus adroit, et de la
le, en peu de moments, le roi, toute la cour et
te la nombreuse assemblée le perdirent de vue.
Le cheval ni le prince Firouz Schah ne parais-
ent plus dans l'air, et le roi de Perse faisait des
rts inutilement pour l'apercevoir, quand l'In-
n, alarmé de ce qui venait d'arriver, se prosterna
ant le trône et obligea le roi de jeter les yeux
lui et de faire attention au discours qu'il lui tint
ces termes : « Sire, dit-il, Votre Majesté elle-
me a été témoin de la rapidité avec laquelle le
:val et le prince ont été enlevés ; la surprise où
: ai été, et où j'en suis encore, m'a d'abord ôté
)arole, et quand j'ai été en état de m'en servir,
:tait déjà si éloigné, qu'il n'eût pas entendu ma
x, et, quand il l'eût entendue, il n'eût pu gou-
'ner le cheval pour le faire revenir, puisqu'il
n savait pas le secret, qu'il ne s'est pas donné la
:ience d'apprendre de moi. Mais, Sire, ajouta-t-il,
y a lieu d'espérer néanmoins que le prince, dans
mbarras où il se trouvera, s'apercevra d'une autre

cheville, et qu'en la tournant, le cheval aussitô
cessera de s'élever et descendra du côté de la terre
où il pourra se poser en tel lieu convenable qu'i
jugera à propos, en le gouvernant avec la bride. »

Nonobstant le raisonnement de l'Indien, qu
avait toute l'apparence possible, le roi de Perse
alarmé du péril évident où était le prince son fils
« Quoi qu'il en soit, répliqua-t-il, comme je n
puis me fier à l'assurance que tu me donnes, t
tête me répondra de la vie de mon fils, si dans troi
mois je ne le vois revenir sain et sauf, ou que j
n'apprenne certainement qu'il soit vivant. » Il com
manda qu'on s'assurât de sa personne et qu'on l
resserrât dans une prison étroite : après quoi il s
retira dans son palais, extrêmement affligé de c
que la fête de Nevrouz, si solennelle dans toute l
Perse, se fût terminée d'une manière si triste pou
lui et pour sa cour.

Le prince Firouz Schah cependant fut enlev
dans l'air avec la rapidité que nous avons dite,
en moins d'une heure il se vit si haut, qu'il ne di
tinguait plus rien sur la terre, où les montagnes
les vallées lui paraissaient confondues avec le
plaines. Ce fut alors qu'il songea à revenir au lie
d'où il était parti. Pour y réussir, il s'imagina qu
tourner la même cheville à contre-sens, et en tour
nant la bride en même temps, il réussirait : ma
son étonnement fut extrême quand il vit que
cheval l'enlevait toujours avec la même rapidité.
la tourna et retourna plusieurs fois, mais inutile
ment. Ce fut alors qu'il reconnut la grande fau
qu'il avait commise de ne pas prendre de l'Indic
tous les renseignements nécessaires pour bien go
verner le cheval avant d'entreprendre de le monte
Il comprit dans le moment la grandeur du péril c

était; mais cette connaissance ne lui fit pas per-
e le jugement : il se recueillit en lui-même avec
ut le bon sens dont il était capable, et, en exami-
nt la tête et le cou du cheval avec attention, il
erçut une autre cheville, plus petite et moins
parente que la première, à côté de l'oreille droite
. cheval. Il tourna la cheville, et dans le moment
remarqua qu'il descendait vers la terre par une
ne semblable à celle par où il avait monté, mais
oins rapidement.

Il y avait une demi-heure que les ténèbres de la
iit couvraient la terre à l'endroit où le prince Fi-
uz Schah se trouvait perpendiculairement quand
tourna la cheville ; mais comme le cheval conti-
ıa de descendre, le soleil se coucha aussi pour lui
ı peu de temps, jusqu'à ce qu'il se trouva entière-
ıent dans les ténèbres de la nuit. De la sorte, loin
e choisir un lieu où aller mettre pied à terre à sa
ommodité, il fut contraint de lâcher la bride sur le
ol du cheval, en attendant avec patience qu'il
chevât de descendre, non sans inquiétude du lieu
ù il s'arrêterait, savoir si ce serait un lieu habité,
n désert, un fleuve ou la mer.

Le cheval enfin s'arrêta et se posa qu'il était plus
e minuit, et le prince Firouz Schah mit pied à
erre, mais avec une grande faiblesse, qui venait de
e qu'il n'avait rien pris depuis le matin du jour
ui venait de finir, ayant qu'il sortît du palais avec
e roi son père pour assister aux spectacles de la
êle. La première chose qu'il fit dans l'obscurité de
a nuit, fut le reconnaître le lieu où il était, et il se
rouva sur le toit en terrasse d'un palais magnifique,
couronné d'une balustrade de marbre à hauteur
d'appui. En examinant la terrasse, il rencontra

l'escalier par où on y montait du palais, dont la porte n'était pas fermée, mais entr'ouverte.

Tout autre que le prince Firouz Schah n'eût peut-être pas hasardé de descendre, dans la grande obscurité qui régnait alors dans l'escalier, outre la difficulté qui se présentait s'il trouverait amis ou ennemis, considération qui ne fut pas capable de l'arrêter. « Je ne viens pas pour faire du mal à personne, se dit-il à lui-même, et apparemment ceux qui me verront les premiers, et qui ne me verront pas les armes à la main, auront l'humanité de m'écouter avant qu'ils attentent à ma vie. » Il ouvrit la porte davantage sans faire de bruit, et il descendit de même avec grande précaution pour s'empêcher de faire quelque faux pas dont le bruit eût pu éveiller quelqu'un. Il réussit, et, dans un entrepôt de l'escalier, il trouva la porte ouverte d'une grande salle où il y avait de la lumière.

Le prince Firouz Schah s'arrêta à la porte, et en prêtant l'oreille il n'entendit d'autre bruit que des gens qui dormaient profondément et qui ronflaient en différentes manières. Il avança un peu dans la salle, et à la lumière d'une lanterne il vit que ceux qui dormaient étaient des eunuques noirs, chacun avec le sabre nu près de soi, et cela lui fit connaître que c'était la garde de l'appartement d'une reine ou d'une princesse, et il se trouva que c'était celui d'une princesse.

La chambre où couchait la princesse suivait après cette salle, et la porte qui était ouverte le faisait connaître, à la grande lumière dont elle était éclairée, qui se laissait voir au travers d'une portière d'une étoffe de soie fort légère.

Le prince Firouz Schah s'avança jusqu'à la portière, le pied en l'air, sans éveiller les eunuques. Il

l'ouvrit, et quand il fut entré, sans s'arrêter à considérer la magnificence de la chambre, qui était
toute royale, circonstance qui lui importait peu
dans l'état où il était, il ne fit attention qu'à ce qui
lui importait davantage. Il vit plusieurs lits, un
seul sur le sofa et les autres au bas. Des femmes
de la princesse étaient couchées dans ceux-ci, pour
lui tenir compagnie et l'assister dans ses besoins,
et la princesse dans le premier.

A cette distinction, le prince Firouz Schah ne se
trompa pas dans le choix qu'il avait à faire pour
s'adresser à la princesse elle-même. Il s'approcha
de son lit sans l'éveiller ni pas une de ses femmes.
Quand il fut assez près, il vit une beauté si extraordinaire et si surprenante, qu'il en fut charmé et
enflammé d'amour dès la première vue. « Ciel ! s'é-
cria-t-il en lui-même, ma destinée m'a-t-elle amené
en ce lieu pour me faire perdre ma liberté, que
j'ai conservée entière jusqu'à présent ? Ne dois-je
pas m'attendre à un esclavage certain dès qu'elle
aura ouvert les yeux, si ces yeux, comme je dois
m'y attendre, achèvent de donner le lustre et la
perfection à un assemblage d'attraits et de charmes
si merveilleux ! Il faut bien m'y résoudre, puisque
je ne puis reculer sans me rendre homicide de moi-
même, et que la nécessité l'ordonne ainsi. »

En achevant ces réflexions, par rapport à l'état
où il se trouvait et à la beauté de la princesse, le
prince Firouz Schah se mit sur les deux genoux,
et, en prenant l'extrémité de la manche pendante
de la chemise de la princesse, d'où sortait un bras
blanc comme de la neige et fait au tour, il la tira
fort légèrement.

La princesse ouvrit les yeux, et, dans la surprise
où elle fut de voir devant elle un homme bien fait,

bien mis et de bonne mine, elle demeura interdite, sans donner néanmoins aucun signe de frayeur ou d'épouvante.

Le prince profita de ce moment favorable; il baissa la tête presque jusque sur le tapis de pieds, et en la relevant : « Respectable princesse, dit-il, par une aventure la plus extraordinaire et la plus merveilleuse qu'on puisse imaginer, vous voyez à vos pieds un prince suppliant, fils du roi de Perse, qui se trouvait hier au matin près du roi son père, au milieu des réjouissances d'une fête solennelle, et qui se trouve à l'heure qu'il est dans un pays inconnu où il est en danger de périr si vous n'avez la bonté et la générosité de l'assister de votre secours et de votre protection. Je l'implore, cette protection, adorable princesse, avec la confiance que vous ne me la refuserez pas. »

La princesse à qui le prince Firouz Schah s'était adressé si heureusement était la princesse de Bengale, fille aînée du roi du royaume de ce nom, qui lui avait fait bâtir ce palais peu éloigné de la capitale, où elle venait souvent prendre le divertissement de la campagne. Après qu'elle l'eut écouté avec toute la bonté qu'il pouvait désirer, elle lui répondit avec la même bonté : « Prince, dit-elle, rassurez-vous, vous n'êtes pas dans un pays barbare. L'hospitalité, l'humanité et la politesse ne règnent pas moins dans le royaume de Bengale que dans le royaume de Perse. Ce n'est pas moi qui vous accorde la protection que vous me demandez, vous l'avez trouvée tout acquise, non seulement dans mon palais, mais même dans tout le royaume. Vous pouvez m'en croire et vous fier à ma parole. »

Les femmes de la princesse, qui s'étaient éveillées dès les premières paroles que le prince Firouz

chah avait adressées à la princesse leur maîtresse,
vec un étonnement d'autant plus grand de le voir
u chevet du lit de la princesse qu'elles ne conce-
aient pas comment il avait pu y arriver sans les
veiller ni elles ni les eunuques ; ces femmes, dis-je,
l'eurent pas plutôt compris l'intention de la prin-
esse, qu'elles s'habillèrent en diligence et qu'elles
urent prêtes à exécuter ses ordres dans le moment
qu'elle les leur eut donnés. Elles prirent chacune
ine des bougies en grand nombre qui éclairaient la
chambre de la princesse, et quand le prince eut pris
longé en se retirant très-respectueusement, elles
marchèrent devant lui et le conduisirent dans une
très-belle chambre, où les unes lui préparèrent un
lit pendant que les autres allèrent à la cuisine et à
l'office.

Quoiqu'à une heure indue, ces dernières femmes
neanmoins de la princesse de Bengale ne firent pas
attendre longtemps le prince Firouz Schah. Elles
apportèrent plusieurs sortes de mets en grande
affluence ; il choisit ce qui lui plut, et, quand il eut
mangé suffisamment, selon le besoin qu'il en avait,
elles desservirent et le laissèrent en liberté de se
coucher, après lui avoir montré plusieurs armoires
où il trouverait toutes les choses qui pouvaient lui
être nécessaires.

La princesse de Bengale, remplie des charmes,
de l'esprit, de la politesse et de toutes les autres
belles qualités du prince de Perse, dont elle avait
été frappée dans le peu d'entretien qu'elle venait
d'avoir avec lui, n'avait encore pu se rendormir
quand ses femmes rentrèrent dans sa chambre pour
se coucher. Elle leur demanda si elles avaient eu
bien soin de lui, si elles l'avaient laissé content, si

rien ne lui manquait, et, sur toute chose, ce qu'elles pensaient de ce prince.

Les femmes de la princesse, après l'avoir satisfaite sur les premiers articles, répondirent sur le dernier : « Princesse, nous ne savons pas ce que vous en pensez vous-même ; pour nous, nous vous estimerions très-heureuse si le roi votre père vous donnait pour époux un prince si aimable. Il n'y en a pas un à la cour de Bengale qui puisse lui être comparé, et nous n'apprenons pas aussi qu'il y en ait dans les États voisins qui soient dignes de vous.»

Ce discours flatteur ne déplut pas à la princesse de Bengale ; mais, comme elle ne voulait pas déclarer son sentiment, elle leur imposa silence. « Vous êtes des conteuses, dit-elle : recouchez-vous et laissez-moi me rendormir. »

Le lendemain, la première chose que fit la princesse, quand elle fut levée, fut de se mettre à sa toilette ; jusqu'alors elle n'avait pas encore pris autant de peine qu'elle en prit ce jour-là pour se coiffer et s'ajuster en consultant son miroir. Jamais ses femmes n'avaient eu besoin de plus de patience pour faire et défaire plusieurs fois la même chose, jusqu'à ce qu'elle fût contente. « Je n'ai pas déplu au prince de Perse en déshabillé, je m'en suis aperçue, disait-elle en elle-même ; il verra autre chose quand je serai dans mes atours. » Elle s'orna la tête de diamants les plus gros et les plus brillants, avec un collier, des bracelets et une ceinture de pierreries semblables, le tout d'un prix inestimable ; et l'habit qu'elle prit était d'une étoffe la plus riche de toutes les Indes, qu'on ne travaillait que pour les rois, les princes et les princesses, et d'une couleur qui achevait de la parer avec tous ses avantages. Après qu'elle eut encore consulté son miroir plusieurs fois et qu'elle eut demandé à ses femmes, l'une après l'autre, s'il manquait quelque chose à son ajustement, elle envoya savoir si le prince de Perse était éveillé ; et au cas qu'il le fût et habillé, comme elle ne doutait pas qu'il ne demandât de venir se présenter devant elle, de lui marquer qu'elle allait venir elle-même et qu'elle avait ses raisons pour en user de la sorte.

Le prince de Perse, qui avait gagné sur le jour ce qu'il avait perdu de la nuit, et qui s'était remis parfaitement de son voyage pénible, venait d'achever de s'habiller quand il reçut le bonjour de la princesse de Bengale par une de ses femmes.

Le prince, sans donner à la femme de la princesse le temps de lui faire part de ce qu'elle avait à lui dire, lui demanda si la princesse était en état qu'il pût lui rendre son devoir et ses respects. Mais quand la femme se fut acquittée auprès de lui de l'ordre qu'elle avait : « La princesse, dit-il, est la maîtresse, et je ne suis chez elle que pour exécuter ses commandements. »

La princesse de Bengale n'eut pas plutôt appris que le prince de Perse l'attendait, qu'elle vint le trouver. Après les compliments réciproques, de la part du prince sur ce qu'il avait éveillé la princesse au plus fort de son sommeil, dont il lui demanda mille pardons, et de la part de la princesse, qui lui demanda comment il avait passé la nuit et en quel état il se trouvait, la princesse s'assit sur le sofa, et le prince fit la même chose, en se plaçant à quelque distance par respect.

Alors la princesse, en prenant la parole : « Prince, dit elle, j'eusse pu vous recevoir dans la chambre où vous m'avez trouvée couchée cette nuit ; mais comme le chef de mes eunuques a la liberté d'y

entrer, et que jamais il ne pénètre jusqu'ici sans
ma permission, dans l'impatience où je suis d'apprendre de vous l'aventure surprenante qui me
procure le bonheur de vous voir, j'ai mieux aimé
venir vous en sommer ici, comme dans un lieu où
ni vous ni moi ne serons pas interrompus : obligez-
moi donc, je vous en conjure, de me donner la satisfaction que je vous demande. »

Pour satisfaire la princesse de Bengale, le prince
Firouz Schah commença son discours par la fête
solennelle et annuelle du Nevrouz dans tout le
royaume de Perse, avec le récit de tous les spectacles dignes de sa curiosité qui avaient fait le divertissement de la cour de Perse, et presque généralement de la ville de Schiraz. Il vint ensuite au
cheval enchanté, dont la description, avec le récit
des merveilles que l'Indien monté dessus avait fait
voir devant une assemblée si célèbre, convainquit
la princesse qu'on ne pouvait rien imaginer au
monde de plus surprenant en ce genre. Ensuite il
continua son récit en lui faisant part du désir que
le roi, son père, manifesta de posséder ce cheval
extraordinaire, l'essai qu'il en fit lui-même, l'embarras où il se trouva pour le faire descendre, et
enfin son arrivée sur la terrasse et la façon dont il
s'y était pris pour arriver jusqu'à elle.

« Il n'est pas besoin, princesse, ajouta le prince,
de vous dire le reste, vous le savez. Il ne me reste
qu'à vous remercier de votre bonté et de votre générosité, et vous supplier de me marquer par quel
endroit je puis vous témoigner ma reconnaissance
d'un si grand bienfait, telle que vous en soyez satisfaite. Comme, selon le droit des gens, je suis déjà
votre esclave, et que je ne puis plus vous offrir ma
personne, il ne me reste plus que mon cœur. Que

s-je, princesse! il n'est plus à moi, ce cœur; vous
e l'avez ravi par vos charmes, et d'une manière
ie, bien loin de vous le redemander, je vous l'aban-
onne. Ainsi, permettez-moi de vous déclarer que
ne vous connais pas moins pour maîtresse de mon
eur que de mes volontés. »

Ces dernières paroles du prince Firouz Schah fu-
ent prononcées d'un ton et d'un air qui ne laissè-
ent pas douter la princesse de Bengale un seul mo-
nent de l'effet qu'elle avait attendu de ses attraits.
lle ne fut pas scandalisée de la déclaration du
rince de Perse, comme trop précipitée. Le rouge
qui lui en monta au visage ne servit qu'à la rendre
plus belle et plus aimable aux yeux du prince.

Quand le prince Firouz Schah eut achevé de
parler : « Prince, reprit la princesse de Bengale,
si vous m'avez fait un plaisir des plus sensibles en me
racontant les choses surprenantes et merveilleuses
que je viens d'entendre, d'un autre côté je n'ai pu
vous regarder sans frayeur dans la plus haute région
de l'air, et, quoique j'eusse le bien de vous voir devant moi sain et sauf, je n'ai cessé néanmoins de
craindre que dans le moment que vous m'avez appris que le cheval de l'Indien était venu se poser si
heureusement sur la terrasse de mon palais. La
même chose pouvait arriver en mille autres endroits;
mais je suis ravie de ce que le hasard m'a donné la
préférence et l'occasion de vous faire connaître que
le même hasard pouvait vous faire adresser ailleurs,
mais non pas où vous puissiez être reçu plus agréablement et avec plus de plaisir.

« Ainsi, prince, je me tiendrais offensée très-
sensiblement si je voulais croire que la pensée que
vous m'avez témoignée d'être mon esclave fût sé-
rieuse, et que je ne l'attribuasse pas à votre hon-

nêteté plutôt qu'à un sentiment sincère; et la réception que je vous fis hier doit vous faire connaître
que vous n'êtes pas moins libre qu'au milieu de la
cour de Perse.

« Quant à votre cœur, ajouta la princesse de Bengale d'un ton qui ne marquait rien moins qu'un refus, comme je suis bien persuadée que vous n'avez
pas attendu jusqu'à présent à en disposer, et que
vous ne devez avoir fait choix que d'une princesse
qui le mérite, je serais fort fâchée de vous donner
lieu de lui faire une infidélité. »

Le prince Firouz Schah voulut protester à la
princesse de Bengale qu'il était venu de Perse maître de son cœur; mais, dans le moment qu'il allait
prendre la parole, une des femmes de la princesse,
qui en avait l'ordre, vint avertir que le dîner était
servi.

Cette interruption délivra le prince et la princesse d'une explication qui les eût embarrassés également, et dont ils n'avaient pas besoin. La princesse de Bengale demeura pleinement convaincue
de la sincérité du prince de Perse; et quant au
prince, quoique la princesse ne se fût pas expli-
quée, il jugea néanmoins par ses paroles, et à la
manière favorable dont il avait été écouté, qu'il
avait lieu d'être content de son bonheur.

Comme la femme de la princesse tenait la portière ouverte, la princesse de Bengale, en se levant,
dit au prince de Perse, qui fit la même chose,
qu'elle n'avait pas coutume de dîner de si bonne
heure; mais, comme elle ne doutait pas qu'on ne
lui eût fait faire un méchant souper, qu'elle avait
donné ordre qu'on servît le dîner plus tôt qu'à l'ordinaire. Et en disant ces paroles elle le conduisit
dans un salon magnifique où la table était préparée

, chargée d'une grande abondance d'excellents
iets. Ils se mirent à table, et, dès qu'ils eurent
ris place, des femmes esclaves de la princesse, en
rand nombre, belles et richement habillées, com-
encèrent un concert agréable d'instruments et de
ix qui dura pendant tout le repas.

Comme le concert était des plus doux et ménagé
e manière qu'il n'empêchait pas le prince de s'en-
etenir, ils passèrent une grande partie du repas,
princesse à servir le prince et à l'inviter à man-
er, et le prince, de son côté, à servir la princesse
e ce qui lui paraissait le meilleur, afin de la préve-
ir avec des manières et des paroles qui lui atti-
ient de nouvelles honnêtetés et de nouveaux com-
liments de la part de la princesse. Et dans ce
mmerce réciproque de civilités et d'attentions
un pour l'autre, l'amour fit plus de progrès de
rt et d'autre qu'en un tête-à-tête prémédité.

Le prince et la princesse se levèrent enfin de
ble; la princesse mena le prince de Perse dans un
binet grand et magnifique par sa structure et par
or et l'azur qui l'embellissaient avec symétrie, et
chement meublé. Ils s'assirent sur le sofa, qui
ait une vue très-agréable sur le jardin du palais,
i fut admiré par le prince Firouz Schah pour la
riété des fleurs, des arbustes et des arbres tout
ifférents de ceux de Perse, auxquels ils ne cédaient
as en beauté. En prenant occasion de lier la con-
rsation avec la princesse en cet endroit : « Prin-
sse, dit-il, j'avais cru qu'il n'y avait au monde que
Perse où il y eût des palais superbes et des jardins
lmirables, dignes de la majesté des rois; mais je
is bien que partout où il y a de grands rois, les
is savent se faire bâtir des demeures convenables
leur grandeur et à leur puissance, et, s'il y a de

la différence dans la manière de bâtir et dans les accompagnements, elles se ressemblent dans la grandeur et dans la magnificence.

— « Prince, reprit la princesse de Bengale, comme je n'ai aucune idée des palais de la Perse, je ne puis porter mon jugement sur la comparaison que vous en faites avec le mien, pour vous en dire mon sentiment. Mais quelque sincère que vous puissiez être, j'ai de la peine à me persuader qu'elle soit juste. Vous voudrez bien que je croie que la complaisance y a beaucoup de part. Je ne veux pourtant pas mépriser mon palais devant vous : vous avez de trop bons yeux et vous êtes d'un trop bon goût pour n'en pas juger sainement. Mais je vous assure que je le trouve très-médiocre quand je le mets en parallèle avec celui du roi mon père, qui le surpasse infiniment en grandeur, en beauté et en richesses. Vous m'en direz vous-même ce que vous en penserez quand vous l'aurez vu. Puisque le hasard vous a amené jusqu'à la capitale de ce royaume, je ne doute pas que vous ne vouliez bien le voir et y saluer le roi mon père, afin qu'il vous rende les honneurs dus à un prince de votre rang et de votre mérite. »

Le prince Firouz Schah pénétra l'intention de la princesse de Bengale, et la marque sensible qu'elle lui donnait de son amour par cet endroit augmenta la passion qu'il avait conçue pour elle ; mais, quelque forte qu'elle fût, elle ne lui fit pas oublier son devoir. Il lui répliqua sans hésiter : « Princesse, dit-il, j'accepterais de bon cœur l'offre obligeante que vous me faites, dont je ne puis assez vous marquer ma reconnaissance, si l'inquiétude où le roi mon père doit être de mon éloignement ne m'en empêchait absolument. Je serais indigne des bontés

.e la tendresse qu'il a toujours eues pour moi si
le retournais au plus tôt, et ne me rendais au-
s de lui pour la faire cesser. Je le connais, et ,
dant que j'ai eu le bonheur de jouir de l'entre-
i d'une princesse si aimable, je suis persuadé
il est plongé dans des douleurs mortelles, et
il a perdu l'espérance de me revoir. J'espère que
s me ferez la justice de comprendre que je ne
s pas sans ingratitude, et même sans crime, me
penser d'aller lui rendre la vie, dont un retour
éré trop longtemps pourrait lui causer la perte.
i Après cela, princesse , continua le prince de
se, si vous me le permettez, et que vous me ju-
z digne d'aspirer au bonheur de devenir votre
ux, comme le roi mon père m'a toujours témoi-
i qu'il ne voulait pas me contraindre dans le
ix d'une épouse, je n'aurais pas de peine à obte-
de lui de revenir, non pas en inconnu, mais en
nce, demander de sa part au roi de Bengale de
itracter alliance avec lui par notre mariage. Je
s persuadé qu'il s'y portera de lui-même dès que
l'aurai informé de la générosité avec laquelle
s m'avez accueilli dans ma disgrâce. »
De la manière que le prince venait de s'expli-
er, la princesse de Bengale était trop raisonnable
ir insister à lui persuader de se faire voir au roi
Bengale, et d'exiger de lui de rien faire contre
i devoir et contre son honneur. Mais elle fut
rmée du prompt départ qu'il méditait, à ce qu'il
parut, et elle craignit, s'il prenait congé d'elle
ôt, que, bien loin de tenir la promesse qu'il lui
sait, il ne l'oubliât dès qu'il aurait cessé de la
r. Pour l'en détourner, elle lui dit : « Prince, en
is faisant la proposition de contribuer à vous
ttre en état de voir le roi mon père, mon inten-

tion n'a pas été de m'opposer à une excuse aussi légitime que celle que vous m'apportez, et que je n'avais pas prévue. Je me rendrais complice moi-même de la faute que vous commettriez, si j'en avais la pensée. Mais je ne puis approuver que vous songiez à partir aussi promptement que vous semblez vous le proposer. Accordez au moins à mes prières la grâce que je vous demande, de vous donner le temps de vous reconnaître, et, puisque mon bonheur a voulu que vous soyez arrivé dans le royaume de Bengale plutôt qu'au milieu d'un désert (ou que sur le sommet d'une montagne si escarpée qu'il vous eût été impossible d'en descendre), d'y faire un séjour suffisant pour en porter des nouvelles un peu détaillées à la cour de Perse. »

Le prince de Perse ne put honnêtement lui refuser la grâce qu'elle lui demandait, après la réception et l'accueil favorable qu'il en avait reçu. Il eut la complaisance d'y condescendre, et la princesse ne songea plus qu'à lui rendre son séjour agréable par tous les divertissements qu'elle put imaginer.

Pendant plusieurs jours, ce ne furent que fêtes, que bals, que concerts, que festins ou collations magnifiques, que promenades dans le jardin et que chasses dans le parc du palais, où il y avait toute sorte de bêtes fauves, de cerfs, de biches, daims, chevreuils, et d'autres semblables particulières au royaume de Bengale, dont la chasse non dangereuse pouvait convenir à la princesse.

A la fin de ces chasses, le prince et la princesse se rejoignaient dans quelque bel endroit du parc, où on leur étendait un grand tapis avec des coussins, afin qu'ils fussent assis plus commodément. Là, en reprenant leurs esprits et en se remettant de

exercice violent qu'ils venaient de se donner, ils
entretenaient sur divers sujets. Sur toute chose, la
rincesse de Bengale prenait un grand soin de faire
mber la conversation sur la grandeur, la puissance,
s richesses et le gouvernement de la Perse, afin
ue, du discours du prince Firouz Schah, elle pût à
n tour prendre occasion de lui parler du royaume
e Bengale et de ses avantages, et, par là, gagner
ır son esprit de le faire résoudre à s'y arrêter.

Pendant deux mois entiers, le prince Firouz
chah s'abandonna entièrement aux volontés de la
rincesse de Bengale, en se prêtant à tous les divers-
ssements qu'elle put imaginer et qu'elle voulut
ien lui donner, comme si jamais il n'eût dû faire
ıtre chose que de passer la vie avec elle de la sorte.
ais, dès que ce terme fut écoulé, il lui déclara
ırieusement qu'il n'y avait que trop longtemps
u'il manquait à son devoir, et il la pria de lui ac-
ırder enfin la liberté de s'en acquitter, en lui ré-
étant la promesse qu'il lui avait déjà faite de reve-
ir incessamment, et dans un équipage digne d'elle
t digne de lui, la demander en mariage, dans les
ırmes, au roi de Bengale.

« Princesse, ajouta le prince, mes paroles peut-
tre vous seront suspectes, et, sur la permission que
: vous demande, vous m'avez déjà mis au rang
e ces faux amants qui mettent l'objet de leur
mour en oubli dès qu'ils s'en sont éloignés. Mais
our marque de la passion non feinte et non dissi-
ıulée avec laquelle je suis persuadé que la vie ne
ıe peut être agréable qu'avec une princesse aussi
imable que vous l'êtes, et qui m'aime, comme je
e veux pas en douter, j'oserais vous demander la
râce de vous emmener avec moi si je ne craignais

que vous ne prissiez ma demande pour une offense. »

La princesse de Bengale ne répondit rien à ce discours du prince de Perse; mais son silence et ses yeux baissés lui firent connaître mieux qu'aucune autre déclaration qu'elle n'avait pas de répugnance à l'accompagner en Perse, et qu'elle y consentait. La seule difficulté qu'elle parut y trouver fut que le prince de Perse ne fût pas assez expérimenté pour gouverner le cheval, et qu'elle craignait de se trouver avec lui dans le même embarras que quand il en avait fait l'essai. Mais le prince Firouz Schah la délivra si bien de cette crainte, en lui persuadant qu'elle pouvait s'en fier à lui, et qu'après ce qui lui était arrivé, il pouvait défier l'Indien même de le gouverner avec plus d'adresse que lui, qu'elle ne songea plus qu'à prendre avec lui les mesures pour partir si secrètement, que personne de son palais ne pût avoir le moindre soupçon de leur dessein.

Elle réussit, et dès le lendemain matin, un peu avant la pointe du jour, que tout son palais était encore enseveli dans un profond sommeil, comme elle se fut rendue sur la terrasse avec le prince, le prince tourna le cheval du côté de la la Perse, dans un endroit où la princesse pouvait elle-même s'asseoir en croupe aisément. Il monta le premier, et, quand la princesse se fut assise derrière lui à sa commodité, qu'elle l'eut embrassé de la main pour plus grande sûreté, et qu'elle lui eut marqué qu'il pouvait partir, il tourna la même cheville qu'il avait tournée dans la capitale de la Perse, et le cheval les enleva en l'air.

Le cheval fit sa diligence ordinaire, et le prince Firouz Schah le gouverna de manière que, environ en deux heures et demie, il découvrit la capitale de

Perse. Il n'alla pas descendre dans la grande
ce d'où il était parti, ni dans le palais du sultan,
iis dans un palais de plaisance peu éloigné de la
le. Il mena la princesse dans le plus bel apparte-
ent, où il lui dit que, pour lui faire rendre les
nneurs qui lui étaient dus, il allait avertir le sul-
a son père de leur arrivée, et qu'elle le reverrait
cessamment; que cependant il donnait ordre au
ncierge du palais, qui était présent, de ne lui lais-
r manquer de rien de toutes les choses dont elǏ
uvait avoir besoin.

Après avoir laissé la princesse dans l'apparte-
ent, le prince Firouz Schah commanda au con-
erge de lui faire seller un cheval. Le cheval lui fut
nené. Il le monta, et, après avoir renvoyé le con-
erge auprès de la princesse, avec ordre, sur toute
iose, de la faire déjeûner de ce qui pouvait lui être
rvi le plus promptement, il partit, et, dans le che-
iin et dans les rues de la ville par où il passa pour
a rendre au palais, il fut reçu aux acclamations du
euple, qui changea sa tristesse en joie après avoir
ésespéré de le revoir jamais depuis qu'il avait dis-
aru. Le sultan son père donnait audience quand il
e présenta devant lui au milieu de son conseil, qui
tait tout en habit de deuil, comme le sultan, de-
uis le jour que le cheval l'avait emporté. Il le reçut
n l'embrassant avec des larmes de joie et de ten-
Iresse; il lui demanda avec empressement ce que
e cheval de l'Indien était devenu.

Cette demande donna lieu au prince de prendre
'occasion de raconter au sultan son père l'embarras
:t le danger où il s'était trouvé après que le cheval
'eut enlevé dans l'air, de quelle manière il s'en
ètait tiré, et comment il était arrivé ensuite au palais de la princesse de Bengale, la bonne réception

qu'elle lui avait faite, le motif qui l'avait obligé de faire avec elle un plus long séjour qu'il ne devait, et la complaisance qu'il avait eue de ne la pas désobliger, jusqu'à obtenir d'elle enfin de venir en Perse avec lui, après lui avoir promis de l'épouser.

« Et, sire, ajouta le prince en achevant, après lui avoir promis en même temps que vous ne me refuseriez pas votre consentement, je viens de l'amener avec moi sur le cheval de l'Indien; elle attend dans un des palais de plaisance de Votre Majesté, où je l'ai laissée, que j'aille lui annoncer que je ne lui ai pas fait la promesse en vain. »

A ces paroles, le prince se prosterna devant le sultan son père pour le fléchir; mais le sultan l'en empêcha, il le retint, et en l'embrassant une seconde fois : « Mon fils, dit-il, non seulement je consens à votre mariage avec la princesse de Bengale, je veux même aller au-devant d'elle en personne, la remercier de l'obligation que je lui ai en mon particulier, l'amener dans mon palais, et célébrer ses noces dès aujourd'hui. »

Ainsi le sultan, après avoir donné les ordres pour l'entrée qu'il voulait faire à la princesse de Bengale, ordonné que l'on quittât l'habit de deuil et que les réjouissances commençassent par le concert des timbales, des trompettes et des tambours, avec les autres instruments guerriers, commanda qu'on allât faire sortir l'Indien de prison et qu'on le lui amenât.

L'Indien lui fut amené, et quand on le lui eut présenté : « Je m'étais assuré de ta personne, lui dit le sultan, afin que ta vie, qui cependant n'eût pas été une victime suffisante ni à ma colère ni à ma douleur, me répondît de celle du prince mon fils. Rends grâce à Dieu de ce que je l'ai retrouvé.

, reprends ton cheval et ne parais plus devant
)i. »

Quand l'Indien fut hors de la présence du sultan
Perse, comme il avait appris de ceux qui étaient
nus le délivrer de prison que le prince Firouz
hah était de retour avec la princesse qu'il avait
ienée avec lui sur le cheval enchanté, le lieu où
avait mis pied à terre et où il l'avait laissée, et
ie le sultan se disposait à aller la prendre et l'a-
encr à son palais, il n'hésita pas à le devancer lui
le prince de Perse, et, sans perdre de temps, il
rendit en diligence au palais de plaisance, et, en
adressant au concierge, il dit qu'il venait de la
irt du sultan de Perse pour prendre la princesse
: Bengale en croupe sur le cheval, et la mener en
air au sultan, qui l'attendait, disait-il, dans la place
: son palais pour la recevoir et donner ce spectacle
sa cour et à la ville de Schiraz.

L'Indien était connu du concierge, qui savait
ue le sultan l'avait fait arrêter, et le concierge fit
'autant moins de difficulté à ajouter foi à sa parole,
u'il le voyait en liberté. Il se présenta à la prin-
esse de Bengale, et la princesse n'eut pas plutôt
ppris qu'il venait particulièrement de la part du
rince de Perse, qu'elle consentit à ce que le prince
ouhaitait, comme elle se le persuadait.

L'Indien, ravi en lui-même de la facilité qu'il
rouvait à faire réussir sa méchanceté, monta le
heval, prit la princesse en croupe, avec l'aide du
concierge, il tourna la cheville, et aussitôt le cheval
es enleva, lui et la princesse, au plus haut de l'air.

Dans le même moment, le sultan de Perse, suivi
de sa cour, sortait de son palais pour se rendre au
palais de plaisance, et le prince de Perse venait de
prendre le devant pour préparer la princesse de

Bengale à les recevoir, comme l'Indien affectait de passer au-dessus de la ville avec sa proie, pour braver le sultan et le prince, et pour se venger du traitement injuste qui lui avait été fait, comme il le prétendait.

Quand le sultan de Perse eut aperçu le ravisseur, qu'il ne méconnut pas, il s'arrêta avec un étonnement d'autant plus sensible et plus affligeant qu'il n'était pas possible de le faire repentir de l'affront insigne qu'il lui faisait avec un si grand éclat. Il le chargea de mille imprécations avec ses courtisans et avec tous ceux qui furent témoins d'une insolence si signalée et de cette méchanceté sans égale.

L'Indien, peu touché de ces malédictions, dont le bruit arriva jusqu'à lui, continua sa route pendant que le sultan de Perse rentra dans son palais, extrêmement mortifié de recevoir une injure aussi atroce et de se voir dans l'impuissance d'en punir l'auteur.

Mais quelle fut la douleur du prince Firouz Schah quand il vit qu'à ses propres yeux, sans pouvoir y apporter empêchement, l'Indien lui enlevait la princesse de Bengale, qu'il aimait si passionnément qu'il ne pouvait plus vivre sans elle! A cet objet, auquel il ne s'était pas attendu, il demeura comme immobile, et avant qu'il eût délibéré s'il se déchaînerait en injures contre l'Indien, ou s'il plaindrait le sort déplorable de la princesse, et s'il lui demanderait pardon du peu de précaution qu'il avait pris pour se la conserver, elle qui s'était livrée à lui d'une manière qui marquait si bien combien il en était aimé, le cheval, qui emportait l'un et l'autre avec une rapidité incroyable, les avait dérobés à sa vue. Quel parti prendre? Retournera-t-il au palais du sultan son père se renfermer dans son appartement pour se plonger dans l'affliction, sans se don-

r aucun mouvement à la poursuite du ravisseur,
ur délivrer sa princesse de ses mains et le punir
mme il le méritait? Sa générosité, son amour,
n courage, ne le permettent pas. Il continue son
iemin jusqu'au palais de plaisance.

A l'arrivée du prince, le concierge, qui s'était
erçu de sa crédulité et qu'il s'était laissé tromper
ır l'Indien, se présente devant lui les larmes aux
eux, se jette à ses pieds, s'accuse lui-même du
rime qu'il croit avoir commis, et se condamne à
ı mort, qu'il attend de sa main.

« Lève-toi, lui dit le prince; ce n'est pas à toi que
impute l'enlèvement de ma princesse, je ne l'im-
ute qu'à moi-même et qu'à ma simplicité. Sans
erdre de temps, va-moi chercher un habillement
e derviche et prends garde de dire que c'est pour
ıoi. »

Peu loin du palais de plaisance, il y avait un cou-
ent de derviches, dont le scheikh, ou supérieur,
ıait ami du concierge. Le concierge alla le trouver,
t en lui faisant une fausse confidence de la disgrâce
l'un officier de considération de la cour, auquel il
vait de grandes obligations, et qu'il était bien aise
le favoriser pour lui donner lieu de se soustraire à
a colère du sultan, il n'eut pas de peine à obtenir
:e qu'il demandait. Il apporta l'habillement com-
olet de derviche au prince Firouz Schah. Le prince
j'en revêtit après s'être dépouillé du sien. Déguisé
le la sorte, et, pour la dépense et pour le besoin
lu voyage qu'il allait entreprendre, muni d'une
boîte de perles et de diamants qu'il avait apportée
pour en faire présent à la princesse de Bengale, il
sortit du palais de plaisance à l'entrée de la nuit;
et, incertain de la route qu'il devait prendre, mais
résolu de ne pas revenir qu'il n'eût retrouvé sa

princesse et qu'il ne la ramenât, il se mit en chemin.

Revenons à l'Indien. Il gouverna le cheval enchanté de manière que le même jour il arriva de bonne heure dans un bois, près de la capitale du royaume de Cachemire. Comme il avait besoin de manger, et qu'il jugea que la princesse de Bengale pouvait être dans le même besoin, il mit pied à terre dans ce bois, en un endroit où il laissa la princesse sur un gazon, près d'un ruisseau d'une eau très-fraîche et très-claire.

Pendant l'absence de l'Indien, la princesse de Bengale, qui se voyait sous la puissance d'un indigne ravisseur, dont elle redoutait la violence avait songé à se dérober et à chercher un lieu d'asile ; mais comme elle avait mangé fort légèrement le matin, à son arrivée au palais de plaisance elle se trouva dans une faiblesse si grande quand elle voulut exécuter son dessein, qu'elle fut contrainte de l'abandonner et de demeurer sans autre ressource que dans son courage, avec une ferme résolution de souffrir plutôt la mort que de manquer de fidélité au prince de Perse. Ainsi elle n'attendit pas que l'Indien l'invitât une seconde fois à manger. Elle mangea, et elle reprit assez de force pour répondre courageusement aux discours insolents qu'il commença de lui tenir à la fin du repas. Après plusieurs menaces, comme elle vit que l'Indien se préparait à lui faire violence, elle se leva pour lui résister, en poussant de grands cris. Ces cris attirèrent en un moment une troupe de cavaliers qui les environnèrent, elle et l'Indien.

C'était le sultan du royaume de Cachemire, lequel, en revenant de la chasse avec sa suite, passait par cet endroit-là, heureusement pour la princesse

Bengale, et qui était accouru au bruit qu'il avait
tendu. Il s'adressa à l'Indien, et lui demanda qui
était et ce qu'il prétendait de la dame qu'il
yait. L'Indien répondit avec impudence que
tait sa femme, et qu'il n'appartenait à personne
entrer en connaissance du démêlé qu'il avait avec
e.

La princesse, qui ne connaissait ni la qualité ni
dignité de celui qui se présentait si à propos
ur la délivrer, démentit l'Indien. « Seigneur, qui
e vous soyez, reprit-elle, que le ciel envoie à
on secours, ayez compassion d'une princesse, et
ajoutez pas foi à un imposteur. Dieu me garde
être femme d'un Indien aussi vil et aussi mépri-
ble! C'est un magicien abominable qui m'a en-
vée aujourd'hui au prince de Perse, auquel j'étais
stinée pour épouse, et qui m'a amenée ici sur le
eval enchanté que vous voyez. »

La princesse de Bengale n'eut pas besoin d'un
us long discours pour persuader au sultan de
chemire qu'elle disait la vérité. Sa beauté, son
r de princesse et ses larmes parlaient pour elle.
le voulut poursuivre; mais, au lieu de l'écouter,
sultan de Cachemire, justement indigné de l'in-
lence de l'Indien, le fit environner sur-le-champ,
commanda qu'on lui coupât la tête. Cet ordre fut
écuté avec d'autant plus de facilité que l'Indien,
i avait commis ce rapt à la sortie de sa prison,
avait aucune arme pour se défendre.

La princesse de Bengale, délivrée de la persé-
tion de l'Indien, tomba dans une autre qui ne lui
t pas moins douloureuse. Le sultan, après lui
oir fait donner un cheval, l'emmena à son palais,
il la logea dans l'appartement le plus magnifique
rès le sien, et il lui donna un grand nombre de

femmes esclaves pour être auprès d'elle et pour la servir, avec des eunuques pour sa garde.

La princesse de Bengale était dans une joie inexprimable de se voir en si peu de temps délivrée de la persécution d'un homme qu'elle ne pouvait regarder qu'avec horreur, et elle se flatta que le sultan de Cachemire voudrait bien mettre le comble à sa générosité en la renvoyant au prince de Perse, quand elle lui aurait appris de quelle manière elle était à lui, et qu'elle l'aurait supplié de lui faire cette grâce. Mais elle était bien éloignée de voir l'accomplissement de l'espérance qu'elle avait conçue.

En effet, le roi de Cachemire avait résolu de l'épouser le lendemain, et il en avait fait annoncer les réjouissances dès la pointe du jour, par le son des timbales, des tambours, des trompettes et d'autres instruments propres à inspirer la joie, qui retentissaient non seulement dans le palais, mais même par toute la ville. La princesse de Bengale fut éveillée par le bruit de ces concerts tumultueux, et elle en attribua la cause à tout autre motif que celui pour lequel il se faisait entendre. Mais quand le sultan de Cachemire, qui avait donné ordre qu'on l'avertît lorsqu'elle serait en état de recevoir visite, fut venu la lui rendre, et qu'après s'être informé de sa santé, il lui eut fait connaître que les fanfares qu'elle entendait étaient pour rendre leurs noces plus solennelles, et l'eut priée en même temps d'y prendre part, elle en fut dans une consternation si grande, qu'elle tomba évanouie.

Les femmes de la princesse, qui étaient présentes, accoururent à son secours, et le sultan lui même s'employa pour la faire revenir; mais elle demeura longtemps dans cet état avant qu'elle reprît ses

esprits. Elle les reprit enfin, et alors, plutôt que de
manquer à la foi qu'elle avait promise au prince
Firouz Schah, en consentant aux noces que le sultan
de Cachemire avait résolues sans la consulter, elle
prit le parti de feindre que l'esprit venait de lui
tourner dans l'évanouissement. Dès lors elle commença à dire des extravagances en présence du
sultan, elle se leva même comme pour se jeter sur
lui, de manière que le sultan fut fort surpris et fort
affligé de ce contre-temps fâcheux. Comme il vit
qu'elle ne revenait pas en son bon sens, il la laissa
avec ses femmes, auxquelles il recommanda de ne
la pas abandonner et de prendre un grand soin de
sa personne.

La princesse de Bengale ne continua pas seulement le lendemain ses discours extravagants et
d'autres marques d'une grande aliénation d'esprit;
ce fut la même chose les jours suivants, jusqu'à ce
que le sultan de Cachemire fut contraint d'assembler
les médecins de sa cour, de leur parler de cette
maladie et de leur demander s'ils ne savaient pas
de remèdes pour la guérir.

Quelques-uns de ceux qui se prétendaient plus
habiles que les autres, et qui se vantaient de juger
les maladies à la seule vue des malades, lui ordon-
nèrent de certaines potions, qu'elle faisait d'autant
moins de difficulté de prendre, qu'elle était sûre
qu'il était en son pouvoir d'être malade autant qu'il
lui plairait et qu'elle le jugerait à propos, et que
ces potions ne pouvaient pas lui faire de mal.

Quand le sultan de Cachemire vit que les médecins de sa cour n'avaient rien opéré pour la guérison
de la princesse, il appela ceux de sa capitale, dont
la science, l'habileté et l'expérience n'eurent pas
un meilleur succès. Ensuite, il fit appeler les mé-

decins des autres villes de son royaume, ceux particulièrement les plus renommés dans la pratique de
leur profession.

Plusieurs de ces médecins entreprirent le voyage,
mais pas un ne put se vanter d'avoir été plus heureux que ceux de sa cour, et de lui remettre l'esprit
dans son assiette, chose qui ne dépendait ni d'eux
ni de leur art, mais de la volonté de la princesse
elle-même.

Dans cet intervalle, le prince Firouz Schah, déguisé sous l'habit de derviche, avait parcouru plusieurs provinces et les principales villes de ces provinces, avec d'autant plus de peine d'esprit, sans
mettre les fatigues du chemin en compte, qu'il
ignorait s'il ne tenait pas un chemin opposé à celui
qu'il eût dû prendre pour avoir des nouvelles de ce
qu'il cherchait.

Attentif aux nouvelles que l'on débitait dans
chaque lieu par où il passait, il arriva enfin dans
une grande ville des Indes, où l'on s'entretenait fort
d'une princesse de Bengale à qui l'esprit avait
tourné le même jour que le sultan de Cachemire
avait destiné pour la célébration de ses noces avec
elle. Au nom de princesse de Bengale, en supposant
que c'était celle qui faisait le sujet de son voyage,
avec d'autant plus de vraisemblance qu'il n'avait
pas appris qu'il y eût à la cour de Bengale une autre
princesse que la sienne, sur la foi du bruit commun
qui s'en était répandu, il prit la route de la capitale
du royaume de Cachemire. A son arrivée dans
cette capitale, il se logea dans un khan où il apprit,
dès le même jour, l'histoire de la princesse de Bengale et la malheureuse fin de l'Indien, telle qu'il
la méritait, qui l'avait amenée sur le cheval enchanté, circonstance qui lui fit connaître, à ne pou-

voir pas s'y tromper, que la princesse était celle
qu'il venait chercher, et enfin la dépense inutile
que le sultan avait faite en médecins qui n'avaient
pu la guérir.

Le prince de Perse, bien informé de toutes ces
particularités, se fit faire un habit de médecin dès
le lendemain, et, avec cet habit et la longue barbe
qu'il s'était laissé croître dans le voyage, il se fit
connaître pour médecin en marchant par les rues.
Dans l'impatience où il était de voir sa princesse, il
ne différa pas d'aller au palais du sultan, où il demanda à parler au chef des huissiers. Le chef des
huissiers lui dit qu'il était le bienvenu, que le sultan
le verrait avec plaisir, et, s'il réussissait à lui
donner la satisfaction de voir la princesse dans sa
première santé, qu'il pouvait s'attendre à une récompense convenable à la libéralité du sultan son
seigneur et maître. « Attendez-moi, ajouta-t-il, je
sera à vous dans un moment. »

Il y avait du temps qu'aucun médecin ne s'était
présenté, et le sultan de Cachemire, avec grande
douleur, avait comme perdu l'espérance de revoir
la princesse de Bengale dans l'état de santé où il
l'avait vue, et en même temps dans celui de lui
témoigner, en l'épousant, jusqu'à quel point il
l'aimait. Cela fit qu'il commanda au chef des huissiers de lui amener promptement le médecin qu'il
venait de lui annoncer.

Le prince de Perse fut présenté au sultan de
Cachemire sous l'habit et le déguisement de médecin, et le sultan, sans perdre de temps en des discours superflus, après lui avoir marqué que la princesse de Bengale ne pouvait supporter la vue d'un
médecin sans entrer dans des transports qui ne
faisaient qu'augmenter son mal, fit ouvrir la porte

de la chambre de la princesse, et le prince Firouz
Schah entra. Dès que la princesse le vit paraître,
comme elle le prenait pour un médecin, dont il
avait l'habit, elle se leva comme en furie en le me-
naçant et en le chargeant d'injures. Cela ne l'empêcha pas d'approcher, et quand il fut assez près
pour se faire entendre, comme il ne voulait être
entendu que d'elle seule, il lui dit d'un ton bas et
d'un air respectueux à se rendre croyable : « Princesse, je ne suis pas médecin ; reconnaissez, je vous
en supplie, le prince de Perse, qui vient vous
mettre en liberté. »

Au ton de voix et aux traits du haut du visage,
qu'elle reconnut en même temps, nonobstant la
longue barbe que le prince s'était laissé croître, la
princesse de Bengale se calma, et, en un instant,
elle fit paraître sur son visage la joie que ce que
l'on désire le plus, et à quoi l'on s'attend le moins,
est capable de causer quand il arrive. Le prince de
Perse lui demanda si elle savait ce que le cheval
enchanté était devenu après la mort de l'Indien.
« J'ignore, répondit-elle, quel ordre le sultan peut
avoir donné là-dessus, mais, après ce que je lui en
ai dit, il est à croire qu'il ne l'a pas négligé. »

Comme le prince Firouz Schah ne douta pas que le
sultan de Cachemire n'eût fait garder le cheval soigneusement, il communiqua à la princesse le dessein
qu'il avait de s'en servir pour la ramener en Perse,
et il convint avec elle des moyens qu'ils devaient
prendre pour y réussir, afin que rien n'en empêchât
l'exécution, et particulièrement qu'au lieu d'être
en déshabillé, comme elle l'était alors, elle s'habil-
lerait le lendemain pour recevoir le sultan avec
civilité. quand il le lui amènerait, sans l'obliger
néanmoins à lui parler.

Le sultan de Cachemire fut dans une grande joie quand le prince de Perse lui eut appris ce qu'il avait opéré, dès la première visite, pour l'avancement de la guérison de la princesse de Bengale. Le lendemain, il le regarda comme le premier médecin du monde, quand la princesse l'eut reçu d'une manière qui lui persuada que véritablement sa guérison était bien avancée, comme il le lui avait fait entendre

En la voyant en cet état, il se contenta de lui marquer combien il était ravi de la voir en disposition de recouvrer bientôt sa santé parfaite, et, après qu'il l'eut exhortée à concourir avec un médecin si habile, pour achever ce qu'il avait si bien commencé en lui donnant toute sa confiance, il se retira sans attendre qu'elle aucune parole.

Le prince de Perse, qui avait accompagné le sultan de Cachemire, sortit avec lui de la chambre de la princesse, et, en l'accompagnant, il lui demanda si, sans manquer au respect qui lui était dû, il pouvait lui faire cette demande, par quelle aventure une princesse de Bengale se trouvait seule dans le royaume de Cachemire, si fort éloigné de son pays (comme s'il l'eût ignoré, et que la princesse ne lui en eût rien dit) ; mais il le fit pour le faire tomber sur le discours du cheval enchanté, et apprendre de sa bouche ce qu'il en avait fait.

Le sultan de Cachemire, qui ne pouvait pénétrer par quel motif le prince de Perse lui faisait cette demande, ne lui en fit pas un mystère : il lui dit à peu près la même chose que ce qu'il avait appris de la princesse de Bengale, et, quant au cheval enchanté, qu'il l'avait fait porter dans son trésor comme une grande rareté, quoiqu'il ignorât comment on pouvait s'en servir.

« Sire, reprit le feint médecin, la connaissance

que Votre Majesté vient de me donner me fournit
le moyen d'achever la guérison de la princesse.
Comme elle a été portée sur ce cheval, et que le cheval est enchanté, elle a contracté quelque chose de
l'enchantement qui ne peut être dissipé que par de
certains parfums qui me sont connus. Si Votre Majesté veut en avoir le plaisir, et donner un spectacle
des plus surprenants à sa cour et au peuple de sa
capitale, que demain elle fasse apporter le cheval au
milieu de la place devant son palais, et qu'elle s'en
remette sur moi pour le reste : je promets de faire
voir à ses yeux et à toute l'assemblée, en très-peu
de moments, la princesse de Bengale, aussi saine
d'esprit et de corps que jamais de sa vie. Et, afin
que la chose se fasse avec tout l'éclat qu'elle mérite,
il est à propos que la princesse soit habillée le plus
magnifiquement qu'il sera posible, avec les joyaux
les plus précieux que Votre Majesté peut avoir. »

Le sultan de Cachemire eût fait des choses plus
difficiles que celles que le prince de Perse lui proposait pour arriver à la jouissance de ses désirs, qu'il
regardait si prochaine.

Le lendemain le cheval enchanté fut tiré du trésor
par son ordre et posé de grand matin dans la grande
place du palais, et le bruit se répandit bientôt dans
toute la ville que c'était un préparatif pour quelque
chose d'extraordinaire qui devait s'y passer, et l'on
accourut en foule de tous les quartiers. Les gardes
du sultan y furent disposés pour empêcher le désordre et pour laisser un grand espace vide autour du
cheval.

Le sultan de Cachemire parut, et, quand il eut
pris place sur un échafaud, environné des principaux
seigneurs et officiers de sa cour, la princesse de

Bengale, accompagnée de toute la troupe des femmes que le sultan lui avait assignées, s'approcha du cheval enchanté, et ses femmes l'aidèrent à monter dessus. Quand elle fut sur la selle, les pied dans l'un et dans l'autre étrier, avec la bride à la main, le feint médecin fit poser autour du cheval plusieurs grandes cassolettes pleines de feu, qu'il avait fait apporter, et, en tournant à l'entour, il jeta dans chacune un parfum composé de plusieurs sortes d'odeurs les plus exquises. Ensuite, recueilli en lui-même, les yeux baissés et les mains appliquées sur la poitrine, il tourna trois fois autour du cheval en faisant semblant de prononcer certaines paroles; et dans le moment que les cassolettes exhalaient à la fois la fumée la plus épaisse et une odeur très-suave, et que la princesse en était environnée de manière qu'on avait de la peine à la voir, ainsi que le cheval, il prit son temps, il se jeta légèrement en croupe derrière la princesse, porta la main à la cheville du départ, qu'il tourna, et dans le moment que le cheval les enlevait en l'air, lui et la princesse, il prononça ces paroles à haute voix, si distinctement, que le sultan lui-même les entendit : « Sultan de Cachemire, quand tu voudras épouser des princesses qui imploreront ta protection, apprends auparavant à avoir leur consentement. »

Ce fut de la sorte que le prince de Perse recouvra et délivra la princesse de Bengale, et la ramena le même jour, en peu de temps, à la capitale de Perse, où il n'alla pas mettre pied à terre au palais de plaisance, mais au milieu du palais, devant l'appartement du roi son père; et le roi de Perse ne différa la solennité de son mariage avec la princesse de Bengale qu'autant de temps qu'il en fallut pour les préparatifs, afin d'en rendre la cérémonie plus pompeuse, et qu'elle marquât davantage la part qu'il y prenait.

Dès que le nombre de jours arrêtés pour les réjouissances fut accompli, le premier soin que le roi de Perse se donna fut de nommer et d'envoyer une ambassade célèbre au roi de Bengale pour lui rendre compte de tout ce qui s'était passé, et pour lui demander l'approbation et la ratification de l'alliance qu'il venait de contracter avec lui par ce mariage, que le roi de Bengale, bien informé de toutes choses, se fit un honneur et un plaisir d'accorder.

FIN DU CHEVAL ENCHANTÉ.

HISTOIRE DU ROI GREC

ET DU MÉDECIN DOUBAN.

« Il y avait au pays de Zouman, dans la Perse, un roi dont les sujets étaient grecs originairement : ce roi était couvert de lèpre ; et ses médecins, après avoir inutilement employé tous leurs remèdes pour le guérir, ne savaient plus que lui ordonner, lorsqu'un très-habile médecin, nommé Douban, arriva dans sa cour.

« Ce médecin avait puisé sa science dans les livres grecs, persans, turcs, arabes, latins, syriaques et hébreux ; et outre qu'il était consommé dans la philosophie, il connaissait parfaitement les bonnes et mauvaises qualités de toutes sortes de plantes et de drogues. Dès qu'il fut informé de la maladie du roi, qu'il eut appris que ses médecins l'avaient abandonné, il s'habilla le plus proprement qu'il lui fut possible, et trouva moyen de se faire présenter au roi : « Sire, lui dit-il, je sais que tous les médecins dont Votre Majesté s'est servie n'ont pu la guérir de sa lèpre ; mais, si vous voulez bien me faire l'honneur d'agréer mes services, je m'engage à vous guérir sans breuvage et sans topiques. » Le roi écouta cette proposition : « Si vous êtes assez habile homme, répondit-il, pour faire ce que vous dites, je promets de vous enrichir, vous et votre postérité, et, sans compter les présents que je vous ferai, vous serez mon plus cher favori. Vous m'assurez donc que vous m'ôterez ma lèpre sans me faire prendre aucune potion, et sans m'appliquer aucun remède extérieur? — Oui, sire, repartit le médecin, je me flatte d'y réussir, avec l'aide de Dieu, et dès demain j'en ferai l'épreuve. »

« En effet, le médecin Douban se retira chez lui, et fit un mail qu'il creusa en dedans par le manche, où il mit la drogue dont il prétendait se servir. Cela étant fait, il prépara aussi une boule de la manière qu'il la voulait; avec quoi il alla le lendemain se présenter devant le roi, et, se prosternant, il baisa la terre, se releva, et, après avoir fait une profonde révérence, dit au roi qu'il jugeait à propos que Sa Majesté montât à cheval, et se rendît à la place pour jouer au mail. Le roi fit ce qu'on lui disait; et lorsqu'il fut dans le lieu destiné à jouer au mail à cheval, le médecin s'approcha de lui avec le mail qu'il avait préparé, et le lui présentant : « Tenez, sire, lui dit-
« il, exercez-vous avec ce mail, en poussant cette
« boule avec, par la place, jusqu'à ce que vous sentiez votre main et votre corps en sueur. Quand
« le remède que j'ai enfermé dans le manche de ce
« mail sera échauffé par votre main, il vous pénétrera par tout le corps, et, sitôt que vous suerez,
« vous n'aurez qu'à quitter cet exercice : car le
« remède aura fait son effet. Dès que vous serez de
« retour en votre palais, vous entrerez au bain, et
« vous vous ferez bien laver et frotter; vous vous
« coucherez ensuite; et en vous levant demain matin, vous serez guéri. »

« Le roi prit le mail, et poussa son cheval après la boule qu'il avait jetée. Il la frappa; et elle lui fut renvoyée par les officiers qui jouaient avec lui; il la refrappa, et enfin le jeu dura si longtemps, que sa main en sua, aussi bien que tout son corps. Ainsi, le remède enfermé dans le manche du mail opéra comme le médecin l'avait dit. Alors, le roi cessa de jouer, s'en retourna dans son palais, entra au bain, et observa très-exactement ce qui lui avait été prescrit. Il s'en trouva fort bien : car le lendemain, en se levant, il s'aperçut, avec autant d'étonnement que de joie, que sa lèpre était guérie, et qu'il avait le corps aussi net que s'il n'eût jamais été attaqué de cette maladie. D'abord qu'il fut habillé, il entra dans la salle d'audience publique, où il monta sur son trône, et se fit voir à tous ses courtisans, que l'empressement d'apprendre le succès du nouveau remède y avait fait aller de bonne heure. Quand ils virent le roi parfaitement guéri, ils en firent tous paraître une extrême joie.

« Le médecin Douban entra dans la salle, et s'alla prosterner au pied du trône, la face contre terre. Le roi, l'ayant aperçu, l'appela, le fit asseoir à son côté, et le montra à l'assemblée, en lui donnant publiquement toutes les louanges qu'il méritait. Ce prince n'en demeura pas là ; comme il régalait ce jour-là toute sa cour, il le fit manger à sa table, seul avec lui. Il ne se contenta pas de recevoir à sa table le médecin Douban : vers la fin du jour, lorsqu'il voulut congédier l'assemblée, il le fit revêtir d'une longue robe fort riche, et semblable à celle que portaient ordinairement ses courtisans en sa présence ; outre cela, il lui fit donner deux mille sequins. Le lendemain et les jours suivants il ne cessa de le caresser. Enfin, ce prince, croyant ne pouvoir assez reconnaître les obligations qu'il avait à un médecin si habile, répandait sur lui tous les jours de nouveaux bienfaits.

« Or, ce roi avait un grand vizir qui était avare, envieux et naturellement capable de toutes sortes de crimes. Il n'avait pu voir sans peine les présents qui avaient été faits au médecin, dont le mérite d'ailleurs commençait à lui faire ombrage : il résolut de le perdre dans l'esprit du roi. Pour y réussir, il alla trouver ce prince, et lui dit en particulier qu'il avait un avis de la dernière importance à lui donner. Le roi lui ayant demandé ce que c'était : « Sire, lui dit-il, il est bien dangereux à un monarque d'avoir de la confiance en un homme dont il n'a point éprouvé la fidélité. En comblant de bienfaits le médecin Douban, en lui faisant toutes les caresses que Votre Majesté lui fait, vous ne savez pas que c'est un traître qui ne s'est introduit dans cette cour que pour vous assassiner. — De qui tenez-vous ce que vous m'osez dire ? répondit le roi. Songez-vous que c'est à moi que vous parlez, et que vous avancez une chose que je ne croirai pas légèrement ? — Sire, répliqua le vizir, je suis parfaitement instruit de ce que j'ai l'honneur de vous représenter. Ne vous reposez donc plus sur une confiance dangereuse. Si Votre Majesté dort, qu'elle se réveille : car enfin, je le répète encore, le médecin Douban n'est parti du fond de la Grèce, son pays, il n'est venu s'établir dans votre cour, que pour exécuter l'horrible dessein dont j'ai parlé. — Non, non, vizir, interrompit le roi, je suis sûr que cet homme, que vous traitez de perfide et de traître, est le plus vertueux et le meilleur de tous les hommes ; il n'y a personne au monde que j'aime autant que lui. Vous savez par quel remède, ou plutôt par quel miracle il m'a guéri de ma lèpre ; s'il en veut à ma vie, pourquoi me l'a-t-il sauvée ? Il n'avait qu'à m'abandonner à mon mal ; je n'en pouvais échapper ; ma vie était déjà à moitié consumée. Cessez donc de vouloir m'inspirer d'injustes soupçons ; au lieu de les écouter, je vous avertis que je fais dès ce jour à ce grand homme, pour toute sa vie, une pension de mille sequins par mois. Quand je partagerais avec lui toutes mes richesses et mes Etats mêmes, je ne le paierais pas assez de ce qu'il a fait pour moi. Je vois ce que c'est, sa vertu excite votre envie; mais ne croyez pas que je me laisse injustement prévenir contre lui ; je me souviens trop bien de ce qu'un vizir dit au roi Sindbad son maître, pour l'empêcher de faire mourir le prince son fils. »

« Ce que le roi grec venait de dire touchant le roi Sindbad piqua la curiosité du vizir, qui lui dit : « Sire, je supplie Votre Majesté de me pardonner si j'ai la hardiesse de lui demander ce que le vizir du roi Sindbad dit à son maître pour le détourner de faire mourir le prince son fils. » Le roi grec eut la complaisance de le satisfaire : « Ce vizir, répondit-il, après avoir représenté au roi Sindbad que, sur l'accusation d'une belle-mère, il devait craindre de faire une action dont il pût se repentir, lui conta cette histoire :

HISTOIRE DU MARI ET DU PERROQUET.

« Un homme avait une belle femme qu'il aimait avec tant de passion, qu'il ne la perdait de vue que le moins qu'il pouvait. Un jour que des affaires pressantes l'obligeaient à s'éloigner d'elle, il alla dans un endroit où l'on vendait toutes sortes d'oiseaux ; il y acheta un perroquet, qui non seulement parlait fort bien, mais qui avait même le don de rendre compte de tout ce qui avait été fait devant lui. Il l'apporta dans une cage au logis, pria sa femme de le mettre dans sa chambre et d'en prendre soin pendant le voyage qu'il allait faire ; après quoi il partit.

« A son retour il ne manqua pas d'interroger le

perroquet sur ce qui s'était passé durant son absence ; et là-dessus, l'oiseau lui apprit des choses qui lui donnèrent lieu de faire de grands reproches à sa femme. Elle crut que quelqu'une de ses esclaves l'avait trahie ; elles jurèrent toutes qu'elles lui avaient été fidèles, et convinrent qu'il fallait que ce fût le perroquet qui eût fait ces mauvais rapports.

« Prévenue de cette opinion, la femme chercha dans son esprit un moyen de détruire les soupçons de son mari, et de se venger en même temps du perroquet ; elle le trouva. Son mari étant parti pour faire un voyage d'une journée, elle commanda à une esclave de tourner pendant la nuit, sous la cage de l'oiseau, un moulin à bras ; à une autre de jeter de l'eau en forme de pluie par le haut de la cage ; et à une troisième de prendre un miroir et de le tourner devant les yeux du perroquet, à droite et à gauche, à la clarté d'une chandelle. Les esclaves employèrent une grande partie de la nuit à faire ce que leur avait ordonné leur maîtresse, et elles s'en acquittèrent fort adroitement.

« Le lendemain, le mari étant de retour, fit encore des questions au perroquet sur ce qui s'était passé chez lui ; l'oiseau répondit : « Mon maître, les éclairs, le tonnerre et la pluie m'ont tellement incommodé toute la nuit, que je ne puis vous dire ce que j'en ai souffert. » Le mari, qui savait fort bien qu'il n'avait ni plu ni tonné cette nuit-là, demeura persuadé que le perroquet ne disant pas la vérité en cela, ne la lui avait pas dite aussi au sujet de sa femme. C'est pourquoi, de dépit, l'ayant tiré de sa cage, il le jeta si rudement contre terre, qu'il le tua. Néanmoins dans la suite, il apprit de ses voisins que le pauvre perroquet ne lui avait pas menti en lui parlant de la conduite de sa femme, ce qui fut cause qu'il se repentit de l'avoir tué. »

« Quand le roi eut achevé l'histoire du perroquet : « Et vous, vizir, ajouta-t-il, par l'envie que vous avez conçue contre le médecin Douban, qui ne vous a fait aucun mal, vous voulez que je le fasse mourir ; mais je m'en garderai bien, de peur de m'en repentir, comme ce mari d'avoir tué son perroquet. »

« Le pernicieux vizir était trop intéressé à la perte du médecin Douban pour en demeurer là : « Sire répliqua-t-il, la mort du perroquet était peu importante, et je ne crois pas que son maître l'ait regretté longtemps. Mais pourquoi faut-il que la crainte d'opprimer l'innocence vous empêche de faire mourir ce médecin ! Ne suffit-il pas qu'on l'accuse de vouloir attenter à votre vie, pour vous autoriser à lui faire perdre la sienne ? Quand il s'agit d'assurer les jours d'un roi, un simple soupçon doit passer pour une certitude, et il vaut mieux sacrifier l'innocent que sauver le coupable. Mais, sire, ce n'est point ici une chose incertaine : le médecin Douban veut vous assassiner. Ce n'est point l'envie qui m'arme contre lui, c'est l'intérêt seul que je prends à la conservation de Votre Majesté ; c'est mon zèle qui me porte à vous donner un avis d'une si grande importance. S'il est faux, je mérite qu'on me punisse de la même manière qu'on punit autrefois un vizir. — Qu'avait fait ce vizir, dit le roi grec, pour être digne de ce châtiment ?—Je vais l'apprendre à Votre Majesté, sire, répondit le vizir. Qu'elle ait, s'il lui plaît, la bonté de m'écouter,

HISTOIRE DU VIZIR PUNI.

« Il était autrefois un roi, poursuivit-il, qui avait un fils qui aimait passionnément la chasse. Il lui permettait de prendre souvent ce divertissement ; mais il avait donné ordre à son grand visir de l'accompagner toujours et de ne le perdre jamais de vue. Un jour de chasse, les piqueurs ayant lancé un cerf, le prince, qui crut que le vizir le suivait, se mit après la bête. Il courut si longtemps, et son ardeur l'emporta si loin, qu'il se trouva seul. Il s'arrêta, et remarquant qu'il avait perdu la voie, il voulut retourner sur ses pas pour aller rejoindre le vizir, qui n'avait pas été assez diligent pour le suivre de près ; mais il s'égara. Pendant qu'il courait de tous côtés sans tenir de route assurée, il rencontra au bord d'un chemin une dame assez bien faite, qui pleurait amèrement. Il retint la bride de son cheval, demanda à cette femme qui elle était, ce qu'elle faisait seule en cet endroit, et si elle avait besoin de secours : « Je suis, lui répondit-elle, la fille d'un roi des Indes. En me promenant à cheval dans la campagne, je me suis endormie, et je suis tombée. Mon cheval s'est échappé, et je ne sais ce qu'il est devenu. » Le jeune prince eut pitié d'elle, et lui proposa de la prendre en croupe, ce qu'elle accepta.

« Comme ils passaient près d'une masure, la dame ayant témoigné qu'elle serait bien aise de mettre pied à terre pour quelque nécessité, le prince s'arrêta et la laissa descendre. Il descendit aussi, et s'approcha de la masure en tenant son cheval par la bride. Jugez quelle fut sa surprise, lorsqu'il entendit la dame en dedans prononcer ces paroles : « Réjouissez-vous, mes enfants, je vous amène un garçon bien fait et fort gras ; » et que d'autres voix lui répondirent aussitôt : « Maman, où est-il, que nous le mangions tont à l'heure ; car nous avons bon appétit ? »

« Le prince n'eut pas besoin d'en entendre davantage pour concevoir le danger où il se trouvait. Il vit bien que la dame qui se disait fille d'un roi des Indes, était une ogresse, femme d'un de ces démons sauvages appelés ogres, qui se retirent dans des lieux abandonnés, et se servent de mille ruses pour surprendre et dévorer les passants. Il fut saisi de frayeur, et se jeta au plus vite sur son cheval. La prétendue princesse parut dans le moment ; et, voyant qu'elle avait manqué son coup : « Ne craignez rien, cria-t-elle au prince. Qui êtes-vous ? Que cherchez-vous ?—Je suis égaré, répondit-il, et je cherche mon chemin. — Si vous êtes égaré, dit-elle, recommandez-vous à Dieu, il vous délivrera de l'embarras où vous vous trouvez. » Alors le prince leva les yeux au ciel, et dit : « Seigneur, qui êtes tout-puissant, jetez les yeux sur moi, et me délivrez de cette ennemie. » A cette prière, la femme de l'ogre rentra dans la masure, et le prince s'en éloigna avec précipitation. Heureusement il retrouva son chemin et arriva sain et sauf auprès du roi son père, auquel il raconta de point en point le danger qu'il venait de courir par la faute du grand vizir. Le roi, irrité contre ce ministre, le fit étrangler à l'heure même. »

« Sire, poursuivit le vizir du roi grec, pour revenir au médecin Douban, si vous n'y prenez garde, la confiance que vous avez en lui vous sera funeste ; je sais de bonne part que c'est un espion envoyé par vos ennemis pour attenter à la vie de Votre Majesté. Il vous a guéri, dites-vous ; et qui peut vous en assurer ? Il ne vous a peut-être guéri qu'en apparence, et non radicalement. Que sait-on si ce remède, avec le temps ne produira pas un effet pernicieux?

« Le roi grec, qui avait naturellement fort peu d'esprit, n'eut pas assez de pénétration pour s'apercevoir de la méchante intention de son vizir, ni assez de fermeté pour persister dans son premier sentiment. Ce discours l'ébranla : « Vizir, dit-il, tu as raison ; il peut être venu exprès pour m'ôter la vie, ce qu'il peut fort bien exécuter par la seule odeur de quelqu'une de ses drogues. Il faut voir ce qu'il est à propos de faire dans cette conjoncture. »

« Quand le vizir vit le roi dans la diposition où il le voulait : « Sire lui dit-il. le moyen le plus sûr et le plus prompt pour assurer votre repos et mettre votre vie en sûreté, c'est d'envoyer chercher tout à l'heure le médecin Douban, et de lui faire couper la tête dès qu'il sera arrivé. — Véritablement, reprit le roi, je crois que c'est par là que je dois prévenir son dessein. » En achevant ces paroles, il appela un de ses officiers, et lui ordonna d'aller chercher le médecin, qui, sans savoir ce que le roi lui voulait, courut au palais en diligence. « Sais-tu bien, dit le roi en le voyant, pourquoi je te demande ici ? — Non, sire, répondit-il, et j'attends que Votre Majesté daigne m'en instruire. — Je t'ai fait venir, reprit le roi, pour me délivrer de toi en te faisant ôter la vie. »

« Il n'est pas possible d'exprimer quel fut l'étonnement du médecin lorsqu'il entendit prononcer l'arrêt de sa mort : « Sire, dit-il, quel sujet peut avoir Votre Majesté de me faire mourir? Quel crime ai-je commis? — J'ai appris de bonne part, répliqua le roi, que tu es un espion, et que tu n'es venu dans ma cour que pour attenter à ma vie;

mais pour te prévenir, je veux te ravir la tienne. Frappe, ajouta-t-il au bourreau qui était présent, et me délivre d'un perfide qui ne s'est introduit ici que pour m'assassiner.

« A cet ordre cruel, le médecin jugea bien que les honneurs et les bienfaits qu'il avait reçus lui avaient suscité des ennemis, et que le faible roi s'était laissé surprendre à leurs impostures. Il se repentait de l'avoir guéri de sa lèpre, mais c'était un repentir hors de saison. « Est-ce ainsi, lui disait-il, que vous me récompensez du bien que je vous ai fait? » Le roi ne l'écouta pas, et ordonna une seconde fois au bourreau de porter le coup mortel. Le médecin eut recours aux prières : « Hélas! sire, s'écria-t-il, prolongez-moi la vie, Dieu prolongera la vôtre ; ne me faites pas mourir, de crainte que Dieu ne vous traite de la même manière ! »

Le roi grec, au lieu d'avoir égard à la prière que le médecin venait de lui faire, en le conjurant au nom de Dieu, lui repartit avec dureté : « Non, non, c'est une nécessité absolue que je te fasse périr ; aussi bien pourrais-tu m'ôter la vie plus subtilement encore que tu ne m'as guéri. » Cependant le médecin, fondant en pleurs, et se plaignant pitoyablement de se voir si mal payé du service qu'il avait rendu au roi, se prépara à recevoir le coup de la mort. Le bourreau lui banda les yeux, lui lia les mains, et se mit en devoir de tirer son sabre.

« Alors les courtisans qui étaient présents, émus de compassion, supplièrent le roi de lui faire grâce, assurant qu'il n'était pas coupable, et répondant de son innocence. Mais le roi fut inflexible, et leur parla de sorte qu'ils n'osèrent lui répliquer.

« Le médecin étant à genoux, les yeux bandés,

et prêt à recevoir le coup qui devait terminer son sort, s'adressa encore une fois au roi : « Sire, lui dit-il, puisque Votre Majesté ne veut point révoquer l'arrêt de ma mort, je la supplie du moins de m'accorder la liberté d'aller jusque chez moi donner ordre à ma sépulture, dire le dernier adieu à ma famille, faire des aumônes, et léguer mes livres à des personnes capables d'en faire un bon usage. J'en ai un entre autres dont je veux faire présent à Votre Majesté : c'est un livre fort précieux et très-digne d'être soigneusement gardé dans votre trésor. — Et pourquoi ce livre est-il aussi précieux que tu le dis? répliqua le roi. — Sire, repartit le médecin, c'est qu'il contient une infinité de choses curieuses, dont la principale est que, quand on m'aura coupé la tête, si Votre Majesté veut bien se donner la peine d'ouvrir le livre au sixième feuillet et lire la troisième ligne de la page à main gauche, ma tête répondra à toutes les questions que vous voudrez lui faire. » Le roi, curieux de voir une chose si merveilleuse, remit sa mort au lendemain, et l'envoya chez lui sous bonne garde.

« Le médecin, pendant ce temps-là, mit ordre à ses affaires, et comme le bruit s'était répandu qu'il devait arriver un prodige inouï après son trépas, les vizirs, les émirs, les officiers de la garde, enfin toute la cour se rendit le jour suivant dans la salle d'audience pour en être témoin.

« On vit bientôt paraître le médecin Douban, qui s'avança jusqu'au pied du trône royal avec un gros livre à la main. Là, il se fit apporter un bassin, sur lequel il étendit la couverture dont le livre était enveloppé, et, présentant le livre au roi : « Sire, lui dit-il, prenez, s'il vous plaît, ce livre, et d'abord que ma tête sera coupée, commandez qu'on la pose

dans le bassin sur la couverture du livre : dès qu'elle
y sera, le sang cessera d'en couler : alors vous ou-
vrirez le livre et ma tête répondra à toutes vos demandes. Mais, sire, ajouta-t-il, permettez-moi d'implorer encore une fois la clémence de Votre Majesté ; au nom de Dieu, laissez-vous fléchir : je vous
proteste que je suis innocent. — Tes prières, répondit le roi, sont inutiles, et quand ce ne serait
que pour entendre parler ta tête après ta mort, je
veux que tu meures. » En disant cela, il prit le
livre des mains du médecin, et ordonna au bourreau de faire son devoir.

« La tête fut coupée si adroitement, qu'elle tomba
dans le bassin ; et elle fut à peine posée sur la couverture, que le sang s'arrêta. Alors, au grand étonnement du roi et de tous les spectateurs, elle ouvrit
les yeux, et, prenant la parole : « Sire, dit-elle,
que Votre Majesté ouvre le livre. » Le roi l'ouvrit,
et, trouvant que le premier feuillet était comme
collé contre le second, pour le tourner avec plus de
facilité, il porta le doigt à sa bouche, et le mouilla
de sa salive. Il fit la même chose jusqu'au sixième
feuillet, et, ne voyant pas d'écriture à la page indi-
quée : « Médecin, dit-il à la tête, il n'y a rien d'é-
crit. — Tournez encore quelques feuillets, » repartit la tête. Le roi continua d'en tourner, en portant
toujours le doigt à sa bouche, jusqu'à ce que le poison, dont chaque feuillet était imbu, venant à faire
son effet, ce prince se sentit tout à coup agité d'un
transport extraordinaire ; sa vue se troubla, et il se
laissa tomber au pied de son trône avec de grandes
convulsions.

« Quand le médecin Douban, ou pour mieux dire,
sa tête, vit que le poison faisait son effet, et que le
roi n'avait plus que quelques moments à vivre :

« Tyran, s'écria-t-elle, voilà de quelle manière sont
« traités les princes qui, abusant de leur autorité,
« font périr les innocents. Dieu punit tôt ou tard
« leurs injustices et leurs cruautés. » La tête eut à
peine achevé ces paroles, que le roi tomba mort, et
qu'elle perdit elle-même aussi le peu de vie qui lui
restait. »

FIN.

Paris. — Impr. de Pommeret et Moreau, 42, rue Vavin,

AMOURS

DE

CAMARALZAMAN

Enlèvement du talisman de la princesse Badoure

HISTOIRE

DES

AMOURS DE CAMARALZAMAN

PRINCE DE L'ILE DES ENFANTS DE KHALÉDAN

ET DE

BADOURE

PRINCESSE DE LA CHINE

A environ vingt journées de navigation des côte des Perse, il y avait dans la vaste mer une île que l'on appelle l'île des Enfants de Khalédan. Cette île est divisée en plusieurs grandes provinces, toutes considérables par des villes florissantes et bien peuplées, qui forment un royaume très-puissant. Autrefois elle était gouvernée par un roi nommé Schahzaman, qui avait quatre femmes en mariage légitime, toutes quatre filles de rois, et soixante concubines.

Schahzaman s'estimait le monarque le plus heureux de la terre, par la tranquillité et la prospérité de son règne. Une seule chose troublait son bonheur : c'est qu'il était déjà avancé en âge et qu'il n'avait pas d'enfants, quoiqu'il eût un si grand nombre de femmes. Il ne savait à quoi attribuer cette stérilité, et dans son affliction, il regardait comme le plus grand malheur qui pût lui arriver de mourir sans laisser après lui un successeur de son sang. Il dissimula longtemps le chagrin cuisant qui le tourmentait, et il souffrait d'autant plus qu'il se faisait violence pour ne pas faire paraître qu'il en eût. Il rompit enfin le silence, et un jour, après qu'il se fut plaint amèrement de sa disgrâce à son grand visir, a qui il en parla en particulier, il lui demanda s'il ne savait pas quelque moyen d'y remédier.

« Si ce que Votre Majesté me demande, répondit ce sage ministre, dépendait des règles ordinaires de la sagesse humaine, elle aurait bientôt la satisfaction qu'elle souhaite si ardemment ; mais j'avoue que mon expérience et mes connaissances sont au-dessous de ce qu'elle me propose ; il n'y a que Dieu seul à qui l'on puisse recourir dans ces sortes de besoins : au milieu de nos prospérités, qui font souvent que nous l'oublions, il se plaît à nous mortifier par quelque endroit, afin que nous songions à lui, que nous reconnaissions sa toute-puissance et que nous lui demandions ce que nous ne devons attendre que de lui. Vous avez des sujets qui font une profession particulière de l'honorer, de le servir et de vivre durement pour l'amour de lui : mon avis serait que Votre Majesté leur fît des aumônes et les exhortât à joindre leurs prières aux vôtres ; peut-être que, dans le grand nombre, il se trouvera quelqu'un assez pur et assez agréable à Dieu pour obtenir qu'il exauce vos vœux. »

Le roi Schahzaman approuva fort ce conseil, dont il remercia son grand visir. Il fit porter de riches aumônes dans chaque communauté de ces gens consacrés à Dieu. Il fit même venir les supérieurs, et, après qu'il les eut régalés d'un festin frugal, il leur déclara son intention et les pria d'en avertir les dévots qui étaient sous leur obéissance.

Schahzaman obtint du ciel ce qu'il désirait, et cela parut bientôt par la grossesse d'une de ses femmes, qui lui donna un fils au bout de neuf mois. En actions de grâces, il envoya de nouvelles aumônes aux communautés des musulmans dévots, dignes de sa grandeur et de sa puissance, et on célébra la naissance du prince, non seulement dans sa capitale, mais même dans toute l'étendue de ses Etats, par des réjouissances publiques d'une semaine entière. On lui porta le prince dès qu'il fut né, et il lui trouva tant de beauté, qu'il lui donna le nom de Camaralzaman, *lune du siècle*.

Le prince Camaralzaman fut élevé avec tous les soins imaginables, et dès qu'il fut en âge, le sultan Shahzaman, son père, lui donna un sage gouverneur et d'habiles précepteurs. Ces personnages distingués par leur capacité, trouvèrent en lui un esprit aisé, docile, et capable de recevoir toutes les instructions qu'ils voulurent lui donner, tant pour le réglement de ses mœurs que pour les connaissances qu'un prince comme lui devait avoir. Dans un âge plus avancé, il apprit de même tous ses exercices, et il s'en acquittait avec grâce et avec une adresse merveilleuse dont il charmait tout le monde, et particulièrement le sultan son père.

Quand le prince eut atteint l'âge de quinze ans, le sultan, qui l'aimait avec tendresse et qui lui en donnait tous les jours de nouvelles marques, conçut le dessein de lui en donner la plus éclatante, de descendre du trône et de l'y établir lui-même. Il en parla à son grand visir « Je crains, lui dit-il, que mon fils ne perde, dans l'oisiveté de la jeunesse, non-seulement tous les avantages dont la nature l'a comblé, mais même ceux qu'il a acquis avec tant de succès par la bonne éducation que j'ai tâché de lui donner. Comme je suis désormais dans un âge à songer à la retraite, je suis presque résolu de lui abandonner le gouvernement et de passer le reste de mes jours avec la satisfaction de le voir régner. Il y a longtemps que je travaille, et j'ai besoin de repos. »

Le grand visir ne voulut pas représenter au sultan toutes les raisons qui auraient pu le dissuader d'exécuter sa résolution : il entra, au contraire, dans son sentiment : « Sire, répondit-il, le prince

est encore bien jeune, ce me semble, pour le
charger de si bonne heure d'un fardeau aussi
pesant que celui de gouverner un Etat puissant. Votre Majesté craint qu'il ne se corrompe
dans l'oisiveté, avec beaucoup de raison, mais, pour
y remédier, ne jugerait-elle pas plus à propos de le
marier auparavant? Le mariage attache et empêche
qu'un jeune prince ne se dissipe. Avec cela votre
majesté lui donnerait entrée dans ses conseils, où il
apprendrait peu à peu à soutenir dignement l'éclat
et le poids de votre couronne, dont vous seriez à
temps de vous dépouiller en sa faveur, lorsque vous
l'en jugeriez capable par votre propre expérience. »

Schahzaman trouva le conseil de son premier ministre fort raisonnable : aussi fit-il appeler le prince
Camaralzaman dès qu'il l'eut congédié.

Le prince, qui jusqu'alors avait toujours vu le sultan son père à de certaines heures réglées, sans
avoir besoin d'être appelé, fut un peu surpris de cet
ordre. Au lieu de se présenter devant lui avec la
liberté qui lui était ordinaire, il le salua avec un
grand respect, et s'arrêta en sa présence les yeux
baissés.

Le sultan s'aperçut de la contrainte du prince :
« Mon fils, lui dit-il d'un air à le rassurer, savez-
vous à quel sujet je vous ai fait appeler? — « Sire,
répondit le prince avec modestie, il n'y que Dieu
qui pénètre jusque dans les cœurs : je l'apprendrais
de Votre Majesté avec plaisir. — Je l'ai fait pour
vous dire, reprit le sultan, que je veux vous marier,
Que vous en semble? »

Le prince Camaralzaman entendit ces paroles avec
un grand déplaisir. Elles le déconcertèrent, la sueur
lui en montait même au visage, et il ne savait que
répondre. Après quelques moments de silence, il

lui répondit : Sire, je vous supplie de me pardonner si je parais interdit à la déclaration que Votre Majesté me fait : je ne m'y attendais pas dans la grande jeunesse où je suis. Je ne sais même si je pourrai jamais me résoudre au lien du mariage, non-seulement à cause de l'embarras que donnent les femmes, comme je le comprends fort bien, mais même après ce que j'ai lu dans nos auteurs, de leurs fourberies, de leurs méchancetés et de leurs perfidies. Peut-être ne serai-je pas toujours dans ce sentiment : je sens bien néanmoins qu'il me faut du temps avant de me déterminer à ce que Votre Majesté exige de moi. »

La réponse du prince Camaralman affligea extrêmement le sultan son père. Ce monarque eut une véritable douleur de voir en lui une si grande répugnance pour le mariage. Il ne voulut pas néanmoins la traiter de désobéissance ni user du pouvoir paternel. Il se contenta de lui dire : je ne veux pas vous contraindre là-dessus ; je vous donne le temps d'y penser, et de considérer qu'un prince comme vous destiné à gouverner un grand royaume, doit penser d'abord à se donner un successeur. En vous donnant cette satisfaction, vous me la donnerez à moi-même, qui suis bien aise de me voir revivre en vous, et dans les enfants qui doivent sortir de vous. »

Schahzaman n'en dit pas davantage au prince Camaralzamán. Il lui donna entrée dans les conseils de ses Etats, et lui donna d'ailleurs tous les sujets d'être content qu'il pouvait désirer. Au bout d'un an, il le prit en particulier : « Eh bien ! mon fils, lui dit-il, vous êtes vous souvenu de faire réflexion sur le dessein que j'avais de vous marier dès l'année ? Refusez-vous encore de me donner la joie que j'attends de votre obéissance, et voulez-vous me laisser mourir sans me donner cette satisfaction ? »

Le prince parut moins déconcerté que la première fois, et il n'hésita pas longtemps à répondre en ces termes, avec fermeté : « Sire, dit-il, je n'ai pas manqué d'y penser avec l'attention que je devais ; mais après y avoir pensé mûrement, je me suis confirmé davantage dans la résolution de vivre sans engagement dans le mariage. En effet, les maux infinis que les femmes ont causés de tout temps dans l'univers, comme je l'ai appris pleinement dans nos histoires, et ce que j'entends dire chaque jour de leurs malices, sont les motifs qui me persuadent de n'avoir de ma vie aucune liaison avec elles. Ainsi, Votre Majesté me pardonnera si j'ose lui représenter qu'il est inutile qu'elle me parle davantage de me marier. » Il en demeura là et quitta le sultan son père brusquement sans attendre qu'il lui dit autre chose.

Tout autre monarque que le roi Schahzaman aurait eu de la peine à ne pas s'emporter, après la hardiesse avec laquelle le prince son fils venait de lui parler, et à ne l'en pas faire repentir. Mais il le chérissait, et il voulait employer toutes les voies de la douceur avant de le contraindre. Il communiqua à son premier ministre le nouveau sujet de chagrin que Camaralzaman venait de lui donner : « J'ai suivi votre conseil, lui dit-il ; mais Camaralzaman est plus éloigné de se marier qu'il ne l'était la première fois que je lui en parlais, et il s'est expliqué en termes si hardis que j'ai eu besoin de toute ma raison et de toute ma modération pour ne pas me mettre en colère contre lui. Les pères qui demandent des enfants avec autant d'ardeur que j'ai demandé celui-ci sont autant d'insensés qui cherchent à se priver eux-mêmes du repos dont il ne tient qu'à eux de jouir tranquillement. Dites-moi, je vous prie, par quels moyens je dois ramener un esprit si rebelle à mes volontés.

— Sire, reprit le grand visir, on vient à bout d'une infinité d'affaires avec la patience : peut-être que celle-ci n'est pas d'une nature à y réussir par cette voie. Mais Votre Majesté n'aura en rien à se reprocher d'avoir usé d'une trop grande précipitation si elle juge à propos de donner une autre année au prince pour se consulter lui-même. Si, dans cet intervalle, il rentre dans son devoir, elle en aura une satisfaction d'autant plus grande, qu'elle n'aura employé que la bonté paternelle pour l'y obliger. Si, au contraire, il persiste dans son opiniâtreté, alors, quand l'année sera expirée, il me semble que Votre Majesté aura lieu de lui déclarer en plein conseil qu'il est du bien de l'Etat qu'il se marie. Il n'est pas croyable qu'il vous manque de respect à la face d'une compagnie célèbre que vous honorerez de votre présence. »

Le sultan, qui désirait si passionnément de voir le prince son fils marié, que les moments d'un si long délai lui paraissaient des années, eut bien de la peine à se résoudre d'attendre si longtemps. Il se rendit néanmoins aux raisons de son grand visir, qu'il ne pouvait désapprouver.

Après que le grand visir se fût retiré, le sultan Schahzaman alla à l'appartement de la mère du prince Camaralzaman, à qui il y avait longtemps qu'il avait témoigné l'ardent désir qu'il avait de le marier. Quand il lui eut raconté avec douleur de quelle manière il venait de le refuser une seconde fois, et marqué l'indulgence qu'il voulait bien avoir encore pour lui, par le conseil de son grand visir : « Madame, lui dit-il, je sais qu'il a plus de confiance en vous qu'en moi, que vous lui parlez et qu'il vous écoute plus familièrement. Je vous prie de prendre le temps de lui en parler sérieusement et de lui faire bien comprendre que, s'il persiste dans son opiniâtreté, il me contraindra, à la fin, d'en venir à des extrémités dont je serais très-fâché, et qui le feraient repentir lui-même de m'avoir désobéi, »

Fatime, c'était ainsi que s'appelait la mère de Camaralzaman, marqua au prince son fils, la première fois qu'elle le vit, qu'elle était informée du nouveau refus de se marier qu'il avait fait au sultan son père, et combien elle était fâchée qu'il lui eût donné un si grand sujet de colère. « Madame, reprit Camaralzaman, je vous supplie de ne pas renouveler ma douleur sur cette affaire. Je craindrais trop dans le dépit où j'en suis, qu'il ne m'échappât quelque chose contre le respect que je vous dois. » Fatime connut par cette réponse que la plaie était trop récente, et ne lui en parla pas davantage pour cette fois.

Longtemps après, Fatime crut avoir trouvé l'occasion de lui parler sur le même sujet avec plus d'espérance d'être écoutée. « Mon fils, dit-elle, je vous prie, si cela ne vous fait pas de peine, de me dire quelles sont donc les raisons qui vous donnent une si grande aversion pour le mariage. Si vous n'en avez pas d'autre que celle de la malice et de la méchanceté des femmes, elle ne peut pas être plus faible ni moins raisonnable. Je ne veux point prendre la défense des méchantes femmes : il y en a un très-grand nombre, j'en suis très-persuadée ; mais c'est une injustice des plus criantes de les taxer toutes de l'être. Hé! mon fils, vous arrêtez-vous à quelques-unes dont parlent vos livres, qui ont causé, à la vérité de grands désordres, et que je ne veux pas excuser ? Mais que ne faites-vous attention à tant de monarques, tant de sultans et tant d'autres princes parti-

culiers dont les tyrannies, les barbaries et les cruautés font horreur, à les lire dans les histoires que j'ai
vues comme vous? Pour une femme, vous trouverez
mille de ces tyrans et de ces barbares. Et les femmes honnêtes et sages, mon fils, qui ont le malheur
d'être mariées à ces furieux, croyez-vous qu'elles
soit fort heureuses?

— Madame, reprit Camaralzaman, je ne doute pas
qu'il n'y ait un grand nombre de femmes sages,
vertueuses, bonnes, douces et de bonnes mœurs. Plût
à Dieu qu'elles vous ressemblassent toutes ! Ce qui
me révolte, c'est le choix douteux qu'un homme est
obligé de faire pour se marier, ou, plutôt, qu'on ne
lui laisse pas souvent la liberté de faire à sa volonté.

« Supposons que je me sois résolu de m'engager
dans le mariage, comme le sultan mon père le
souhaite avec tant d'impatience ; quelle femme me
donnera-t-il? Une princesse, apparemment, qu'il
demandera à quelque prince de ses voisins, qui se
fera un grand bonheur de la lui envoyer. Belle ou
laide, il faudra la prendre. Je veux qu'aucune autre
princesse ne lui soit comparable en beauté ; qui
peut assurer qu'elle aura l'esprit bien fait, qu'elle
sera traitable, complaisante, accueillante, préve-
nante, obligeante que son entretien ne sera que de
choses solides et non pas d'habillements, d'ajuste-
ments, d'ornements et de mille autres badineries
qui doivent faire pitié à tout homme de bon sens ;
en un mot, qu'elle ne sera pas fière, hautaine, fâcheuse, méprisante, et qu'elle n'épuisera pas tout un
État pour ses dépenses frivoles, en habits, en pierreries, en bijoux et en magnificence folle et mal entendue ?

« Comme vous le voyez, madame, voilà sur un

seul article une infinité d'endroits par où je dois me c.
dégoûter entièrement du mariage. Que cette prin--ı
cesse, enfin, soit si parfaite et si accomplie qu'elle sı
soit irréprochable sur chacun de tous ces points, ،ı
j'ai un grand nombre de raisons encore plus fortes ɛ:
pour ne pas me désister de mon sentiment non plus ɛı
que ma résolution.

— Quoi ! mon fils, repartit Fatime, vous avez d'au--ı
tres raisons après celles que vous venez de me dire?ʃɛ
Je prétendais cependant vous y répondre et vonɛɛı
fermer la bouche en un mot. — Cela ne doit pasɛı
vous en empêcher, madame, répliqua le prince :ı
j'aurai peut-être de quoi répliquer à votre réponse..ɛ

— Je voulais dire mon fils, dit alors Fatime, qu'ilı
est aisé à un prince, quand il a le malheur d'avoirı
épousé une princesse telle que vous venez de la dé--ɛ
peindre, de la laisser et de donner de bons ordresɛɛ
pour empêcher qu'elle ne ruine l'Etat.

— Eh ! madame, reprit le prince Camaralzaman,،ı
ne voyez-vous pas quelle mortification terrible c'estɛı
à un prince d'être obligé d'en venir à cette extrémité?ɛ
Ne vaut-il pas beaucoup mieux, pour sa gloire etɛ
pour son repos qu'il ne s'y expose pas ?

— Mais, mon fils, dit encore Fatime, de la ma--ɛ
nière que vous l'entendez, je comprends que vousɛı
voulez être le dernier roi de votre race qui ont ré-ɛ
gné si glorieusement dans les îles des enfants deɛı
Khalédan.

— Madame, répondit le prince Camaralzaman, jeɛı
ne souhaite pas de survivre au roi mon père. Quandɛı
je mourrais avant lui, il n'aurait pas lieu de s'enɛ
étonner, après tant d'exemples d'enfants qui meu--ʃ
rent avant leurs pères. Mais il est toujours glorieuxɛ
à une race de rois de finir par un prince aussi digneɛ
de l'être, comme je tâcherai de me rendre tel queɛı

a ses prédécesseurs et que celui par où elle a commencé. »

Depuis ce temps-là, Fatime eut très-souvent de
semblables entretiens avec le prince Camaralzaman,
et il n'y a pas de biais par où elle n'ait tâché de déraciner son aversion. Mais il éluda toutes les raisons
qu'elle put lui apporter par d'autres raisons auxquelles elle ne savait que répondre, et il demeura
inébranlable.

L'année s'écoula, et, au grand regret du sultan
Schahzaman, le prince Camaralzaman ne donna pas
la moindre marque d'avoir changé de sentiment. Un
jour de conseil solennel, enfin, que le premier visir,
les autres visirs, les principaux officiers de la couronne et les généraux d'armée étaient assemblés, le
sultan prit la parole et dit au prince : Mon fils il y a
longtemps que je vous ai marqué la passion que j'a-
vais de vous voir marié, et j'attendais de vous plus
de complaisance pour un père qui ne vous demandait rien que de raisonnable. Après une si longue
résistance de votre part, qui a poussé ma patience
à bout, je vous marque la même chose en présence
de mon conseil. Ce n'est plus simplement pour obliger un père que vous ne devriez pas avoir refusé :
c'est que le bien de mes Etats l'exige, et que tous
ces seigneurs le demandent avec moi. Déclarez-vous
donc, afin que, selon votre réponse, je prenne les
mesures que je dois. »

Le prince Camaralzaman répondit avec si peu de
retenue ou plutôt avec tant d'emportement, que le
sultan, justement irrité de la confusion qu'un fils lui
donnait en plein conseil, s'écria : « Quoi! fils dé-
naturé, vous avez l'insolence de parler ainsi à votre
père et à votre sultan ! » Il le fit arrêter par les huissiers et conduire à une tour ancienne, mais aban-

donnée depuis longtemps, où il fut enfermé, avec un lit, peu d'autres meubles, quelques livres, et un seul esclave pour le servir.

Camaralzaman, content d'avoir la liberté de s'entretenir avec ses livres, regarda sa prison avec assez d'indifférence. Sur le soir, il se lava, il fit sa prière, et, après avoir lu quelques chapitres de l'Alcoran avec la même tranquillité que s'il eut été dans son appartement au palais du sultan son père, il se coucha sans éteindre la lampe, qu'il laissa près de son lit, et s'endormit.

Dans cette tour il y avait un puits qui servait de retraite, pendant le jour, à une fée nommée Maimoune, fille de Damriat, roi ou chef d'une légion de génies. Il était environ minuit lorsque Maimoune s'élança du haut du puits, pour aller par le monde, selon sa coutume, où la curiosité la porterait. Elle fut fort étonnée de voir de la lumière dans la chambre du prince Camaralzaman. Elle y entra, et sans s'arrêter à l'esclave qui était couché à la porte, elle s'approcha du lit, dont la magnificence l'attira, et elle fut plus surprise qu'auparavant de voir que quelqu'un y était couché.

Le prince Camaralzaman avait le visage à demi couvert sous la couverture. Maimoune la leva un peu, et elle vit le plus beau jeune homme qu'elle eût jamais vu en aucun endroit de la terre habitable, qu'elle avait souvent parcourue. « Quel éclat ! dit-elle en elle-même, ou plutôt quel prodige de beauté ne doit-ce pas être lorsque les yeux, que cachent les paupières si bien formées, sont ouverts ! Quel sujet peut-il avoir donné pour être traité d'une manière si indigne du haut rang dont il est? » Car elle avait déjà appris de ses nouvelles, et elle se douta de l'affaire.

Maimoune ne pouvait se lasser d'admirer le prince Camaralzaman ; mais enfin, après l'avoir baisé sur chaque joue et au milieu du front sans l'éveiller, elle remit la couverture comme elle était auparavant, et prit son vol dans l'air. Comme elle se fut élevée bien haut vers la moyenne région, elle fut frappée d'un bruit d'ailes, qui l'obligea de voler du même côté. En s'approchant, elle connut que c'était un génie qui faisait ce bruit, mais un génie de ceux qui sont rebelles à Dieu : car, pour Maimoune, elle était de ceux que le grand Salomon contraignit de reconnaître depuis ce temps-là.

Le génie, qui se nommait Danhasch, et qui fils de Schamhourasch, reconnut aussi Maimoune, mais avec une grande frayeur. En effet, il reconnaissait qu'elle avait une grande supériorité sur lui par sa soumission à Dieu. Il aurait bien voulu éviter sa rencontre ; mais il se trouva si près d'elle, qu'il fallait se battre ou céder.

Danhasch prévint Maimoune : « Brave Maimoune, lui dit-il d'un ton suppliant, jurez-moi, par le grand nom de Dieu, que vous ne me ferez pas de mal, et je vous promets, de mon côté, de ne vous en pas faire.

— Maudit génie, reprit Maimoune, quel mal peux-tu me faire ? Je ne te crains pas : je veux bien t'accorder cette grâce, et je te fais le serment que tu demandes. Dis-moi présentement d'où tu viens, ce que tu as vu, ce que tu as fait cette nuit. — Belle dame, répondit Danhasch, vous me rencontrez à propos pour entendre quelque chose de merveilleux. »

Puisque vous le souhaitez, je vous dirai que je viens des extrémités de la Chine, où elles regardent les dernières îles de cet hémisphère... Mais, charmante Maimoune, dit ici Danhasch, qui tremblait de peur à la présence de cette fée et qui avait de la peine à parler, vous me promettez au moins de me pardonner et de me laisser aller librement quand j'aurai satisfait à vos demandes ?

— Poursuis, poursuis, maudit, reprit Maimoune, et ne crains rien. Crois-tu que je sois une perfide comme toi, et que je sois capable de manquer au grand serment que je t'ai fait? Prends bien garde seulement de ne me rien dire qui ne soit vrai : autrement je te couperai les ailes et te traiterai comme tu le mérites. »

Danhasch, un peu rassuré par ces paroles de Maimoune : Ma chère dame, reprit-il, je ne vous dirai rien que de très-vrai ayez seulement la bonté de m'écouter. Le pays de la Chine, d'où je viens, est un des plus grands et des plus puissants royaumes de la terre, d'où dépendent les dernières îles de cet hémisphère dont je vous ai déjà parlé. Le roi d'aujourd'hui s'appelle Gïaour, et ce roi a une fille unique, la plus belle qu'on ai jamais vue dans l'univers depuis que le monde est monde. Ni vous, ni moi, ni les génies de votre parti, ni du mien, ni tous les hommes ensemble, nous n'avons pas de termes propres, d'expressions assez vives ou d'éloquence suffisante pour en faire un portrait qui approche de ce qu'elle est en effet. Elle a les cheveux d'un brun et d'une si grande longueur qu'ils lui descendent beaucoup plus bas que les pieds, et ils sont en si grande abondance, qu'ils ressemblent pas mal à une de ces belles grappes de raisin dont les grains sont d'une grosseur extraordinaire, lorsqu'elle les a accommodés en boucles sur sa tête. Au dessous de ses cheveux, elle a le front aussi uni que le miroir le mieux poli, et d'une forme admirable ; les yeux noirs à fleur de tête, brillants et pleins de feu ; le nez ni trop long ni

trop court ; la bouche petite et vermeille, les dents
sont comme deux files de perles qui surpassent les
plus belles en blancheur ; et quand elle remue la
langue pour parler, elle rend une voix douce et
agréable, et elle s'exprime par des paroles qui mar-
quent la vivacité de son esprit. Le plus bel albâtre
n'est pas plus blanc que sa gorge. De cette faible
ébauche, enfin, vous jugerez aisément qu'il n'y a pas
de beauté au monde plus parfaite.

« Qui ne connaîtrait pas bien le roi, père de cette
princesse, jugerait, aux marques de tendresse paternelle qu'il lui a données qu'il en est amoureux. Jamais amant n'a fait pour une maîtresse la plus ché-
rie ce qu'on lui a vu faire pour elle. En effet, la jalousie la plus violente n'a jamais fait imaginer ce que
le soin de la rendre inaccessible à tout autre qu'à celui qui doit l'épouser lui a fait inventer et exécuter.
Afin qu'elle n'eût pas à s'ennuyer dans la retraite qu'il
avait résolu qu'elle gardât ; il lui a fait bâtir sept palais, à quoi on n'a jamais rien vu ni entendu de pareil.

« Le premier palais est de cristal de roche, le second, de bronze ; le troisième, de fin acier ; le qua-
trième, d'une autre sorte de bronze plus précieux que
le premier et que l'acier ; le cinquième, de pierre de
touche ; le sixième, d'argent ; et le septième, d'or
massif. Il les a meublés d'une somptuosité inouie,
chacun d'une manière proportionnée à la matière
dont ils sont bâtis. Il n'a pas oublié, dans les jardins
qui les accompagnent, les parterres de gazon ou
émaillés de fleurs, les pièces d'eau, les jets d'eau, les
canaux, les cascades, les bosquets plantés d'arbres à
perte de vue, où le soleil ne pénètre jamais ; le tout
d'une ordonnance différente en chaque jardin. Le
roi Gaïour, enfin, a fait voir que l'amour paternel
seul lui a fait faire une dépense presque immense,

« Sur la renommée de la beauté incomparable de
la princesse, les rois voisins les plus puissants
envoyèrent d'abord la demander en mariage, par
des ambassades solennelles. Le roi de Chine les reçut toutes avec le même accueil ; mais comme il ne
voulait marier la princesse que de son consentement,
et que la princesse n'agréait aucun des partis qu'on
lui proposait ; si les ambassadeurs se retiraient peu
satisfaits quant au sujet de leur ambassade, ils par
taient au moins très-contents des civilités et des hon
neurs qu'ils avaient reçus.

« Sire, disait la princesse au roi de la Chine, vous
voulez me marier, et vous croyez par là me faire un
grand plaisir. J'en suis persuadée, et je vous en
suis très-obligée. Mais où pourrais-je trouver ailleurs
que près de Votre Majesté des palais si superbes et
des jardins si délicieux ? J'ajoute que, sous votre
bon plaisir, je ne suis contrainte en rien, et qu'on
me rend les mêmes honneurs qu'à votre propre personne. Ce sont des avantages que je ne trouverais en
aucun autre endroit du monde, à quelque époux que
je voulusse me donner. Les maris veulent toujours
êtres les maîtres, et je ne suis pas d'humeur à me
laisser commander. »

« Après plusieurs ambassades, il en arriva une de
la part d'un roi plus riche et plus puissant que tous
ceux qui s'étaient présentés. Le roi de la Chine en
parla à la princesse sa fille et lui exagéra combien il
lui serait avantageux de l'accepter pour époux. La
princesse le supplia de vouloir l'en dispenser, et lu
apporta les mêmes raisons qu'auparavant. Il la pressa : mais, au lieu de se rendre, la princesse perdit
le respect qu'elle devait au roi son père : « Sire, lui
dit-elle en colère, ne me parlez plus de ce mariage,
ni d'aucun autre, sinon je m'enfoncerai le poignard

dans le sein et me délivrerai de vos importunités. »

« Le roi de la Chine, extrêmement indignés contre la princesse, lui repartit : « Ma fille, vous êtes une folle et je vous traiterai en folle. » En effet, il la fit renfermer dans un appartement d'un des sept palais, et ne lui donna que dix vieilles femmes pour lui tenir compagnie et la servir, dont la principale était sa nourrice. Ensuite, afin que les rois voisins qui lui avaient envoyé des ambassades ne songeassent plus à elle, il leur dépécha des envoyés pour leur annoncer l'éloignement où elle était pour le mariage. Et, comme il ne douta pas qu'elle ne fût véritablement folle, il chargea les mêmes envoyés de faire savoir dans chaque cour que s'il y avait quelque médecin assez habile pour la guérir, il n'avait qu'à venir, et qu'il la lui donnerait pour femme en récompense.

« Belle Maimoune, poursuivit Danhasch, les choses sont en cet état, et je ne manque pas d'aller régulièrement chaque jour contempler cette beauté incomparable, à qui je serais bien fâché d'avoir fait le moindre mal, nonobstant ma malice naturelle. Venez la voir, je vous en conjure, elle en vaut la peine. Quand vous aurez connu par vous même que je ne suis pas un menteur, je suis persuadé que vous m'aurez quelque obligation de vous avoir fait voir une princesse qui n'a pas d'égale en beauté. Je suis prêt à vous servir de guide, vous n'avez qu'à commander. »

Au lieu de répondre à Danhasch, Maimoune fit de grands éclats de rire qui durèrent longtemps ; et Danhasch, qui ne savait à quoi en attribuer la cause, demeura dans un grand étonnement. Quand elle eut bien ri à plusieurs reprises : « Bon! bon! lui dit-elle, tu veux m'en faire accroire, je croyais que tu allais me parler de quelque chose de surprenant et

d'extraordinaire, et tu me parles d'une chassieuse !
Eh ! fi ! fi ! que dirais-tu donc, maudit, si tu avais vu
comme moi le beau prince que je viens de voir en ce
moment, et que j'aime autant qu'il le mérite ? Vraiment c'est bien autre chose, tu en deviendrais
fou.

— Agréable Maimoune, reprit Danhasch, oserais-
je vous demander qui peut être ce prince dont vous
me parlez ? — Sache, lui dit Maimoune, qu'il lui
est arrivé à peu près la même chose qu'à la princesse
dont tu viens de m'entretenir. Le roi son père voulait le marier à toute force. Après de longues et
grandes importunités, il a déclaré franc et net qu'il
n'en ferait rien. C'est la cause pourquoi, à l'heure.
que je te parle, il est en prison dans une vieille tour
où je fais ma demeure, et où je viens de l'admirer.

— Je ne veux pas absolument vous contredire, repartit Danhasch ; mais, ma belle dame, vous me
permettrez-bien, jusqu'à ce que j'aie vu votre prince,
de croire qu'aucun mortel ni mortelle n'approche de
la beauté de ma princesse. — Tais-toi, maudit, répliqua Maimoune ; je te dis encore une fois que cela
ne peut pas être. — Je ne veux pas m'opiniâtrer
contre vous, ajouta Danhasch : le moyen de vous
convaincre si je dis vrai ou faux, c'est d'accepter la
proposition que je vous ai faite de venir voir ma
princesse, et de me montrer ensuite votre prince.

— Il n'est pas besoin que je prenne cette peine,
reprit encore Maimoune ; il y a un autre moyen de
nous satisfaire l'un et l'autre : c'est d'apporter ta
princesse et de la mettre à côté de mon prince sur
son lit. De la sorte, il nous sera aisé, à moi et à toi,
de les comparer ensemble et de vider notre procès. »

Danhasch consentit à ce que la fée souhaitait, et

il voulait retourner à la Chine sur-le-champ. Maimoune l'arrêta. « Attends, lui dit-elle, viens, que je te montre auparavant la tour où tu dois apporter ta princesse. » Ils volèrent ensemble jusqu'à la tour, et quand Maimoune l'eut montrée à Danhasch : « Va prendre ta princesse, lui dit-elle, et fais vite, tu me trouveras ici. Mais, écoute, j'entends au moins que tu me payeras une gageure si mon prince se trouve plus beau que ta princesse. »

Danhasch s'éloigna de la fée, se rendit à la Chine et revint avec une diligence incroyable, chargé de la belle princesse endormie. Maimoune la reçut et l'introduisit dans la chambre du prince Camaralzaman, où ils la posèrent ensemble sur son lit, à côté de lui.

Quand le prince et la princesse furent ainsi à côté l'un de l'antre, il y eut une grande contestation sur la préférence de leur beauté entre le génie et la fée. Ils furent quelque temps à les admirer et à les comparer ensemble sans parler. Danhasch rompit le silence : « Vous le voyez, dit-il à Maimoune, et je vous l'avais bien dit, que ma princesse était plus belle que votre prince. En doutez-vous, présentement ?

— Comment! si j'en doute! reprit Maimoune : oui vraiment, j'en doute. Il faut que tu sois aveugle pour ne pas voir que mon prince l'emporte de beaucoup au-dessus de ta princesse. Ta princesse est belle, je ne le désavoue pas : mais ne te presse pas, et compare-les bien l'un avec l'autre sans prévention : tu verras que la chose est comme je le dis.

— Quand je mettrais plus de temps à les comparer davantage, reprit Danhasch, je n'en penserais pas autrement que ce que je pense. J'ai vu ce que je vois du premier coup d'œil, et le temps ne me ferait pas voir autre chose que ce que je vois. Cela n'empê-

chera pas néanmoins, charmante Maimoune, que je
ne vous cède si vous le souhaitez. — Cela ne sera
pas ainsi, repartit Maimoune ; je ne veux pas qu'un
maudit génie comme toi me fasse de grâce. Je remets
la chose à un arbitre et si tu n'y consens, je prends
gain de cause sur ton refus. »

Danhasch, qui était prêt à avoir tout autre complaisance pour Maimoune, n'eut pas plutôt donné son
consentement, que Maimoune frappa la terre de son
pied. La terre s'entr'ouvrit, et aussitôt il en sortit un
génie hideux, bossu, borgne et boiteux, avec six cor-
nes à la tête, et les mains et les pieds crochus. Dès
qu'il fut dehors, que la terre se fut rejointe et qu'il
eut aperçu Maimoune, il se jeta à ses pieds, et en
demeurant un genou en terre, il lui demanda ce
qu'elle souhaitait de son très-humble serviteur.

« Levez-vous, Caschcasch, lui dit-elle (c'était le
nom du génie), je vous fais venir ici pour être juge
d'une dispute que j'ai avec ce maudit Danhasch. Jetez les yeux sur ce lit, et dites-nous sans partialité
qui vous paraît plus beau du jeune homme ou de la
jeune dame. »

Caschcasch regarda le prince et la princesse avec
des marques d'une surprise et d'une admiration
extraordinaires. Après qu'il les eut bien considérés
sans pouvoir se déterminer : « Madame, dit-il à
Maimoune, je vous avoue que je vous trompe-
rais et que je me trahirais moi-même si je vous
disais que je trouve l'un plus beau que l'autre.
Plus je les examine, et plus il me semble que
chacun possède au souverain degré la beauté qu'ils
ont en partage, autant que je puis m'y connaître : et
l'un n'a pas le moindre défaut par où l'on puisse dire
qu'il cède à l'autre. Si l'un ou l'autre en a quelqu'un,
il n'y a, selon mon avis, qu'un moyen pour en être

éclairci : c'est de les éveiller l'un après l'autre, et que vous conveniez que celui qui témoignera plus d'amour par son ardeur, par son empressement et même par son emportement l'un pour l'autre, aura moins de beauté en quelque chose. »

Le conseil de Caschcasch plut également à Maimoune et à Danhasch. Maimoune se changea en puce et sauta au cou de Camaralzaman. Elle le piqua si vivement qu'il s'éveilla et y porta la main ; mais il ne prit rien : Maimoune avait été prompte à faire un saut en arrière et à reprendre sa forme ordinaire, invisible néanmoins comme les deux génies, pour être témoin de ce qu'il allait faire.

En retirant la main, le prince la laissa tomber sur celle de la princesse de la Chine. Il ouvrit les yeux, et fut dans la dernière surprise de voir une dame couchée près de lui, et une dame d'une si grande beauté. Il leva la tête, et s'appuya du coude pour la mieux considérer. La grande jeunesse de la princesse et sa beauté incomparable l'embrasèrent en un instant d'un feu auquel il n'avait pas encore été sensible, et dont il s'était gardé jusqu'alors avec tant d'aversion.

L'amour s'empara de son cœur de la manière la plus vive, et il ne put s'empêcher de s'écrier : « Quelle beauté ! quels charmes ! mon cœur ! mon âme ! » Et, en disant ces paroles, il la baisa au front, aux deux joues et à la bouche avec si peu de précaution, qu'elle se fut réveillée si elle n'eût dormi plus fort qu'à l'ordinaire par l'enchantement de Danhasch,

« Quoi ! ma belle dame, dit le prince, vous ne vous éveillez pas à ces marques d'amour du prince Camaralzaman ! Qui que vous soyez, il n'est pas indigne du vôtre. Il allait l'éveiller tout de bon, mais il se retint tout à coup. « Ne serait-ce pas, dit-il en lui-même, celle que le sultan mon père voulait me donner en mariage ? Il a eu grand tort de ne me la pas faire voir plus tôt. Je ne l'aurais pas offensé par ma désobéissance et par mon emportement si public contre lui, et il se fut épargné à lui-même la confusion que je lui ai donnée. » Le prince Camaralzaman se repentit sincèrement de la faute qu'il avait commise, et il fut encore sur le point d'éveiller la princesse de Chine. « Peut-être aussi, dit-il en se reprenant, que le sultan mon père veut me surprendre; sans doute qu'il a envoyé cette jeune dame pour éprouver si j'ai véritablement autant d'aversion pour le mariage que je lui en ai fait paraître. Qui sait s'il ne l'a pas amenée lui-même, et s'il n'est pas caché pour se faire voir et me faire honte de ma dissimulation. Cette seconde faute serait de beaucoup plus grande que la première. A tout événement, je me contenterai de cette bague pour me souvenir d'elle. »

C'était une fort belle bague que la princesse avait au doigt. Il la tira adroitement et mit la sienne à la place. Aussitôt il lui tourna le dos, et il ne fut pas longtemps à dormir d'un sommeil aussi profond qu'auparavant par l'enchantement des génies.

Dès que le prince Camaralzaman fut bien endormi, Danhasch se transforma en puce à son tour et alla mordre la princesse au bas de la lèvre. Elle s'éveilla en sursaut, se mit sur son séant, et en ouvrant les yeux, elle fut fort étonnée de se voir couchée avec un homme. De l'étonnement elle passa à l'admiration, et de l'admiration à un épanchement de joie qu'elle fit paraître dès qu'elle eut vu que c'était un jeune homme si bien fait et si aimable.

« Quoi ! s'écria-t-elle, est-ce vous que mon père

m'avait destiné pour époux? Je suis bien malheureuse de ne l'avoir pas su. je ne l'aurais pas mis en
colère contre moi, et je n'aurai, pas été si longtemps
privée d'un mari que je ne puis m'empêcher d'aimer de tout mon cœur. Eveillez-vous, éveillez-vous,
il ne sied pas à un mari de tant dormir la première
nuit de ses noces. »

En disant ces paroles, la princesse prit le prince
Camaralzaman par le bras, et l'agita si fort, qu'il se
fut éveillé si, dans le moment, Maimoune n'eût aug-
menté son sommeil en augmentant son enchantement. Elle l'agita de même à plusieurs reprises, et
comme elle vit qu'il ne s'éveillait pas : « Eh quoi!
que vous est-il arrivé? Quelque rival jaloux de votre
bonheur et du mien aurait-il eu recours à la magic,
vous aurait-il jeté dans cet assoupissement insur-
montable lorsque vous devez être plus éveillé que
jamais? » Elle lui prit la main, et en la baisant tendrement, elle s'aperçut de la bague qu'il avait au
doigt. Elle la trouva si semblable à la sienne, qu'elle
fut convaincue que c'était elle-même quand elle eut
vu qu'elle en avait une autre. Elle ne comprit pas
comment cet échange s'était fait, mais elle ne douta
pas que ce fût la marque certaine de leur mariage.
Lassée de la peine inutile qu'elle avait prise pour
l'éveiller, et assurée, comme elle le pensait, qu'il ne
lui échapperait pas : « Puisque je ne puis venir à
bout de vous éveiller, dit-elle, je ne m'opiniâtre pas
davantage à interrompre votre sommeil: à nous revoir! » Après lui avoir donné un baiser à la joue en
prononçant ces dernières paroles, elle se recoucha et
fut très-peu de temps à se rendormir.

Quand Maimoune vit qu'elle pouvait parler sans
craindre que la princesse de la Chine ne s'éveillât :
« Eh bien! maudit, dit-elle à Danhasch, as-tu vu?

Es-tu convaincu que ta princesse est moins belle
que mon prince? Va, je veux bien te faire grâce de
la gageure que tu me dois. Une autre fois, crois-moi
quand je t'aurai assuré quelque chose. » Et se tournant du côté de Caschcasch : « Pour vous, ajouta-
t-elle, je vous remercie. Prenez la princesse avec
Danhasch, et reportez-là ensemble dans son lit, où
il vous mènera. » Danhasch et Caschcasch exécutèrent l'ordre de Maimoune, et Maimoune se retira
dans son puits.

Le prince Camaralzaman, en s'éveillant le lendemain matin, regarda à côté de lui si la dame qu'il
avait vue la même nuit y était encore. Quand il vit
qu'elle n'y était plus : « Je l'avais bien pensé, dit-
il en lui-même, que c'était une surprise que le roi
mon père voulait me faire : je me sais bon gré de
m'en être gardé. » Il éveilla l'esclave, qui dormait
encore, et le pressa de venir l'habiller sans lui parler de rien. L'esclave lui apporta le bassin et l'eau ;
il se lava, et, après avoir fait sa prière, il prit un
livre et lut quelque temps.

Après ces exercices ordinaires, Camaralzaman
appela l'esclave : « Viens çà, lui dit-il, et ne men-
pas. Dis-moi comment est venue la dame qui a couché cette nuit avec moi, et qui l'a amenée.

— Prince, répondit l'esclave avec un grand étonnement, de quelle dame entendez-vous parler? De
celle, te dis-je, reprit le prince, qui est venue ou
qu'on a amenée ici cette nuit, et qui a couché avec
moi.

— Prince, repartit l'esclave, je vous jure que je
n'en sais rien. Par où cette dame serait-elle venue
puisque je couche à la porte?

— Tu es un menteur, maraud, répliqua le prince
et tu es d'intelligence pour m'affliger davantage

me faire enrager. » En disant ces mots, il lui appliqua un soufflet dont il le jeta par terre, et, après l'avoir foulé longtemps sous les pieds, il le lia au-dessous des épaules avec la corde du puits, le descendit dedans, et le plongea plusieurs fois dans l'eau par-dessus la tête. « Je te noierai, s'écria-t-il, si tu ne me dis promptement qui est la dame, et qui l'a amenée. »

L'esclave furieusement embarrassé, moitié dans l'eau, moitié dehors, dit en lui même : « Sans doute que le prince a perdu l'esprit de douleur, et je ne puis échapper que par un mensonge. Prince, dit-il d'un ton de suppliant, donnez-moi la vie, je vous en conjure ; je promets de vous dire la chose comme elle est. »

Le prince retira l'esclave et le pressa de parler. Dès qu'il fut hors du puits : « Prince, lui dit l'esclave en tremblant, vous voyez bien que je ne puis pas vous satisfaire dans l'état où je suis : donnez-moi le temps d'aller changer d'habit auparavant. — Je te l'accorde, reprit le prince ; mais fais vite et prends bien garde de ne pas me cacher la vérité.

L'esclave sortit, et, après avoir fermé la porte sur le prince, il courut au palais dans l'état où il était. Le roi s'y entretenait avec son premier visir, et se plaignait à lui de la mauvaise nuit qu'il avait passée au sujet de la désobéisance et de l'emportement si criminels du prince son fils, en s'opposant à sa volonté.

Ce ministre tâchait de le consoler et de lui faire comprendre que le prince lui-même lui avait donné lieu de le réduire. « Sire, lui disait-il, Votre Majesté ne doit pas se repentir de l'avoir fait arrêter. Pourvu qu'elle ait la patience de le laisser quelque temps dans sa prison, elle doit se persuader qu'il abandon-

nera cette fougue de jeunesse, et qu'enfin il se sou-
mettra à tout ce qu'elle exigera de lui. »

Le grand visir achevait ces derniers mots, lorsque
l'esclave se présenta au roi Schahzaman. «Sire, lui
dit-il, je suis bien fâché de venir annoncer à Votre
Majesté une nouvelle qu'elle ne peut écouter qu'avec
un grand déplaisir. Ce qu'il dit d'une dame qui a
couché cette nuit avec lui, et l'état où il m'a mis,
comme Votre Majesté le peut voir, ne font que trop
connaître qu'il n'est plus dans son bon sens. » Il fit
ensuite le détail de tout ce que le prince Camaralzaman avait dit et de l'excès dont il l'avait traité,
en des termes qui donnèrent créance à son discours.

Le roi, qui ne s'attendait pas à ce nouveau sujet
d'affliction. « Voici, dit-il à son premier ministre,
un incident des plus fâcheux, bien différent de l'espérance que vous me donniez tout-à-l'heure. Allez,
ne perdez pas de temps ; voyez vous-même ce que
c'est, et venez m'en informer. »

Le grand visir obéit sur-le-champ, et, en entrant
dans la chambre du prince, il le trouva assis et fort
tranquille, avec un livre à la main, qu'il lisait. Il
le salua, et après qu'il se fut assis près de lui : « Je
veux un grand mal à votre esclave, lui dit-il, d'être
venu effrayer le roi votre père, par la nouvelle qu'il
vient de lui apporter.

— Quelle est cette nouvelle, reprit le prince, qui
peut lui avoir donné tant de frayeur ? J'ai un sujet
bien plus grand de me plaindre de mon esclave.

— Prince, repartit le visir, à Dieu ne plaise que ce
qu'il a rapporté de vous soit véritable ! Le bon état
où je vous vois et où je prie Dieu qu'il vous conserve,
me fait connaître qu'il n'en est rien. — Peut-être,
répliqua le prince, qu'il ne s'est pas bien fait enten-

dre. Puisque vous êtes venu, je suis bien aise de demander à une personne comme vous, qui devez en savoir quelque chose, où est la dame qui a couché cette nuit avec moi. »

Le grand visir demeura comme hors de lui-même à cette demande. « Prince, répondit-il, ne soyez pas surpris de l'étonnement que je fais paraître sur ce que vous me demandez. Serait-il possible, je ne dis pas qu'une dame, mais qu'aucun homme au monde eût pénétré de nuit jusqu'en ce lieu, où l'on ne peut entrer que par la porte et qu'en marchant sur le ventre de votre esclave ? De grâce, rappelez votre mémoire, et vous trouverez que vous avez eu un songe qui vous a laissé cette forte impression.

— Je ne m'arrête pas à votre discours, reprit le prince d'un ton plus haut, je veux savoir absolument qu'est devenue cette dame, et je suis ici dans un lieu où je saurai me faire obéir. »

A ces paroles fermes, le grand visir fut dans un embarras qu'on ne peut exprimer, et il songea au moyen de s'en tirer le mieux qu'il lui serait possible. Il prit le prince par la douceur, et il lui demanda dans les termes les plus humbles et les plus ménagés si lui-même il avait vu cette dame.

« Oui, oui, repartit le prince, je l'ai vue, et je me suis fort bien aperçu que vous l'aviez apostée pour me tenter. Elle a fort bien joué le rôle que vous lui avez prescrit, de ne pas dire un mot, de faire la dormeuse et de se retirer dès que je serais rendormi. Vous le savez sans doute, et elle n'aura pas manqué de vous en faire le récit.

— Prince, répliqua le grand visir, je vous jure qu'il n'est rien de tout ce que je viens d'apprendre de votre bouche, et que le roi votre père et moi nous ne vous avons pas envoyé la dame dont vous

parlez : nous n'en avons pas même eu la pensée.
Permettez-moi de vous dire encore une fois que vous
n'avez vu cette dame qu'en songe.

— Vous venez donc pour vous moquer de moi, répliqua encore le prince en colère, et pour me dire
en face que ce que je vous dis est un songe ? » Il le
prit aussitôt par la barbe, et le chargea de coups
aussi longtemps que ses forces le lui permirent,

Le pauvre grand visir essuya patiemment toute la
colère du prince Camaralzaman par respect. « Me
voilà, dit-il en lui-même, dans le même cas que l'esclave : trop heureux si je puis échapper comme lui
d'un si grand danger ! » Au milieu des coups dont
le prince le chargeait encore : « Prince, s'écria-t-il,
je vous supplie de me donner un moment d'audience. » Le prince, las de frapper, le laissa parler.

« Je vous avoue, dit alors le grand visir en dissi-
mulant, qu'il est quelque chose de ce que vous croyez.
Mais vous n'ignorez pas la nécessité où est un ministre d'exécuter les ordres du roi son maître. Si vous
avez la bonté de me le permettre, je suis prêt d'aller
lui dire de votre part ce que vous m'ordonnerez. —
Je vous le permets, lui dit le prince, allez, et dites-
lui que je veux épouser la dame qu'il m'a envoyée
ou amenée, et qui a couché cette nuit avec moi ;
faites promptement, et apportez-moi la réponse. »
Le grand visir fit une profonde révérence en le quittant, et ne se crut délivré que quand il fut hors de
la tour, et qu'il eut refermé la porte sur le prince.

Le grand visir se présenta devant le roi Schahzaman avec une tristesse qui l'affligea d'abord. « Eh
bien ! lui demanda ce monarque, en quel état avez-
vous trouvé mon fils ? — Sire, répondit ce ministre,
ce que l'esclave a rapporté à Votre Majesté n'est que
trop vrai. » Il lui fit le récit de l'entretien qu'il avait

eu avec Camaralzaman, de l'emportement de ce
prince dès qu'il eut entrepris de lui représenter qu'il
n'était pas possible que la dame dont il parlait eût
couché avec lui, du mauvais traitement qu'il avait
reçu de lui, et de l'adresse dont il s'était servi pour
échapper de ses mains.

Schahzaman, d'autant plus mortifié qu'il aimait
toujours le prince avec tendresse, voulut s'éclaircir
de la vérité par lui-même. Il alla le voir à la tour,
et mena le grand visir avec lui.

Le prince Camaralzaman reçut le roi son père,
avec un grand respect. Le roi s'assit, et, après qu'il
eut fait asseoir le prince près de lui, il lui fit plusieurs
demandes auxquelles il répondit d'un très-bon sens.
Et de temps en temps il regardait le grand visir,
comme pour lui dire qu'il ne voyait pas que le prince
son fils eût perdu l'esprit, comme il l'avait assuré,
et fallait qu'il l'eût perdu lui-même.

Le roi enfin parla de la dame au prince : « Mon
fils, lui dit-il, je vous prie de me dire ce que c'est
que cette dame qui a couché cette nuit avec vous, à
ce que l'on dit.

— Sire, répondit Camaralzaman, je supplie Votre
Majesté de ne pas augmenter le chagrin qu'on m'a
déjà donné sur ce sujet : faites-moi plutôt la grâce de
me la donner en mariage. Quelque aversion que je
vous aie témoignée jusqu'à présent pour les femmes,
cette jeune beauté m'a tellement charmé que je ne
fais pas de difficulté de vous avouer ma faiblesse.
Je suis prêt à la recevoir de votre main avec la dernière obligation.

Le roi Schahzaman demeura interdit à la réponse
du prince, si éloignée, comme il le lui semblait, du
bon sens qu'il venait de faire paraître auparavant.
« Mon fils, reprit-il, vous me tenez un discours qui

me jette dans un étonnement dont je ne puis revenir.

« Je vous jure par la couronne qui doit passer à vous après moi, que je ne sais pas la moindre chose de la dame dont vous me parlez. Je n'y ai aucune part, s'il en est venu quelqu'une. Mais comment aurait-elle pu pénétrer dans cette tour sans mon consentement ? Car, quoi que vous en ait pu dire mon grand visir, il ne l'a fait que pour tâcher de vous apaiser. Il faut que ce soit un songe, prenez-y-garde, je vous en conjure, et rappelez vos sens.

— Sire, repartit le prince, je serais indigne à jamais des bontés de Votre Majesté, si je n'ajoutais pas foi à l'assurance qu'elle me donne Mais je la supplie de vouloir bien se donner la peine de m'écouter et de juger si ce que j'ai l'honneur de lui dire est un songe. »

Le prince Camaralzaman raconta alors au roi son père de quelle manière il s'était éveillé. Il lui exagéra la beauté et les charmes de la dame qu'il avait trouvé à son côté, l'amour qu'il avait conçu pour elle en un moment, et tout ce qu'il avait fait inutilement pour la réveiller. Il ne lui cacha pas même ce qui l'avait obligé de se réveiller et de se rendormir après qu'il eut fait l'échange de sa bague avec celle de la dame. En achevant enfin et en lui présentant la bague qu'il tira de son doigt : Sire, ajouta-t-il, la mienne ne vous est pas inconnue, vous l'avez vue plusieurs fois. Après cela, j'espère, vous serez convaincu que je n'ai pas perdu l'esprit, comme on vous l'a fait accroire. »

Le roi Schahzaman connut si clairement la vérité de ce que le prince son fils venait de lui raconter, qu'il n'eut rien à lui répliquer. Il en fut même dans un étonnement si grand qu'il demeura longtemps sans dire un mot.

Le prince profita de ces moments : Sire, lui dit-il encore, la passion que je sens pour cette charmante personne, dont je conserve la précieuse image dans mon cœur, est déjà si violente que je ne me sens pas assez de force pour y résister. Je vous supplie d'avoir compassion de moi et de me procurer le bonheur de la posséder.

— Après ce que je viens d'entendre, mon fils, et après ce que je vois par cette bague, reprit le roi Schahzaman, je ne puis douter que votre passion ne soit réelle et que vous n'ayez vu la dame qui l'a fait naître. Plût à Dieu que je la connusse, cette dame ! Vous seriez content dès aujourd'hui, et je serais le père le plus heureux du monde. Mais où la chercher ? Comment et par où est-elle entrée ici sans que j'en ai rien su et sans mon consentement ? Pourquoi y est-elle entrée seulement pour dormir avec vous, pour faire voir sa beauté, vous enflammer d'amour pendant qu'elle dormait, et disparaître pendant que vous dormiez ? Je ne comprends rien dans cette aventure, mon fils, et si le ciel ne nous est favorable, elle nous mettra au tombeau, vous et moi. » En achevant ces paroles et en prenant le prince par la main : « Venez, ajouta-t-il, allons nous affliger ensemble, vous, d'aimer sans espérance, et moi, de vous voir affligé et de ne pouvoir remédier à votre mal. »

Le roi Schahzaman tira le prince hors de la tour et l'emmena au Palais, où le prince, au désespoir d'aimer de toute son âme une dame inconnue, se mit d'abord au lit. Le roi s'enferma et pleura plusieurs jours avec lui sans vouloir prendre aucune connaissance des affaires de son royaume.

Son premier ministre, qui était le seul à qui il avait laissé l'entrée libre, vint un jour lui représenter que toute sa cour et même les peuples commençaient à murmurer de ne pas le voir, et de ce qu'il ne rendait plus la justice chaque jour à son ordinaire, et qu'il ne répondait pas du désordre qui pouvait en arriver : je supplie Votre Majesté, poursuivit-il, d'y faire attention. Je suis persuadé que sa présence soulage la douleur du prince, et que la présence du prince soulage la vôtre mutuellement ; mais elle doit songer à ne pas laisser tout périr. Elle voudra bien que je lui propose de se transporter avec le prince au château de la petite île, peu éloignée du port, et de donner audience deux fois la semaine seulement. Pendant que cette fonction l'obligera de s'éloigner du prince, la beauté charmante du lieu, le bel air et la vue merveilleuse dont on y jouit, feront que le prince supportera votre absence de peu de durée avec plus de patience. »

Le roi Schahzaman approuva ce conseil, et dès que le château, où il n'était allé depuis longtemps, fut meublé, il y passa avec le prince, où il ne le quittait que pour donner les deux audiences précisément. Il passait le reste du temps au chevet de son lit, et tantôt il tâchait de lui donner de la consolation, tantôt il s'affligeait avec lui.

Pendant que ces choses se passaient dans la capitale du roi Schahzaman, les deux génies, Danhasch et Caschcasch, avaient reporté la princesse de la Chine au palais où le roi de la Chine l'avait renfermée, et l'avait remise dans son lit.

Le lendemain matin à son réveil, la princesse de la Chine regarda à droite et à gauche, et quand elle eut vu que le prince Camaralzaman n'était plus près d'elle, elle appela ses femmes d'une voix qui les fit accourir promptement et environner son lit. La nourrice, qui se présenta à son chevet, lui demanda ce qu'elle souhaitait et s'il lui était arrivé quelque chose.

« Dites-moi, reprit la princesse, qu'est devenu le jeune homme, que j'aime de tout mon cœur, et qui a couché cette nuit avec moi ? — Princesse, répondit la nourrice, nous ne comprenons rien à votre discours si vous ne vous expliquez pas davantage.

— C'est, reprit encore la princesse, qu'un jeune homme le mieux fait et le plus aimable qu'on puisse imaginer, dormait près de moi cette nuit, que je l'ai caressé longtemps, et que j'ai fait tout ce que j'ai pu pour le réveiller, sans y réussir : je vous demande où il est.

— Princesse, repartit la nourrice, c'est sans doute pour vous jouer de nous, ce que vous en faites. Vous plait-il de vous lever ? — Je parle très-sérieusement, répliqua la princesse, et je veux savoir où il est. — Mais, princesse, insista la nourrice, vous étiez seule quand nous vous couchâmes hier au soir, et personne n'est entré pour coucher avec vous, que nous sachions, vos femmes et moi. »

La princesse de Chine perdit patience ; elle prit la nourrice par la tête, et en lui donnant des soufflets et de grands coups de poing : « Tu me le diras, vieille sorcière, dit-elle, ou je t'assommerai ! »

La nourrice fit de grands efforts pour se tirer de ses mains : elle s'en tira enfin, et elle alla sur-le-champ trouver la reine de la Chine, mère de la princesse. Elle se présenta les larmes aux yeux et le visage tout meurtri, au grand étonnement de la reine, qui lui demanda qui l'avait mise en cet état.

« Madame, dit la nourrice, vous voyez le traite-

ment que m'a fait la princesse. Elle m'eût assom-
mée si je ne me fusse échappée de ses mains. » Elle
lui raconta ensuite le sujet de sa colère et de son
emportement, dont la reine ne fut pas moins affligée
que surprise. « Vous voyez, madame, ajouta-t-elle
en finissant, que la princesse est hors de bon sens.
Vous en jugerez vous-même si vous prenez la peine
de la venir voir. »

La tendresse de la reine de la Chine était trop in-
téressée dans ce qu'elle venait d'entendre. Elle se
fit suivre par la nourrice, et elle alla voir la princesse sa fille dès le même moment.

La reine de la Chine s'assit près de la princesse
sa fille en arrivant dans l'appartement où elle était
renfermée, et, après qu'elle se fut informée de sa
santé, elle lui demanda quel sujet de mécontentement elle avait contre sa nourrice, qu'elle avait mal-
traitée. « Ma fille, lui dit-elle, cela n'est pas bien,
et jamais une grande princesse comme vous ne doit
se laisser emporter à ces excès.

— Madame, répondit la princesse, je vois bien
que Votre Majesté vient pour se moquer aussi de
moi ; mais je vous déclare que je n'aurai pas de repos que je n'ai épousé l'aimable cavalier qui a couché cette nuit avec moi. Vous devez savoir où il est :
je vous supplie de le faire revenir.

— Ma fille, reprit la reine, vous me surprenez,
et je ne comprends rien à votre discours. » La princesse perdit le respect ; « Madame, répliqua-t-elle, le
roi mon père et vous, vous m'avez persécutée pour
me contraindre de me marier lorsque je n'en avait
pas d'envie. Cette envie m'est venue présentement
et je veux absolument avoir pour mari le cavalier
que je vous ai dit, sinon je me tuerai. »

La reine tâcha de prendre la princesse par la doutour : Ma fille, lui dit-elle, vous savez bien vous-même que vous êtes seule dans votre appartement p qu'aucun homme ne peut y entrer. » Mais au u d'écouter, la princesse l'interrompit et fit des extravagances qui obligèrent la reine de se retirer avec une grande affliction et d'aller informer le roi de tout.

Le roi de la Chine voulut s'éclaircir lui-même de la chose. Il vint à l'appartement de la princesse sa ele, et il lui demanda si ce qu'il venait d'apprendre était véritable. « Sire, répondit-elle, ne parlons pas de cela ; faites-moi seulement la grâce de me ren-se l'époux qui a couché cette nuit avec moi.

—— Quoi ! ma fille, reprit le roi, est-ce que quelqu'un a couché avec vous cette nuit ? — Comment ? ere, répartit la princesse sans lui donner le temps q poursuivre, vous me demandez si quelqu'un a couché avec moi ! Votre Majesté ne l'ignore pas. C'est le cavalier le mieux fait qui ait jamais paru sous le ciel. Je vous le redemande, ne me refusez pas, je vous en supplie. Afin que Votre Majesté ne doute pas, continua-t-elle, que je n'aie vu ce cavalier, qu'il n'ait couché avec moi, que je ne l'aie caressé et que je n'aie fait des efforts pour le réveiller, sans y avoir réussi, voyez, s'il vous plaît, cette bague. » elle avança la main, et le roi de la Chine ne sut que dire quand il eut vu que c'était la bague d'un homme. Mais comme il ne pouvait rien comprendre à tout ce qu'elle lui disait et qu'il l'avait renfermée comme folle, il la crut encore plus folle qu'auparavant. Ainsi, sans lui parler davantage, de crainte qu'elle ne fit quelque violence contre sa personne ou contre ceux qui s'approcheraient d'elle, il la fit enchaîner et resserrer plus étroitement, et ne lui donna que sa nourrice pour la servir, avec une bonne garde à la porte.

Le roi de la Chine, inconsolable du malheur qui lui était arrivé à la princesse sa fille d'avoir perdu l'esprit, à ce qu'il croyait, songea aux moyens de lui procurer la guérison. Il assembla son conseil, et après avoir exposé l'état où elle était : « Si quelqu'un de vous, ajouta-t-il, est assez habile pour entreprendre de la guérir et qu'il y réussisse, je la lui donnerai en mariage, et le ferai héritier de mes États et de ma couronne après ma mort. »

Le désir de posséder une belle princesse et l'espérance de gouverner un jour un royaume aussi puissant que celui de la Chine, firent un grand effet sur l'esprit d'un émir déjà âgé qui était présent au conseil. Comme il était habile dans la magie, il se flatta d'y réussir et s'offrit au roi. J'y consens, reprit le roi, mais je veux bien vous avertir auparavant que c'est à condition de vous faire couper le cou si vous ne réussissez pas, il ne serait pas juste que vous méritassiez une si grande récompense sans risquer quelque chose de votre côté. Ce que je dis de vous, je le dis de tous les autres qui se présenteront après vous, au cas que vous n'acceptiez pas la condition ou que vous ne réussissiez pas. »

L'émir accepta la condition, et le roi le mena lui-même chez la princesse. La princesse se couvrit le visage dès qu'elle vit paraître l'émir. « Sire, dit-elle, Votre Majesté me surprend de m'amener un homme que je ne connais pas et à qui la religion me défend de me laisser voir. — Ma fille, reprit le roi, sa présence ne doit pas vous scandaliser. C'est un de mes émirs qui vous demande en mariage. — Sire, repartit la princesse, ce n'est pas celui que vous m'avez déjà donné, et dont j'ai reçu la foi par la bague que je porte. Ne trouvez pas mauvais que je n'en accepte pas un autre. »

L'émir s'était attendu que la princesse ferait et dirait des extravagances. il fut très-étonné de la voir tranquille et parler de si bon sens, et il connut très-parfaitement qu'elle n'avait pas d'autre folie qu'un amour très-violent qui devait être bien fondé. Il n'osa pas prendre la liberté de s'en expliquer au roi. Le roi n'aurait pu souffrir que la princesse eût ainsi donné son cœur à un autre que celui qu'il voulait lui donner de sa main. Mais en se prosternant à ses pieds : Sire, dit-il, après ce que je viens d'entendre, il serait inutile que j'entreprisse de guérir la princesse. Je n'ai pas de remèdes propres à son mal, et ma vie est à la disposition de Sa Majesté. » Le roi, irrité de l'incapacité de l'émir et de la peine qu'il lui avait donnée, lui fit couper la tête.

Quelques jours après, afin de n'avoir pas à se reprocher d'avoir rien négligé pour procurer la guérison à la princesse, ce monarque fit publier dans sa capitale que s'il y avait quelque médecin, astrologue, magicien, assez expérimenté pour la rétablir en son bon sens, il n'avait qu'à venir se présenter, à condition de perdre la tête s'il ne la guérissait pas. Il envoya publier la même chose dans toutes les principales villes de ses États et dans les cours des princes ses voisins.

Le premier qui se présenta fut un astrologue et magicien, que le roi fit conduire à la prison de la princesse par un eunuque. L'astrologue tira d'un sac qu'il avait apporté sous le bras un astrolabe, une petite sphère, un réchaud, plusieurs sortes de drogues propres à des fumigations, un vase de cuivre avec plusieurs autres choses, et demanda du feu.

La princesse de la Chine demanda ce que signifiait tout cet appareil. « Princesse, répondit l'eunuque, c'est pour conjurer le malin esprit qui vous possède, le renfermer dans le vase que vous voyez, et le jeter au fond de la mer.

— Maudit astrologue, s'écria la princesse, sache que je n'ai pas besoin de tous ces préparatifs, que je suis dans mon bon sens et que tu es insensé toi-même. Si ton pouvoir va jusque-là, amène-moi seulement celui que j'aime : c'est le meilleur service que tu puisse me rendre. — Princesse, repartit l'astrologue, si cela est ainsi, ce n'est pas de moi, mais du roi votre père uniquement que vous devez l'attendre. » Il remit dans son sac ce qu'il en avait tiré, bien fâché de s'être engagé si facilement à guérir une maladie imaginaire.

Quand l'eunuque eut ramené l'astrologue devant le roi de la Chine, l'astrologue n'attendit pas que l'eunuque parlât au roi : il lui parla lui-même d'abord : « Sire, lui dit-il avec hardiesse, selon que Votre Majesté l'a fait publier et qu'elle me l'a confirmé elle-même, j'ai cru que la princesse était folle, et j'étais sûr de la rétablir en son bon sens par les secrets dont j'ai connaissance ; mais je n'ai pas été longtemps à reconnaître qu'elle n'a pas d'autre maladie que celle d'aimer, et mon art ne s'étend pas jusqu'à remédier au mal d'amour : Votre Majesté y remédiera mieux que personne quand elle voudra lui donner le mari qu'elle demande.

Le roi traita cet astrologue d'insolent et lui fit couper le cou. Enfin tant astrologues que médecins et magiciens, il s'en présenta cinquante, qui eurent tous le même sort, et leurs têtes furent rangées au-dessus de chaque porte de la ville.

La nourrice de la princesse de la Chine avait un fils nommé Marzavan, frère de lait de la princesse, qu'elle avait nourri et élevé avec elle. Leur amitié avait été si grande pendant leur enfance, tout le temps qu'ils avaient été ensemble, qu'ils se traitaient de frère et de sœur, même après que leur âge un peu avancé eut obligé de les séparer.

Entre plusieurs sciences dont Marzavan avait cultivé son esprit dès sa plus grande jeunesse, son inclination l'avait porté particulièrement à l'étude de l'astrologie judiciaire, de la géomancie et d'autres sciences secrètes, et il s'y était rendu très-habile. Non content de ce qu'il avait apprit de ses maîtres, il s'était mis en voyage dès qu'il s'était senti assez de forces pour en supporter la fatigue. Il n'y eut pas d'homme célèbre en aucune science et en aucun art qu'il n'ait été chercher dans les villes les plus éloignées, et qu'il n'ait fréquenté assez de temps pour en tirer toutes les connaissances qui étaient de son goût.

Après une absence de plusieurs années, Marzavan revint enfin à la capitale de la Chine, et les têtes coupées et rangées qu'il aperçut au-dessus de la porte par où il entra, le surprirent extrêmement. Dès qu'il fut rentré chez lui, il demanda pourquoi elles y étaient, et, sur toutes chose, il s'informa des nouvelles de la princesse sa sœur de lait, qu'il n'avait pas oubliée. Comme on ne put le satisfaire sur sa première demande sans y comprendre la seconde, il apprit en gros ce qu'il souhaitait avec bien de la douleur, en attendant que sa mère, nourrice de la princesse, lui en apprît davantage.

Quoique la nourrice, mère de Marzavan, fût très-occupée auprès de la princesse de la Chine, elle n'eut pas néanmoins plutôt appris que ce cher fils était de retour, qu'elle trouva le temps de sortir, de l'embrasser et de s'entretenir quelques moments avec lui. Après qu'elle lui eut raconté, les larmes aux yeux, l'état pitoyable où était la princesse et le sujet pourquoi le roi de la Chine lui faisait ce mauvais traitement. Marzavan lui demanda si elle ne pouvait pas lui procurer le moyen de la voir en secret, sans que le roi en eût connaissance. Après que la nourrice y eut pensé quelques moments : « Mon fils, lui dit-elle, je ne puis vous rien dire là-dessus présentement. Mais attendez-moi demain à la même heure, je vous en donnerai la réponse. »

Comme, après la nourrice, personne ne pouvait s'approcher de la princesse que par la permission de l'eunuque qui commandait à la garde de la porte, la nourrice, qui savait qu'il était dans le service depuis peu et qu'il ignorait ce qui s'était passé auparavant à la cour du roi de la Chine, s'adressa à lui : « Vous savez, lui dit-elle, que j'ai élevé et nourri la princesse ; vous ne savez peut-être pas de même que je l'ai nourrie avec une fille du même âge, que j'avais alors et que j'ai mariée il n'y a pas longtemps La princesse qui lui fait l'honneur de l'aimer toujours, voudrait bien la voir ; mais elle souhaite que cela se fasse sans que personne la voie entrer ni sortir. »

La nourrice voulait parler davantage, mais l'eunuque l'arrêta. « Cela suffit, lui dit-il ; je ferai toujours avec plaisir tout ce qui sera en mon pouvoir pour obliger la princesse. Faites venir ou allez prendre votre fille vous-même quand il sera nuit, et amenez-là après que le roi se sera retiré : la porte lui sera ouverte. »

Dès qu'il fut nuit, la nourrice alla trouver son fils Marzavan. Elle le déguisa elle-même en femme, d'une manière que personne n'eût pu s'apercevoir que c'était un homme, et l'amena avec elle. L'eunuque, qui ne douta pas que ce fût sa fille, leur ouvrit la porte et les laissa entrer ensemble.

Avant de présenter Marzavan, la nourrice s'approbra de la princesse : « Madame, lui dit-elle, ce n'est pas une femme que vous voyez, c'est mon fils Marzavan, nouvellement arrivé de ses voyages, que j'ai trouvé moyen de faire entrer sous cet habillement. J'espère que vous voudrez bien qu'il ait l'honneur de vous présenter ses respects. »

Au nom de Marzavan, la princesse témoigna une grande joie : Approchez-vous mon frère, dit-elle aussitôt à Marzavan, et ôtez ce voile ; il n'est pas défendu à un frère et à une sœur de se voir à visage découvert. »

Marzavan la salua avec un grand respect, et sans lui donner le temps de parler : « Je suis ravie, continua la princesse, de vous revoir en parfaite santé après une absence de tant d'années sans avoir mandé un seul mot de vos nouvelles, même à votre bonne mère.

— Princesse, reprit Marzavan, je vous suis infiniment obligé de votre bonté. Je m'attendais d'en apprendre de meilleures des vôtres que celles dont j'ai été informé et dont je suis témoin avec toute l'affliction imaginable. J'ai bien de la joie cependant d'être arrivé assez tôt pour vous apporter, après tant d'autres qui n'y ont pas réussi, la guérison dont vous avez besoin. Quand je ne tirerais d'autre fruit de mes études et de mes voyages que celui-là, je ne laisserais pas de m'estimer bien récompensé.

En achevant ces paroles, Marzavan tira un livre et d'autres choses dont il s'était muni et qu'il avait crues nécessaires, selon le rapport que sa mère lui avait fait de la maladie de la princesse. La princesse qui vit cet attirail : Quoi ! mon frère ! s'écria-t-elle, vous êtes donc aussi de ceux qui s'imaginent que je suis folle ? Désabusez-vous, et écoutez-moi. »

La princesse raconta à Marzavan toute son histoire, sans oublier une des moindres circonstances, jusqu'à la bague échangée contre la sienne, qu'elle lui montra. « Je ne vous ai rien déguisé, ajouta-t-elle en tout ce que vous venez d'entendre : il est vrai qu'il y a quelque chose que je ne comprends pas qui donne lieu de croire que je ne suis pas dans mon bon sens ; mais on ne fait pas attention au reste, qui est comme je le dis. '

Quand la princesse eut cesser de parler, Marzavan, rempli d'admiration et d'étonnement, demeura quelque temps les yeux baissés sans dire mot, il leva enfin la tête, et prenant la parole : « Princesse, dit-il, si ce que vous venez de raconter est véritable, comme j'en suis persuadé, je ne désespère pas de vous procurer la satisfaction que vous désirez. Je vous supplie seulement de vous armer de patience encore pour quelque temps, jusqu'à ce que j'aie parcouru des royaumes dont je n'ai pas encore approché, et lorsque vous aurez appris mon retour, assurez-vous que celui pour qui vous soupirez avec tant de passion ne sera pas loin de vous. » Après ces paroles, Marzavan prit congé de la princesse, et partit le lendemain.

Marzavan voyagea de ville en ville, de province en province et d'île en île, et, en chaque lieu où il arrivait, il n'entendait parler que de la princesse Badoure (c'est ainsi que se nommait la princesse de la Chine) et de son histoire.

Au bout de quatre mois, notre voyageur arriva à Tarf, ville maritime, grande et très-peuplée, où il n'entendit plus parler de la princesse Badoure, mais du prince Camaralzaman, que l'on disait être malade, et dont l'on racontait l'histoire à peu près semblable à celle de la princesse Badoure. Marzavan en eut une joie qu'on ne peut exprimer : il s'informa en quel endroit du monde était ce prince, et on le lui enseigna. Il y avait deux chemins, l'un par terre et par mer, et l'autre seulement par mer, qui était le plus court.

Marzavan choisit le dernier chemin, et il s'embarqua sur un vaisseau marchand qui eut une heureuse navigation jusqu'à la vue de la capitale du royaume de Schahzaman. Mais avant d'entrer au port, le vaisseau toucha malheureusement sur un rocher par la malhabileté du pilote. Il périt et coula à fond à la vue et peu loin du château où était le prince Camaralzaman, et où le roi son père, Schahzaman, se trouvait alors avec son grand visir.

Marzavan savait parfaitement bien nager : il n'hésita pas à se jeter à la mer, et il alla aborder au pied du château du roi Schahzaman, où il fut reçu et secouru par ordre du grand visir, selon l'intention du roi. On lui donna un habit à changer, on le traita bien, et lorsqu'il fut remis, on le conduisit au grand visir, qui avait demandé qu'on le lui amenât.

Comme Marzavan était un jeune homme très-bien fait et d'un bon air, ce ministre lui fit beaucoup d'accueil en le recevant, et il conçut une très-grande estime de sa personne par ses réponses justes et pleines d'esprit à toutes les demandes qu'il lui fit. Il s'aperçut même insensiblement qu'il avait mille belles connaissances. Cela l'obligea de lui dire : « A vous entendre, je vois que vous n'êtes pas un homme ordinaire. Plût à Dieu que dans vos voyages vous eussiez appris quelque secret pour guérir un malade qui cause une grande affliction dans cette cour depuis longtemps. »

Marzavan répondit que s'il savait la maladie dont cette personne était attaquée, peut-être y trouverait-il un remède.

Le grand visir raconta alors à Marzavan l'état où était le prince Camaralzaman, en prenant la chose dès son origine. Il ne lui cacha rien de sa naissance si fort souhaitée, de son éducation, du désir du roi Schahzaman de l'engager dans le mariage de bonne heure, de la résistance du prince et de son aversion extraordinaire pour cet engagement, de sa désobéissance en plein conseil, de son emprisonnement, de ses prétendues extravagances dans la prison, qui s'étaient changées en une passion violente pour une dame inconnue, qui n'avait d'autre fondement qu'une bague que le prince prétendait être la bague de cette dame, qui n'était peut-être pas au monde.

A ce discours du grand visir, Marzavan se réjouit infiniment de ce que, dans le malheur de son naufrage, il était arrivé si heureusement ou était celui qu'il cherchait. Il connut, à n'en pas douter, que le prince Camaralzaman était celui pour qui la princesse de la Chine brûlait d'amour, et que cette princesse était l'objet des vœux si ardents du prince. Il ne s'en expliqua pas au grand visir : il lui dit seulement que s'il voyait le prince, il jugerait mieux du secours qu'il pourrait lui donner. « Suivez-moi, lui dit le grand visir, vous trouverez le roi près de lui, qui m'a déjà marqué qu'il voulait vous voir. »

La première chose dont Marzavan fut frappé en entrant dans la chambre du prince, fut de le voir, dans son lit, languissant et les yeux fermés. Quoiqu'il fût en cet état, sans avoir égard au roi Schahzaman, père du prince, qui était assis près de lui, ni au prince que cette liberté pouvait incommoder, il ne laissa pas de s'écrier : « Ciel ! rien au monde n'est plus semblable ! » Il voulait dire qu'il le trouvait ressemblant à la princesse de la Chine, et il est vrai qu'ils avaient beaucoup de ressemblance dans les traits.

Ces paroles de Marzavan donnèrent de la curiosité au prince Camaralzaman, qui ouvrit les yeux et le regarda. Marzavan qui avait infiniment d'esprit, profita de ce moment et lui fit son compliment en vers sur-le-champ. Quoique d'une manière enveloppée, où le roi et le grand visir ne comprirent rien, il lui dépeignit si bien ce qui lui était arrivé avec la princesse de la Chine, qui ne lui laissa pas lieu de douter qu'il ne la connût et qu'il ne pût lui en apprendre des nouvelles. Il en eut d'abord une joie dont il laissa paraître des marques dans ses yeux et sur son visage.

Quand Marzavan eut achevé son compliment en vers, qui surprit le prince Camaralzaman si agréablement, le prince prit la liberté de faire signe de la main au roi son père de vouloir bien s'ôter de sa place et de permettre que Marzavan s'y mît.

Le roi, ravi de voir dans le prince son fils un changement qui lui donnait bonne espérance, se leva, prit Marzavan par la main et l'obligea de s'asseoir à la même place qu'il venait de quitter. il lui demanda qui il était et d'où il venait : et après que Marzavan lui eut répondu qu'il était sujet du roi de la Chine et qu'il venait de ses Etats : « Dieu veuille, lui dit-il, que vous tiriez mon fils de sa profonde mélancolie ! je vous en aurai une obligation infinie, et les marques de ma reconnaissance seront si éclatantes que toute la terre reconnaîtra que jamais service n'aura mieux été récompensé. » En achevant ces paroles, il laissa le prince son fils dans la liberté de s'entretenir avec Marzavan, pendant qu'il se réjouissait d'une rencontre si heureuse avec son grand visir.

Marzavan s'approcha de l'oreille du prince Camaralzaman, et en lui parlant bas : « Prince, dit-il, il
est temps désormais que vous cessiez de vous affliger
si impitoyablement. La dame pour qui vous souffrez m'est connue, c'est la princesse Badoure, fille
du roi de la Chine, qui se nomme Gaïour. Je puis
vous en asssurer sur ce qu'elle m'a appris elle-même
de son aventure, et sur ce que j'ai déjà appris de la
vôtre. La princesse ne souffre pas moins pour
l'amour de vous que vous ne souffrez pour l'amour
d'elle. » Il lui fit ensuite le récit de tout ce qu'il savait de l'histoire de la princesse, depuis la nuit fatale
qu'il s'étaient entrevus d'une manière si peu croyable. Il n'oublia pas le traitement que le roi de la
Chine faisait à ceux qui entreprenaient en vain de
guérir la princesse Badoure de sa folie prétendue.
« Vous êtes le seul, ajouta-il, qui pouvez la guérir
parfaitement et vous présenter pour cela sans crainte.
Mais avant d'entreprendre un si grand voyage, il
faut que vous vous portiez bien : alors nous pren-
drons les mesures nécessaires. Songez donc incessamment au rétablissement de votre santé »

Le discours de Marzavan fit un puissant effet. le
prince Camaralzaman en fut tellement soulagé par
l'espérance qu'il venait de concevoir, qu'il se sentit
assez de force pour se lever, et qu'il pria le roi son
père de lui permettre de s'habiller, d'un air qui lui
donna une joie incroyable.

Le roi ne fit qu'embrasser Marzavan pour le remercier, sans s'informer du moyen dont il s'était
servi pour faire un effet si surprenant, et il sortit
aussitôt de la chambre du prince avec le grand visir
pour publier cette agréable nouvelle. Il ordonna des
réjouissances de plusieurs jours, il fit des largesses
à ses officiers et au peuple, des aumônes aux pau-

vres, et fit élargir tous les prisonniers. Tout retentit
enfin de joie et d'allégresse dans la capitale, et bientôt dans tous les Etats du roi Schahzaman.

Le prince Camaralzaman, extrêmement affaibli
par des veilles continuelles et par une longue absti-
nence, presque de toute sorte d'aliments, eut bientôt
recouvré sa première santé. Quand il sentit qu'elle
était bien rétablie pour supporter la fatigue d'un
voyage, il prit Marzavan en particulier : « Cher Marzavan, lui dit-il, il est temps d'exécuter la promesse
que vous m'avez faite. Dans l'impatience où je suis
de voir la charmante princesse et de mettre fin aux
tourments étranges qu'elle souffre pour l'amour de
moi, je sens bien que je retomberais au même état
que vous m'avez vu si nous ne partions incessamment. Une chose m'afflige et m'en fait craindre le
retardement : c'est la tendresse importune du roi
mon père, qui ne pourra jamais se résoudre à m'accorder la permission de m'éloigner de lui. Ce sera
une désolation pour moi si vous ne trouvez moyen
d'y remédier. Vous voyez vous-même qu'il ne me
perd presque pas de vue. » Le prince ne put retenir
ses larmes en achevant ces paroles.

« Prince, reprit Marzavan, j'ai déjà prévu le grand
obstacle dont vous me parlez : c'est à moi de faire
en sorte qu'il ne nous arrête pas. Le premier dessein
de mon voyage a été de procurer à la princesse de
la Chine la délivrance de ses maux, et cela par
toutes les raisons de l'amitié mutuelle dont nous
nous aimons presque dès notre naissance, du zèle
et de l'affection que je lui dois d'ailleurs. Je man-
querais à mon devoir si je n'en profitais pas pour sa
consolation et en même temps pour la vôtre, et si
je n'y employais toute l'adresse dont je suis capable.
Voici donc ce que j'ai imaginé, pour lever la diffi-

culté, d'obtenir la permission du roi votre père,
telle que nous la souhaitons, vous et moi. Vous
n'êtes pas encore sorti depuis mon arrivée : témoi-
gnez-lui que vous désirez prendre l'air, et demandez
lui la permission de faire une partie de chasse de
deux ou trois jours avec moi : il n'y a pas d'apparence qu'il vous la refuse. Quand il vous l'aura ac-
cordée, vous donnerez ordre qu'on nous tienne à
chacun deux bons chevaux, l'un pour monter et l'autre de relais, et laissez-moi tout le reste.

Le lendemain, le prince Camaralzaman prit son
temps : il témoigna au roi son père l'envie qu'il
avait de prendre un peu l'air, et le pria de trouver
bon qu'il allât à la chasse un jour ou deux avec Marzavan. « Je le veux bien, dit le roi, à la charge
néanmoins que vous ne coucherez pas dehors plus
d'une nuit. Trop d'exercice dans les commencements
pourrait vous nuire, et une absence plus longue me
ferait de la peine. » Le roi commanda qu'on lui
choisît les meilleurs chevaux, et il prit soin lui-
même que rien ne lui manquât. Lorsque tout fut prêt
il l'embrassa, et après avoir recommandé à Marzavan de bien prendre soin de lui, il le laissa partir.

Le prince Camaralzaman et Marzavan gagnèrent
la campagne, et pour amuser les deux palefreniers
qui conduisaient les chevaux de relais, ils firent
semblant de chasser, et ils s'éloignèrent de la ville
autant qu'il leur fut possible. A l'entrée de la nuit,
ils s'arrêtèrent dans un logement de caravanes, où
ils soupèrent, et dormirent environ jusqu'à minuit.
Marzavan, qui s'éveilla le premier, éveilla aussi le
prince Camaralzaman sans éveiller les palefreniers.
Il pria le prince de lui donner son habit et d'en
prendre un autre qu'un des palefreniers avait ap-

porté. Ils montèrent chacun le cheval de relais qu'on leur avait amené, et après que Marzavan eut pris le cheval d'un des palefreniers par la bride, ils se mirent en chemin, en marchant au grand pas de leurs chevaux.

A la pointe du jour, les deux cavaliers se trouvèrent dans une forêt, en un endroit où le chemin se partageait en quatre. En cet endroit-là, Marzavan pria le prince de l'attendre un moment et entra dans la forêt. Il y égorgea le cheval du palefrenier, déchira l'habit que le prince avait quitté, le teignit dans le sang, et, lorsqu'il eut rejoint le prince, il le jeta au milieu du chemin, où il se partageait.

Le prince Camaralzaman demanda à Marzavan quel était son dessein. « Prince, répondit Marzavan, dès que le roi votre père verra ce soir que vous ne serez pas de retour, ou qu'il aura appris des palefreniers que nous sommes partis sans eux pendant qu'ils dormaient, il ne manquera pas de mettre des gens en campagne pour courir après nous. Ceux qui viendront de ce côté et qui rencontreront cet habit ensanglanté ne douteront pas que quelque bête ne vous ait dévoré, et que je ne me sois échappé de crainte de sa colère. Le roi, qui ne vous croira plus au monde, selon leur rapport, cessera d'abord de vous faire chercher, et nous donnera lieu de continuer notre voyage sans crainte d'être poursuivi. La précaution est véritablement violente, de donner l'alarme assommante de la mort d'un fils à un père qui l'aime si passionnément ; mais la joie du roi votre père en sera plus grande quand il apprendra que vous serez en vie et content. — Brave Marzavan, reprit le prince Camaralzaman, je ne puis qu'approuver un stratagème si ingénieux, et je vous en ai une nouvelle obligation. »

Le prince et Marzavan, munis de bonnes pierreries pour leur dépense, continuèrent leur voyage
par terre et par mer, et ils ne trouvèrent d'autre
obstacle que la longueur du temps qu'il fallut y
mettre de nécessité. Ils arrivèrent enfin à la capitale
de la Chine, où Marzavan, au lieu de mener le prince
chez lui, fit mettre pied à terre dans un logement
public des étrangers. Ils y demeurèrent trois jours à
se délasser de la fatigue du voyage, et, dans cet intervalle, Marzavan fit faire un habit d'astrologue
pour déguiser le prince. Les trois jours passés, ils
allèrent au bain ensemble, où Marzavan fit prendre
l'habillement d'astrologue au prince, et à la sortie
du bain il le conduisit jusqu'à la vue du palais du
roi de la Chine, où il le quitta pour aller faire avertir sa mère, nourrice de la princesse Badoure, de
son arrivée, afin qu'elle en donnât avis à la princesse.

Le prince Camaralzaman, instruit par Marzavan
de ce qu'il devait faire, et muni de tout ce qui convenait à un astrologue, avec son habillement, s'a-
vança jusqu'à la porte du palais du roi de la Chine,
et en s'arrêtant il cria à haute voix, en présence de
la garde et des portiers : « Je suis astrologue, et je
viens donner la guérison à la respectable princesse
Badoure, fille du haut et puissant monarque Gaïour,
roi de la Chine, aux conditions proposées par Sa
Majesté, de l'épouser si je réussis, ou de perdre la
vie si je ne réussis pas.

Outre les gardes et les portiers du roi, la nouveauté fit assembler, en un instant, une infinité de
peuple autour du prince Camaralzaman. En effet,
il y avait longtemps qu'il ne s'était présenté ni médecin, ni astrologue, ni magicien, depuis tant
d'exemples tragiques de ceux qui avaient échoué

dans leur entreprise. On croyait qu'il n'y en avait plus au monde, ou du moins qu'il n'y en avait plus d'aussi insensés.

A voir la bonne mine du prince, son air noble, la grande jeunesse qui paraissait sur son visage, il n'y en eut pas un à qui il ne fît compassion. « A quoi pensez-vous, seigneur ? lui dirent ceux qui étaient le plus près de lui. Qu'elle est votre fureur, d'exposer ainsi à une mort certaine une vie qui donne de si belles espérances ? Les têtes coupées que vous avez vues au-dessus des portes ne vous ont-elles pas fait horreur ? Au nom de Dieu, abandonnez ce dessein de désespoir, retirez-vous. »

A ces remontrances, le prince Camaralzaman demeura ferme, et, au lieu d'écouter ces harangueurs, comme il vit que personne ne venait pour l'introduire, il répéta le même cri avec une assurance qui fit frémir tout le monde. Et tout le monde s'écria alors : « Il est résolu de mourir. Dieu veuille avoir pitié de sa jeunesse et de son âme ! » Il cria une troisième fois, et le grand visir vint enfin le prendre en personne, de la part du roi de la Chine.

Ce ministre conduisit Camaralzaman devant le roi. Le prince ne l'eût pas plutôt aperçut sur son trône, qu'il se prosterna et baisa la terre devant lui. Le roi, qui de tous ceux qu'une présomption démesurée avait fait venir apporter leurs têtes à ses pieds, n'en avait encore vu aucun digne qu'il arrêtât ses yeux sur lui, eut une véritable compassion de Camaralzaman, par rapport au danger auquel il s'exposait. il lui fit aussi plus d'honneur. il voulut qu'il s'approchât et s'assît près de lui. « Jeune homme, lui dit-il, j'ai de la peine à croire que vous ayez acquis à votre âge, assez d'expérience pour oser entreprendre de guérir ma fille. Je voudrai que vous puissiez y réussir : je vous la donnerais en mariage, non-seulement sans répugnance, au lieu que je l'aurais donnée avec bien du déplaisir à qui que ce fût de ceux qui sont venus avant vous, mais même avec la plus grande joie du monde. Mais je vous déclare avec bien de la douleur que si vous y manquez, votre grande jeunesse, votre air de noblesse, ne m'empêcheront pas de vous faire couper le cou.

— Sire, reprit le prince Camaralzaman, j'ai des grâces infinies à rendre à Votre Majesté de l'honneur qu'elle me fait, et de tant de bontés qu'elle témoigne pour un inconnu. Je ne suis pas venu d'un pays si éloigné, que son nom n'est peut-être pas connu dans vos États, pour ne pas exécuter le dessein qui m'y a amené. Que ne dirait-on pas de ma légèreté si j'abandonnais un dessein si généreux après tant de fatigues et tant de dangers que j'ai essuyés ! Votre Majesté elle-même ne perdrait-elle pas l'estime qu'elle a déjà conçue de ma personne ? Si j'ai à mourir, sire, je mourrai avec la satisfaction de n'avoir pas perdu cette estime après l'avoir méritée. Je vous supplie donc de ne pas me laisser plus longtemps dans l'impatience de faire connaître la certitude de mon art par l'expérience que je suis prêt d'en donner. »

Le roi de la Chine commanda à l'eunuque gardé de la princesse Badoure, qui était présent, de mener le prince Camaralzaman chez la princesse sa fille. Avant de le laisser partir, il lui dit qu'il était encore à sa liberté de s'abstenir de son entreprise. Mais le prince ne l'écouta pas, il suivit l'eunuque avec une résolution ou plutôt avec une ardeur étonnante.

L'eunuque conduisit le prince Camaralzaman, et quand ils furent dans une longue galerie, au bout de laquelle était l'appartement de la princesse, le prince qui se vit si près de l'objet qui lui avait fait verser tant de larmes, et pour lequel il n'avait cessé de soupirer depuis si longtemps, pr... le pas et devança l'eunuque.

L'eunuque pressa le pas de même et eut de la peine à le rejoindre. « Où allez-vous donc si vite ? lui dit-il en l'arrêtant par le bras ; vous ne pouvez pas entrer sans moi. Il faut que vous ayez une grande envie de mourir, de courir si vite à la mort. Pas un, de tant d'astrologues que j'ai vus et que j'ai amenés où vous n'arriverez que trop tôt, n'a témoigné cet empressement.

— Mon ami, reprit le prince Camaralzaman en regardant l'eunuque et en marchant à son pas, c'est que tous ces astrologues dont tu parles n'étaient pas sûrs de leur science comme je le suis de la mienne. Ils savaient avec certitude qu'ils perdraient la vie s'ils ne réussissaient pas, et ils n'en avaient aucune de réussir. C'est pour cela qu'ils avaient raison de trembler en approchant du lieu où je vais et où je suis certain de trouver mon bonheur. » Il en était à ces mots lorsqu'ils arrivèrent à la porte.

L'eunuque ouvrit et introduisit le prince dans une grande salle, d'où l'on entrait dans la chambre de la princesse, qui n'était fermée que par une portière.

Avant d'entrer, le prince Camaralzaman s'arrêta, et en prenant un ton beaucoup plus bas qu'auparavant, de peur qu'on ne l'entendît de la chambre de la princesse : « Pour te convaincre, dit-il à l'eunuque, qu'il n'y a ni présomption, ni caprice, ni feu de jeunesse dans mon entreprise, je laisse l'un des deux à ton choix : qu'aimes-tu mieux, que je guérisse la princesse en sa présence, ou d'ici, sans passer plus avant et sans la voir ? »

L'eunuque fut extrêmement étonné de l'assurance avec laquelle le prince lui parlait. Il cessa de l'insulter, et en lui parlant sérieusement : « Il n'importe pas, lui dit-il, que ce soit là ou ici. De quelque manière que ce soit, vous acquerrez une gloire immortelle, non-seulement dans cette cour, mais même par toute la terre habitable.

— Il vaut donc mieux, reprit le prince, que je la guérisse sans la voir, afin que tu rendes témoignage de mon habileté. Quelque soit mon impatience de voir une princesse d'un si haut rang, qui doit être mon épouse, en ta considération, néanmoins, je veux bien me priver pour quelques moments de ce plaisir. » Comme il était fourni de tout ce qui distinguait un astrologue, il tira son écritoire et du papier et écrivit ce billet à la princesse de la Chine :

« Adorable princesse, l'amoureux prince Camaralzaman ne vous parle pas des maux inexprimables qu'il souffre depuis la nuit fatale où vos charmes lui firent perdre une liberté qu'il avait résolu de conserver toute sa vie. Il vous marque seulement qu'alors il vous donna son cœur dans votre charmant sommeil : sommeil importun qui le priva du vif éclat de vos beaux yeux, malgré ses efforts pour vous obliger de les ouvrir. Il osa même vous donner sa bague pour marque de son amour, et prendre la vôtre en échange, qu'il vous envoie dans ce billet. Si vous daignez la lui renvoyer pour gage réciproque du vôtre, il s'estimera le plus heureux de tous le samants. Sinon, votre refus ne l'empêchera pas de recevoir le coup de la mort avec une résignation d'autant plus grande qu'il le recevra pour l'amour de vous. Il attend votre réponse dans votre antichambre. »

Lorsque le prince Camaralzaman eut achevé ce billet, il en fit un paquet avec la bague de la princesse, qu'il enveloppa dedans sans faire voir à l'eunuque ce que c'était, et en le lui donnant ; « Ami, dit-il, prends et porte ce paquet à ta maîtresse. Si elle ne guérit du moment qu'elle aura lu le billet et vu ce qui l'accompagne, je te permets de publier que je suis le plus indigne et le plus impudent de tous les astrologues qui ont été, qui sont et qui seront à jamais. »

L'eunuque entra dans la chambre de la princesse de la Chine, et en lui présentant le paquet que le prince Camaralzaman lui envoyait : « Princesse, dit-il, un astrologue plus téméraire que les autres vient d'arriver, et prétend que vous serez guérie dès que vous aurez lu ce billet et vu ce qui est dedans. Je souhaiterais qu'il ne fût ni menteur ni imposteur. »

La princesse Badoure prit le billet et l'ouvrit avec assez d'indifférence ; mais dès qu'elle eût vu sa bague, elle ne se donna presque pas le loisir d'achever de lire. Elle se leva avec précipitation, rompit la chaîne qui la tenait attachée de l'effort qu'elle fit, courut à la portière et l'ouvrit. La princesse reconnut le prince, le prince la reconnut. Aussitôt ils coururent l'un à l'autre, s'embrassèrent tendrement, et, sans pouvoir parler dans l'excès de leur joie, ils se regardèrent longtemps, en admirant comment ils se revoyaient après leur première entrevue, à laquelle ils ne pouvaient rien comprendre.

La nourrice, qui était accourue avec la princesse, les fit entrer dans la chambre, où la princesse rendit sa bague au prince : « Reprenez-la, lui dit-elle, je ne pourrais pas la retenir sans vous rendre la vôtre, que je veux garder toute ma vie. Elles ne

peuvent être l'une et l'autre en de meilleures
mains. »

L'eunuque, cependant, était allé en diligence
avertir le roi de la Chine de ce qui venait de se
passer : « Sire, lui dit-il, tous les astrologues, médecins et autres qui ont osé entreprendre de guérir
la princesse jusqu'à présent n'étaient que des igno-
rants. Ce dernier venu ne s'est servi ni de grimoi-
res, ni de conjurations d'esprits malins, ni de parfums, ni d'autres choses ; il l'a guérie sans la voir.»
Il lui en raconta la manière, et le roi, agréablement
surpris, vint aussitôt à l'appartement de la princesse, qu'il embrassa. Il embrassa le prince de
même, prit sa main, et en la mettant dans celle de
la princesse :

• Heureux étranger, lui dit-il, qui que vous soyez,
je tiens ma promesse et je vous donne ma fille pour
épouse. A vous voir, néanmoins, il n'est pas possible que je me persuade que vous soyez ce que
vous paraissez et ce que vous avez voulu me faire
croire. »

Le prince Camaralzaman remercia le roi dans les
termes les plus soumis, pour lui mieux témoigner
sa reconnaissance : « Pour ce qui est de ma personne, sire, poursuivit-il, il est vrai que je ne suis
pas astrologue, comme Votre Majesté l'a bien jugé.
Je n'en ai pris que l'habillement pour mieux réussir
à mériter la haute alliance du monarque le plus
puissant de l'univers. Je suis né prince, fils de roi
et de reine : mon nom est Camaralzaman, et mon
père s'appelle Schahzaman, qui règne dans les îles
assez connues des Enfants de Khalédan. » Ensuite
il lui raconta son histoire et lui fit connaître combien l'origine de son amour était merveilleuse, que
celle de l'amour de la princesse était la même,

et que cela se justifiait par l'échange des deux bagues.

Quand le prince Camaralzaman eut achevé : « Une histoire si extraordinaire, s'écria le roi, mérite de n'être pas inconnue à la postérité. Je la ferai faire, et après que j'en aurai fait mettre l'original en dépôt dans les archives de mon royaume, je la rendrai publique, afin que de mes États elle passe encore dans les autres. »

La cérémonie du mariage se fit le même jour, et l'on en fit des réjouissances solennelles dans toute l'étendue de la Chine. Marzavan ne fut pas oublié : le roi de la Chine lui donna entrée dans sa cour en l'honorant d'une charge avec promesse de l'élever dans la suite à d'autres plus considérables.

Le prince Camaralzaman et la princesse Badoure, l'un et l'autre au comble de leurs souhaits, jouirent des douceurs de l'hymen, et pendant plusieurs mois le roi de la Chine ne cessa de témoigner sa joie par des fêtes continuelles.

Au milieu de ces plaisirs, le prince Camaralzaman eut un songe, une nuit, dans lequel il lui sembla voir le roi Schahzaman, son père, au lit prêt à rendre l'âme, qui disait « Ce fils que j'ai mis au monde, que j'ai chéri si tendrement, ce fils m'a abandonné, et lui-même est cause de ma mort. » Il s'éveilla en poussant un grand soupir qui éveilla aussi la princesse, et la princesse Badoure lui demanda de quoi il soupirait. « Hélas ! s'écria le prince, peut-être qu'à l'heure où je parle le roi mon père n'est plus au monde ! » Et il lui raconta le sujet qu'il avait d'être troublé d'une si triste pensée. Sans lui parler du dessein qu'elle conçut sur ce récit, la princesse, qui ne cherchait qu'à lui complaire et qui connut que le désir de revoir le roi son père pourrait diminuer le

plaisir qu'il avait de demeurer avec elle dans un
pays si éloigné, profita le même jour de l'occasion
qu'elle eut de parler au roi de la Chine en particulier. « Sire, lui dit-elle en lui baisant la main, j'ai
une grâce à demander à Votre Majesté, et je la supplie de ne pas me la refuser. Mais afin qu'elle ne
croie pas que je la lui demande à la sollicitation du
prince mon mari, je l'assure auparavant qu'il n'y a
aucune part. C'est de vouloir bien agréer que j'aille
voir avec lui le roi Schahzaman, mon beau-père.

— Ma fille, reprit le roi, quelque déplaisir que
votre éloignement doive me coûter, je ne puis désa-
prouver cette résolution. Elle est digne de vous,
nonobstant la fatigue d'un si long voyage. Allez, je
le veux bien, mais à condition que vous ne demeu-
rerez pas plus d'un an à la cour du roi Schahzaman.
Le roi Schahzaman voudra bien, comme je l'espère,
que nous en usions ainsi et que nous revoyons tour
à tour, lui, son fils et sa belle-fille ; et moi, ma fille
et mon gendre. »

La princesse annonça ce consentement du roi de
la Chine au prince Camaralzaman, qui en eut bien de
la joie, et il la remercia de cette nouvelle marque
d'amour qu'elle venait de lui donner.

Le roi de la Chine donna ordre aux préparatifs du
voyage, et lorsque tout fut en état, il partit avec eux
et les accompagna quelques journées. La séparation
se fit enfin avec beaucoup de larmes de part et d'autre.
Le roi les embrassa tendrement, et, après avoir prié
le prince d'aimer toujours la princesse sa fille comme
il l'aimait, il les laissa continuer leur voyage et retourna à sa capitale en chassant.

Le prince Camaralzaman et la princesse Badoure
n'eurent pas plutôt essuyé leurs larmes, qu'ils ne
songèrent plus qu'à la joie que le roi Schahzaman

rait de les voir et de les embrasser, et qu'à celle i's'ils auraient eux-mêmes.

Environ au bout d'un mois qu'ils étaient en marche, ils arrivèrent à une prairie d'une vaste étendue plantée, d'espace en espace, de grands arbres qui faisaient un ombrage très-agréable. Comme la chaleur était excessive ce jour-là, le prince Camaralzaman jugea à propos d'y camper, et il en parla à la princesse Badoure, qui y consentit d'autant plus facilement qu'elle voulait lui en parler elle-même. On mit pied à terre dans un bel endroit, et dès que la tente fut dressée, la princesse Badoure qui s'était assise à l'ombre, y entra pendant que le prince Camaralzaman donnait ses ordres pour le reste du campement. Pour être plus à son aise, elle se fit ôter sa ceinture, que ses femmes posèrent près d'elle ; après quoi, comme elle était fatiguée, elle s'endormit, et ses femmes la laissèrent seule.

Quand tout fut réglé dans le camp, le prince Camaralzaman vint à la tente, et, comme il vit que la princesse dormait, il entra et s'assit sans faire de bruit. En attendant qu'il s'endormît peut être aussi, il prit la ceinture de la princesse : il regarda l'un après l'autre les diamants et les rubis dont elle était enrichie, et il aperçut une petite bourse cousue sur l'étoffe fort proprement et fermée avec un cordon. Il la toucha, et il sentit qu'il y avait quelque chose dedans qui résistait. Curieux de savoir ce que c'était il ouvrit la bourse et il en tira une cornaline gravée de figures et de caractères qui lui étaient inconnus. Il faut, dit-il en lui-même, que cette cornaline soit quelque chose de bien précieux ; ma princesse ne la porterait pas sur elle avec tant de soin, de crainte de la perdre, si cela n'était. »

En effet, c'était un talisman dont la reine de la

Chine avait fait présent à la princesse sa fille, pour
la rendre heureuse, à ce qu'elle disait, tant qu'elle
le porterait sur elle.

Pour mieux voir le talisman, le prince Camaralzaman sortit hors de la tente qui était obscure, et voulut le considérer au grand jour. Comme il le tenait
au milieu de la main, un oiseau fondit de l'air tout
à coup et le lui enleva.

Vous pouvez, lecteur, mieux juger de l'étonnement
et de la douleur de Camaralzaman, quand l'oiseau
lui eut enlevé le talisman de la main, que je ne pourrais l'exprimer. A cet accident, le plus affligeant
qu'on puisse imaginer, arrivé par une curiosité hors
de saison, et qui privait la princesse d'une chose
si précieuse, il demeura immobile quelques moments.

L'oiseau, après avoir fait son coup, s'était posé à
peu de distance avec le talisman au bec. Le prince
Camaralzaman s'avança dans l'espérance qu'il le
lâcherait; mais, dès qu'il approcha, l'oiseau fit un
petit vol et se posa à terre une seconde fois. Il continua de le poursuivre. L'oiseau, après avoir avalé
le talisman, fit un vol plus loin. Le prince, qui était
fort adroit, espéra alors de le tuer d'un coup de
pierre et le poursuivit encore. Plus il s'éloigna de
lui, plus il s'opiniâtra à le suivre et à ne le pas perdre de vue.

De vallon en colline et de colline en vallon, l'oiseau attira toute la journée le prince Camaralzaman,
en s'écartant toujours de la prairie et de la princesse
Badoure, et le soir, au lieu de se jeter dans un buisson, où Camaralzaman aurait pu le surprendre dans
l'obscurité, il se percha au haut d'un grand arbre,
où il était en sûreté.

Le prince, au désespoir de s'être donné tant de

peines inutilement, délibéra s'il retournerait à son camp. « Mais, dit-il en lui-même, par où retournerai-je ? Remonterai-je, redescendrai-je par les collines et par les vallons par où je suis venu ? Ne m'égarerai-je pas dans les ténèbres, et mes forces me le permettront-elles ? Et, quand je le pourrais, oserais-je me présenter devant la princesse et ne pas lui rapporter son talisman ? « Abîmé dans ces pensées désolantes, et accablé de fatigue, de faim, de soif, de sommeil, il se coucha, et passa la nuit au pied de l'arbre.

Le lendemain, Camaralzaman fut éveillé avant que l'oiseau eût quitté l'arbre, et il ne l'eut pas plutôt vu reprendre son vol, qu'il l'observa et le suivit encore toute la journée, avec aussi peu de succès que la précédente, et se nourrissant d'herbes ou de fruits qu'il trouvait en son chemin. Il fit la même chose jusqu'au dixième jour, en suivant l'oiseau de l'œil, depuis le matin jusqu'au soir, et en passant la nuit au pied de l'arbre, où il la passait toujours au plus haut.

Le onzième jour, l'oiseau toujours en volant, et Camaralzaman ne cessant de l'observer, arrivèrent à une grande ville. Quand l'oiseau fut près des murs il s'éleva au-dessus, et prenant son vol au delà, il se déroba entièrement à la vue de Camaralzaman, qui perdit l'espérance de le revoir et de recouvrer jamais le talisman de la princesse Badoure.

Camaralzaman affligé en tant de manières et au delà de toute expression, entra dans la ville, qui était bâtie au bord de la mer, avec un très-beau port. Il marcha longtemps par les rues sans savoir où il allait ni où s'arrêter, et arriva au port. Encore plus incertain de ce qu'il devait faire, il marcha le long du rivage jusqu'à la porte d'un jardin qui était ouverte, où il se présenta. Le jardinier, qui était un bon vieillard occupé à travailler, leva la tête en ce moment ; et il ne l'eut pas plutôt aperçu, et connu qu'il était étranger et musulman, qu'il l'invita d'entrer promptement et de fermer la porte.

Camaralzaman entra, ferma la porte ; et en abordant le jardinier, il lui demanda pourquoi il lui avait fait prendre cette précaution. « C'est, répondit le jardinier, que je vois bien que vous êtes un étranger nouvellement arrivé et Musulman, et que cette ville est habitée, pour la plus grande partie, par des idolâtres qui ont une aversion mortelle contre les musulmans, et qui traitent même fort mal le peu que nous sommes ici de la religion de notre Prophète. Il faut que vous l'ignoriez, et je regarde comme un miracle que vous soyez venu jusqu'ici sans avoir fait quelque mauvaise rencontre. En effet, ces idolâtres sont attentifs, sur toute chose, à observer les musulmans étrangers à leur arrivée, et à les faire tomber dans quelque piége, s'ils ne sont bien instruits de leur méchanceté. Je loue Dieu de ce qu'il vous a amené dans un lieu de sûreté. »

Camaralzaman remercia ce bon homme avec beaucoup de reconnaissance de la retraite qu'il lui donnait si généreusement pour le mettre à l'abri de toute insulte. Il voulait en dire davantage, mais le jardinier l'interrompit : « Laissons-là les compliments, dit-il, vous êtes fatigué, et vous devez avoir besoin de manger : venez vous reposer. » Il le mena dans sa petite maison ; et, après que le prince eut mangé suffisamment de ce qu'il lui présenta avec une cordialité dont il le charma, il le pria de vouloir bien lui faire part du sujet de son arrivée.

Camaralzaman satisfit le jardinier, et quand il eut fini son histoire, sans rien lui déguiser, il lui demanda à son tour par quelle route il pourrait retourner aux Etats du roi son père ; car, ajouta-t-il elle m'engager à aller rejoindre la princesse, où la retrouverais-je après onze jours que je me suis séparé d'avec elle par une aventure si extraordinaire ? Que sais-je même si elle est encore au monde ? » A ce triste souvenir, il ne put achever sans verser des larmes.

Pour réponse à ce que Camaralzaman venait de demander, le jardinier lui dit que de la ville où il se trouvait, il y avait une année entière de chemin jusqu'aux pays où il n'y avait que des musulmans, commandés par des princes de leur religion ; mais que par la mer on arriverait à l'île d'Ebène en beaucoup moins de temps, et que de là il était plus aisé de passer aux îles des Enfants de Khalédan ; que chaque année, un navire marchand allait à l'île d'Ebène, et qu'il pourrait prendre cette commodité pour retourner de là aux îles des Enfants de Khalédan. « Si vous fussiez arrivé quelques jours plus tôt, ajouta-t-il, vous vous fussiez embarqué sur celui qui a fait voile cette année, en attendant que celui de l'année prochaine parte, si vous agréez de demeurer avec moi, je vous fais l'offre de ma maison, telle qu'elle est, de très-bon cœur. »

Le prince Camaralzaman s'estima heureux de trouver cet asile dans un lieu où il n'avait aucune connaissance, non plus qu'aucun intérêt d'en faire. Il accepta l'offre, et il demeura avec le jardinier. En attendant le départ du vaisseau marchand pour l'île d'Ebène, il s'occupait à travailler au jardin pendant le jour ; et la nuit, que rien ne le détournait de penser à sa chère princesse Badoure, il la passait dans ses soupirs, dans les regrets et dans les pleurs. Nous le laisserons en ce lieu pour revenir à la prin-

cesse Badoure, que nous avons laissée endormie
sous sa tente.

La princesse dormit assez longtemps, et en s'éveillant, elle s'étonna que le prince Camaralzaman ne
fût pas avec elle. Elle appela ses femmes, et elle
leur demanda si elles ne savaient pas où il était.
Dans le temps qu'elles lui assuraient qu'elles l'a-
vaient vu entrer, mais qu'elles ne l'avaient pas vu
sortir, elle s'aperçut, en reprenant sa ceinture, que
la petite bourse était ouverte et que son talisman
n'y était plus. Elle ne douta pas que Camaralzaman
ne l'eût pris pour voir ce que c'était, et qu'il ne le
lui rapportât. Elle l'attendit jusqu'au soir avec de
grandes impatiences, et elle ne pouvait comprendre
ce qui pouvait l'obliger d'être éloigné d'elle si longtemps. Comme elle vit qu'il était déjà nuit obscure,
et qu'il ne revenait pas, elle en fut dans une affliction
qui n'est pas concevable. Elle maudit mille fois le
talisman et celui qui l'avait fait ; et si le respect ne
l'eût retenue, elle eût fait des imprécations contre
la reine sa mère qui lui en avait fait un présent si
funeste. Désolée au dernier point de cette conjecture,
d'autant plus fâcheuse qu'elle ne savait par quel endroit le talisman pouvait être la cause de la séparation du prince avec elle, elle ne perdit pas le jugement ; elle prit au contraire une résolution coura-
geuse, peu commune aux personnes de son sexe.

Il n'y avait que la princesse et ses femmes dans
le camp qui sussent que Camaralzaman avait disparu,
car alors ses gens se reposaient ou dormaient déjà
sous leurs tentes. Comme elle craignit qu'ils ne la
trahissent, s'ils venaient à en avoir connaissance,
elle modéra premièrement sa douleur et défendit à
ses femmes de rien dire ou de ne rien faire paraître
qui pût en donner le moindre soupçon. Ensuite

elle quitta son habit, et en prit un de Camaralzaman,
à qui elle ressemblait si fort, que ses gens la prirent
pour lui le lendemain matin quand ils la virent paraître, et qu'elle leur commanda de plier bagage et
de se mettre en marche. Quand tout fut prêt elle fit
entrer une de ses femmes dans la litière ; pour elle,
elle monta à cheval, et l'on marcha.

Après un voyage de plusieurs mois par terre et
par mer, la princesse, qui avait fait continuer la
route sous le nom du prince Camaralzaman pour se
rendre à l'île des Enfants de Khalédan, aborda à la
capitale du royaume de l'île d'Ebène, dont le roi qui
régnait alors s'appelait Armanos. Comme les premiers de ses gens qui se débarquèrent pour lui chercher un logement, eurent publié que le vaisseau qui
venait d'arriver portait le prince Camaralzaman,
qui revenait d'un long voyage, et que le mauvais
temps l'avait obligé de relâcher, le bruit en fut bientôt porté jusqu'au palais du roi.

Le roi Armanos, accompagné d'une grande partie
de sa cour, vint aussitôt au-devant de la princesse,
et il la rencontra qu'elle venait de se débarquer, et
qu'elle prenait le chemin du logement qu'on avait retenu. Il la reçut comme le fils d'un roi son ami, avec
lequel il avait toujours vécu en bonne intelligence,
et la mena à son palais, où il la logea, elle et tous
ses gens, sans avoir égard aux instances qu'elle lui
fit de la laisser loger en son particulier. Il lui fit
d'ailleurs tous les honneurs imaginables, et il la régala pendant trois jours avec une magnificence
extraordinaire.

Quand les trois jours furent passés, comme le roi
Armanos vit que la princesse, qu'il prenait toujours
pour le prince Camaralzaman, parlait de se rembar-
quer et de continuer son voyage, et qu'il était charmé

de voir un prince si bien fait, de si bon air, et qui
avait infiniment d'esprit, il la prit en particulier.
« Prince, lui dit-il, dans le grand âge où vous voyez
que je suis, avec très-peu d'espérance de vivre
encore longtemps, j'ai le chagrin de n'avoir pas un
fils à qui je puisse laisser mon royaume. Le ciel
m'a donné seulement une fille unique, d'une beauté
qui ne peut pas mieux être assortie qu'avec un prince
aussi bien fait, d'une aussi grande naissance, et aussi
accompli que vous Au lieu de songer à retourner
chez vous, acceptez-là de ma main avec ma couronne,
dont je me démets dès à présent en votre faveur, et
demeurez avec nous. Il est temps, désormais, que je
me repose après en avoir soutenu le poids pendant
de si longues années, et je ne puis le faire avec plus
de consolation que pour voir mes Etats gouvernés
par un si digne successeur. »

L'offre généreuse du roi de l'île d'Ebène de donner sa fille unique en mariage à la princesse Badoure, qui ne pouvait l'accepter parce qu'elle était
femme, et de lui abandonner ses Etats, la mit dans
un embarras auquel elle ne s'attendait pas. De lui
déclarer qu'elle n'était pas le prince Camaralzaman,
mais sa femme, il était indigne d'une princesse
comme elle de détromper le roi après lui avoir assuré qu'elle était ce prince, et en avoir si bien soutenu le personnage jusqu'alors, De le refuser aussi,
elle avait une juste crainte, dans la grande passion
qu'il témoignait pour la conclusion de ce mariage,
qu'il ne changeât sa bienveillance en aversion et en
haine, et n'attentât même à sa vie. De plus, elle ne
savait pas si elle trouverait le prince Camaralzaman
auprès du roi Schahzaman son père.

Ces considérations et celle d'acquérir un royaume
au prince son mari, au cas qu'elle le retrouvât, dé-

déterminèrent cette princesse à accepter le parti que le roi Armanos venait de lui proposer. Ainsi, après avoir demeuré quelques moments sans parler, avec une rougeur qui lui monta au visage, ce que le roi attribua à sa modestie, elle répondit : « Sire, j'ai une obligation infinie à Votre Majesté de la bonne opinion qu'elle a de ma personne, de l'honneur qu'elle me fait, et d'une si grande faveur que je ne mérite pas et que je n'ose pas refuser. Mais, sire, ajouta-elle, je n'accepte une si grande alliance qu'à condition que Votre Majesté m'assistera de ses conseils et que je ne ferai rien qu'elle n'ait approuvé auparavant.

Le mariage conclu et arrêté de cette manière, la cérémonie en fut remise au lendemain, et la princesse Badoure prit ce temps-là pour avertir ses officiers, qui la prenaient aussi pour le prince Camaralzaman, de ce qui devait se passer, afin qu'ils ne s'en étonnassent pas, et elle les assura que la princesse Badoure y avait donné son consentement. Elle en parla aussi à ses femmes, et les chargea de continuer de bien garder le secret.

Le roi de l'île d'Ebène, joyeux d'avoir acquis un gendre dont il était si content, assembla son conseil le lendemain, et déclara qu'il donnait la princesse sa fille en mariage au prince Camaralzaman, qu'il avait amené et fait asseoir près de lui, qu'il lui remettait sa couronne et leur enjoignait de le reconnaître pour leur roi, et de lui rendre leurs hommages. En achevant, il descendit du **trône**, et, après qu'il y eut fait monter la princesse **Badoure**, et qu'elle se fut assise à sa place, la **princesse** y reçut le serment de fidélité et les hommages des seigneurs les plus puissants de l'île d'Ebène, qui étaient présents.

Au sortir du conseil, la proclamation du nouveau

roi fut faite solennellement dans toute la ville ; des réjouissances de plusieurs jours furent indiquées, et des courriers dépêchés par tout le royaume, pour y faire observer les mêmes cérémonies et les mêmes démonstrations de joie.

Le soir, tout le palais fu. en fête, et la princesse Haïatalnefous (c'est ainsi que se nommait la princesse de l'île d'Ebène) fut amenée à la princesse Badoure, que tout le monde prit pour un homme, avec un appareil vraiment royal. Les cérémonies achevées, on les laissa seules, et elles se couchèrent.

Le lendemain matin, pendant que la princesse Badoure recevait dans une assemblée générale les compliments de toute la cour au sujet de son mariage et comme nouveau roi, le roi Armanos et la reine se rendirent à l'appartement de la nouvelle reine leur fille, et s'informèrent d'elle comment elle avait passé la nuit. Au lieu de répondre, elle baissa les yeux, et la tristesse qui parut sur son visage fit assez connaître qu'elle n'était pas contente.

Pour consoler la princesse Haïatalnefous : « Ma fille lui dit le roi Armanos, cela ne doit pas vous faire de la peine : le prince Camaralzaman, en abordant ici, ne songeait qu'à se rendre au plus tôt auprès du roi Schahzaman son père. Quoique nous l'ayons arrêté par un endroit dont il a lieu d'être bien satisfait, nous devons croire néanmoins qu'il a un grand regret d'être privé tout à coup de l'espérance de le revoir jamais, ni lui, ni personne de sa famille. Vous devez donc attendre que quand ces mouvements de tendresse filiale se seront un peu ralentis il en usera avec vous comme un bon mari. »

La princesse Badoure, sous le nom de Camaralzaman, et comme roi de l'île d'Ebène, passa toute la journée non-seulement à recevoir les compliments de sa cour, mais même à faire la revue des troupes réglées de sa maison et à plusieurs autres fonctions royales, avec une dignité et une capacité qui lui attirèrent l'approbation de tous ceux qui en furent témoins.

Il était nuit quand elle rentra dans l'appartement de la reine Haïatalnefous, et elle connût fort bien, à la contrainte avec laquelle cette princesse la reçut, qu'elle se souvenait de la nuit précédente. Elle tâcha de dissiper ce chagrin par un long entretien qu'elle eut avec elle, dans lequel elle employa tout son esprit (et elle en avait infiniment) pour lui persuader qu'elle l'aimait parfaitement. Elle lui donna enfin le temps de se coucher, et dans cet intervalle, elle se mit à faire sa prière ; mais elle fut si longue que la reine Haïatalnefous s'endormit. Alors elle cessa de prier, et se coucha près d'elle sans l'éveiller, autant affligée de jouer un personnage qui ne lui convenait pas que de la perte de son cher Camaralzaman, après lequel elle ne cessait de soupirer. Elle se leva le jour suivant à la pointe du jour, avant qu'Haïatalnefous fût éveillée, et alla au conseil avec l'habit royal.

Le roi Armanos ne manqua pas de voir encore la reine sa fille ce jour-là, et il la trouva dans les pleurs et dans les larmes. Il n'en fallut pas davantage pour lui faire connaître le sujet de son affliction. Indigné de ce mépris, à ce qu'il s'imaginait, dont il ne pouvait comprendre la cause : « Ma fille, lui dit-il, ayez patience jusqu'à la nuit prochaine, j'ai élevé votre mari sur mon trône, je saurai bien l'en faire descendre et le chasser avec honte s'il ne vous donne la satisfaction qu'il vous doit. Dans la colère où je suis de vous voir traitée si indignement, je ne sais si je me contenterai d'un châtiment si doux. Ce n'est pas à vous, c'est à ma personne qu'il fait un affront si sanglant. »

Le même jour, la princesse Badoure rentra fort tard chez Haïatalnefous, comme la nuit précédente ; et elle s'entretint de même avec elle, et voulut encore faire sa prière pendant qu'elle se coucherait. Haïatalnefous la retint, et l'obligea de se rasseoir. « Quoi ! dit-elle, vous prétendez donc, à ce que je vois, me traiter encore cette nuit comme vous m'avez traitée les deux dernières ? Dites-moi, je vous supplie, en quoi peut vous déplaire une princesse comme moi, qui ne vous aime pas seulement, mais qui vous adore, et qui s'estime la princesse la plus heureuse de toutes les princesses de son rang, d'avoir un prince si aimable pour mari ? Une autre que moi je ne dis pas offensée, mais outragée par un endroit si sensible, aurait une belle occasion de se venger en vous abandonnant seulement à votre mauvaise destinée ; mais, quand je ne vous aimerais pas autant que je vous aime, bonne, et touchée du malheur des personnes qui me sont les plus indifférentes, comme je le suis, je ne laisserais pas de vous avertir que le roi mon père est fort irrité de votre procédé, qu'il n'attend que demain pour vous faire sentir les marques de sa juste colère si vous continuez. Faites-moi la grâce de ne pas mettre au désespoir une princesse qui ne peut s'empêcher de vous aimer. »

Ce discours mit la princesse Badoure dans un embarras inexprimable. Elle ne douta pas de la sincérité d'Haïatalnefous : la froideur que le roi Armanos lui avait témoignée ce jour-là ne lui avait que trop fait connaître l'excès de son mécontentement. L'unique moyen de justifier sa conduite était de faire confidence de son sexe à Haïatalnefous. Mais quoiqu'elle eût prévu qu'elle serait obligée d'en venir à cette déclaration, l'incertitude néanmoins où elle était si la princesse le prendrait en mal ou en bien, la faisait trembler. Quand elle eut bien considéré enfin que si le prince Camaralzaman était encore au monde il fallait de nécessité qu'il vint à l'île d'Ebène pour se rendre au royaume du roi Shahzaman, qu'elle devait se conserver pour lui, et qu'elle ne pouvait le faire si elle ne se découvrait à la princesse Haïatalnefous, elle hasarda cette voie.

Comme la princesse Badoure était demeurée interdite, Haïatalnefous, impatiente, allait reprendre sa parole lorsqu'elle l'arrêta par celles-ci : « Aimable et trop charmante princesse, lui dit-elle, j'ai tort, je l'avoue, et je me condamne moi-même ; mais j'espère que vous me pardonnerez, et que vous me garderez le secret que j'ai à vous découvrir pour ma justification. »

En même temps, la princesse Badoure ouvrit son sein. « Voyez, princesse, continua-t-elle, si une princesse, femme comme vous, ne mérite pas que vous lui pardonniez. Je suis persuadée que vous le ferez de bon cœur quand je vous aurai fait le récit de mon histoire, et surtout de la disgrâce affligeante qui m'a contrainte de jouer le personnage que vous voyez. »

Quand la princesse Badoure eut achevé de se faire connaître entièrement à la princesse de l'île d'Ebène pour ce qu'elle était, elle la supplia une seconde fois de lui garder le secret et de vouloir bien faire semblant qu'elle fût véritablement son mari jusqu'à l'arrivée du prince Camaralzaman, qu'elle espérait revoir bientôt.

« Princesse, reprit la princesse de l'île d'Ebène,

ce serait une destinée étrange qu'un mariage heureux comme le vôtre dût être de si peu de durée
après un amour réciproque plein de merveilles. Je
souhaite avec vous que le ciel vous réunisse bientôt.
Assurez-vous cependant que je garderai religieuse-
ment le secret que vous venez de me confier. J'aurai le plus grand plaisir du monde d'être la seule qui
vous connaisse pour ce que vous êtes dans le grand
royaume de l'île d'Ebène, pendant que vous le gou-
vernerez aussi dignement que vous avez déjà commencé. Je vous demandais de l'amour, et présentement je vous déclare que je serai la plus contente du
monde si vous ne dédaignez pas de m'accorder
votre amitié. » Après ces paroles, les deux princesses s'embrassèrent tendrement, et, après mille
témoignages d'amitié réciproque, elles se couchèrent.

Selon la coutume du pays, il fallait faire voir publiquement la marque de la consommation du mariage: les deux princesses trouvèrent le moyen de remédier à cette difficulté. Ainsi les femmes de la princesse Haïatalnefous furent trompées le lendemain
matin, et trompèrent le roi Armanos, la reine sa
femme et toute la cour. De la sorte, la princesse
Badoure continua de gouverner tranquillement, à
la satisfaction du roi et de tout son royaume.

Pendant qu'en l'île d'Ebène les choses étaient
entre la princesse Badoure, la princesse Haïatalnefous et le roi Armanos, avec la reine, la cour et les
peuples du royaume, dans l'état qu'on l'a vu plus
haut, le prince Camaralzaman était toujours dans
la ville des idolâtres, chez le jardinier qui lui avait
donné retraite.

Un jour, de grand matin, que le prince se préparait à travailler au jardin, selon sa coutume, le bon

jardinier l'en empêcha. « Les idolâtres, lui dit-il, ont aujourd'hui une grande fête, et comme ils s'abstiennent de tout travail, pour la passer en des assemblées et en des réjouissances publiques, il ne veulent pas aussi que les musulmans travaillent ; et les musulmans pour se maintenir dans leur amitié, se font un divertissement d'assister à leurs spectacles qui méritent d'être vus. Ainsi, vous n'avez qu'à vous reposer aujourd'hui. Je vous laisse ici, et comme le temps approche que le vaisseau marchand dont je vous ai parlé doit faire le voyage de l'île d'Ebène, je vais voir quelques amis, et m'informer d'eux du jour qu'il mettra à la voile ; en même temps je ménagerai votre embarquement. » Le jardinier mit son plus bel habit et sortit.

Quand le prince Camaralzaman se vit seul, au lieu de prendre part à la joie publique qui retentissait dans toute la ville, l'inaction où il était lui fit rappeler avec plus de violence que jamais le triste souvenir de sa chère princesse. Recueilli en lui-même, il soupirait et gémissait en se promenant dans le jardin, lorsque le bruit que deux oiseaux faisaient sur un arbre l'obligea de lever la tête et de s'arrêter.

Camaralzaman vit avec surprise que ces oiseaux se battaient cruellement à coup de bec, et qu'en peu de moments l'un des deux tomba mort au pied de l'arbre. L'oiseau qui était demeuré vainqueur reprit son vol et disparut.

Dans le moment, deux autres oiseaux plus grands, qui avaient vu le combat de loin, arrivèrent d'un autre côté, se posèrent l'un à la tête, l'autre au pied du mort, le regardèrent quelque temps en remuant la tête d'une manière qui marquait leur douleur, et lui creusèrent une fosse avec leurs griffes, dans laquelle ils l'enterrèrent.

Dès que les deux oiseaux eurent rempli la fosse
de la terre qu'ils avaient ôtée, ils s'envolèrent, et
peu de temps après ils revinrent en tenant au bec,
l'un par une aile et l'autre par un pied, l'oiseau
meurtrier, qui faisait des cris effroyables et de
grands efforts pour s'échapper. Ils lui ouvrirent
enfin le ventre, en tirèrent les entrailles, laissèrent
le corps sur la place et s'envolèrent.

Camaralzaman demeura dans une grande admiration tout le temps que dura un spectacle si surprenant. Il s'approcha de l'arbre où la scène s'était
passée, et, en jetant les yeux sur les entrailles disper-
sées, il aperçut quelque chose de rouge qui sortait
de l'estomac, que les oiseaux vengeurs avaient dé-
chiré. Il ramassa l'estomac, et en tirant dehors ce qu'il
avait vu de rouge, il trouva que c'était le talisman
de la princesse Badoure, sa bien-aimée, qui lui
avait coûté tant de regrets, d'ennuis, de soupirs, depuis que cet oiseau le lui avait enlevé. « Cruel, s'é-
cria-t-il aussitôt en regardant l'oiseau, tu te plaisais
à faire du mal, et j'en dois moins me plaindre de
celui que tu m'as fait. Mais autant que tu m'en as
fait, autant que je souhaite de bien à ceux qui m'ont
vengé de toi en vengeant la mort de leur semblable. »

Il n'est pas possible d'exprimer l'excès de joie du
prince Camaralzaman : Chère princesse, s'écria-t-il
encore, ce moment fortuné, qui me rend ce qui vous
était si précieux, est sans doute un présage qui
m'annonce que je vous retrouverai de même et
peut-être plus tôt que je ne pense. Béni soit le ciel
qui m'envoie ce bonheur et qui me donne en même
temps l'espérance du plus grand que je puisse
souhaiter ! »

En achevant ces mots, Camaralzaman baisa

talisman, l'enveloppa, et le lia soigneusement autour de son bras. Dans son affliction extrême, il
avait passé presque toutes les nuits à se tourmen-
ter et sans fermer l'œil. Il dormit tranquillement
celle qui suivit une si heureuse aventure, et le lendemain, quand il eut pris son habit de travail, dès
qu'il fut jour, il alla prendre l'ordre du jardinier,
qui le pria de mettre à bas et de déraciner un certain vieil arbre qui ne portait plus de fruits.

Camaralzaman prit une cognée et alla mettre la
main à l'œuvre. Comme il coupait une branche de
la racine, il donna un coup sur quelque chose qui
résista et qui fit un grand bruit. En écartant la terre,
il découvrit une grande plaque de bronze sous laquelle il découvrit un escalier de dix degrés. Il descendit aussitôt, et, quand il fut au bas, il vit un caveau de deux à trois toises en carré, où il compta
cinquante grands vases de bronze, rangés à l'entour, chacun avec un couvercle. Il les découvrit
tous l'un après l'autre, et il n'y en eut pas un qui
ne fût plein de poudre d'or. Il sortit du caveau, extrêmement joyeux de la découverte d'un trésor si riche,
remit la plaque sur l'escalier, et acheva de déraciner l'arbre en attendant le retour du jardinier.

Le jardinier avait appris le jour de devant que le
vaisseau qui faisait le voyage de l'île d'Ebène chaque année devait partir dans très-peu de jours;
mais on n'avait pu lui dire le jour précisément, et on
l'avait remis au lendemain. Il y était allé, et il revint avec un visage qui marquait la bonne nouvelle
qu'il avait à annoncer à Camaralzaman. « Mon fils,
lui dit-il (car, par le privilége de son grand âge, il
avait coutume de le traiter ainsi), réjouissez vous et
tenez vous prêt à partir dans trois jours: le vaisseau fera voile ce jour-là sans faute, et je suis con-

venu de votre embarquement et de votre passage avec le capitaine.

— Dans l'état où je suis, reprit Camaralzaman, vous ne pouviez m'annoncer rien de plus agréable. En revanche, j'ai aussi à vous faire part d'une nouvelle qui doit vous réjouir. Prenez la peine de venir avec moi, et vous verrez la bonne fortune que le ciel vous envoie. »

Camaralzaman mena le jardinier à l'endroit où il avait déraciné l'arbre, le fit descendre dans le caveau, et, quand il lui eut fait voir la quantité de vases remplis de poudre d'or qu'il y avait, il lui témoigna sa joie de ce que Dieu récompensait enfin sa vertu et toutes les peines qu'il avait prises depuis tant d'années.

« Comment l'entendez-vous ? reprit le jardinier : vous vous imaginez donc que je veuille m'approprier ce trésor ? Il est tout à vous, et je n'y ai aucune prétention. Depuis quatre-vingts ans que mon père est mort, je n'ai fait autre chose que de remuer la terre de ce jardin sans l'avoir découvert. C'est une marque qu'il vous était destiné, puisque Dieu a permis que vous le trouvassiez. Il convient à un prince comme vous, plutôt qu'à moi, qui suis sur le bord de ma fosse et qui n'ai plus besoin de rien. Dieu vous l'envoie à propos dans le temps que vous allez vous rendre dans les Etats qui doivent vous appartenir, où vous en ferez un bon usage. »

Le prince Camaralzaman ne voulut pas céder au jardinier en générosité, et ils eurent une grande contestation là-dessus. Il lui protesta enfin qu'il n'en prendrait rien absolument s'il n'en retenait la moitié pour sa part. Le jardinier se rendit, et ils se partagèrent à chacun vingt-cinq vases.

Le partage fait : « Mon fils, dit le jardinier à Ca-

maralzaman, ce n'est pas assez, il s'agit présentement d'embarquer ces richesses sur le vaisseau, et
de les embarquer si secrètement que personne n'en
ait connaissance; autrement vous courriez risque
de les perdre. Il n'y a point d'olives dans l'île d'E-
bène, et celles qu'on y porte d'ici sont d'un grand
débit. Comme vous le savez, j'ai une bonne provision de celles que je recueille dans mon jardin. Il
faut que vous preniez cinquante pots, que vous les
remplissez de poudre d'or à moitié et le reste d'o-
lives par-dessus, et nous les ferons porter au vaisseau lorsque vous vous embarquerez, »

Camaralzaman suivit ce bon conseil et employa
le reste de la journée à accommoder les cinquante
pots; et comme il craignait que le talisman de la
princesse Badoure qu'il portait au bras ne lui échappât, il eut la précaution de le mettre dans un de ces
pots et d'y faire une marque pour le reconnaître.
Qnand il eut achevé de mettre les pots en état d'être
transportés, comme la nuit approchait, il se retira
avec le jardinier, et, en s'entretenant, il lui raconta
le combat des deux oiseaux et les circonstances de
cette aventure, qui lui avait fait retrouver le talisman de la princesse Badoure, dont il ne fut pas
moins surpris que joyeux pour l'amour de lui.

Soit à cause de son grand âge, ou qu'il se fût
donné trop de mouvement ce jour-là, le jardinier
passa une mauvaise nuit; son mal augmenta tout le
jour suivant; or, il se trouvait encore plus mal le
troisième au matin. Dès qu'il fit jour, le capitaine du
vaisseau en personne et plusieurs matelots vinrent
frapper à la porte du jardin. Ils demandèrent à Camaralzaman, qui leur ouvrit, où était le passager
qui devait s'embarquer sur leur vaisseau. « C'est
moi-même, répondit-il; le jardinier qui a demandé

passage pour moi est malade et ne peut vous parler;
ne laissez pas d'entrer, et emportez, je vous prie,
les pots d'olives que voilà, avec mes hardes, et je
vous suivrai dès que j'aurai pris congé de lui. »

Les matelots se chargèrent des pots et des hardes,
et en quittant Camaralzaman : « Ne manquez pas de
venir incessamment, lui dit le capitaine ; le vent
est bon et je n'attends que vous pour mettre à la
voile. »

Dès que le capitaine et les matelots furent partis,
Camaralzaman rentra chez le jardinier pour prendre congé de lui et le remercier de tous les bons
services qu'il lui avait rendus. Mais il le trouva
qui agonisait, et il eut à peine obtenu de lui qu'il
fît sa profession de foi, selon la coutume des bons
musulmans à l'article de la mort, qu'il le vit expirer.

Dans la nécessité où était le prince Camaralzaman d'aller s'embarquer, il fit toutes les diligences
possibles pour rendre les derniers devoirs au défunt. Il lava son corps, il l'ensevelit, et, après lui
avoir fait une fosse dans le jardin (car, comme les
mahométans n'étaient que tolérés dans cette ville
d'idolâtres, ils n'avaient pas de cimetière public),
il l'enterra lui seul, et il n'eut achevé que vers la
fin du jour. Il partit sans perdre de temps pour aller
s'embarquer. Il emporta même la clef du jardin
avec lui, afin de faire plus de diligence, dans le dessein de la porter au propriétaire, au cas qu'il pût le
faire, ou de la donner à quelque personne de confiance, en présence de témoins, pour la lui mettre
entre les mains. Mais, en arrivant au port, il apprit
que le vaisseau avait levé l'ancre il y avait déjà du
temps, et même qu'on l'avait perdu de vue. On
ajouta qu'il n'avait mis à la voile qu'après l'avoir
attendu trois grandes heures.

Le prince Camaralzaman, comme il est aisé de le juger, fut dans une affliction extrême de se voir contraint de rester encore dans un pays où il n'avait et ne voulait avoir aucune habitude, et d'attendre une autre année pour réparer l'occasion qu'il venait de perdre. Ce qui le désolait davantage, c'est qu'il s'était dessaisi du talisman de la princesse Badoure et qu'il le tint pour perdu. Il n'eut pas d'autre parti à prendre, cependant, que de retourner au jardin d'où il était sorti, de le prendre à louage du propriétaire à qui il appartenait, et de continuer de le cultiver, en déplorant son malheur et sa mauvaise fortune. Comme il ne pouvait supporter la fatigue de le cultiver seul, il prit un garçon à gage, et afin de ne pas perdre l'autre partie du trésor qui lui revenait par la mort du jardinier, qui était mort sans héritier, il mit la poudre d'or dans cinquante autres pots, qu'il acheva de remplir d'olives, pour les embarquer avec lui dans le temps.

Pendant que le prince Camaralzaman recommençait une nouvelle année de peine, de douleur et d'impatience, le vaisseau continuait sa navigation avec un vent très-favorable, et il arriva heureusement à la capitale de l'île d'Ebène.

Comme le palais était sur le bord de la mer, le nouveau roi, ou plutôt la princesse Badoure, qui aperçut le vaisseau dans le temps qu'il allait entrer au port avec toutes ses bannières, demanda quel vaisseau c'était, et on lui dit qu'il venait tous les ans de la ville des idolâtres dans la même saison, et qu'ordinairement il était chargé de riches marchandises.

La princesse, toujours occupée du souvenir de Camaralzaman au milieu de l'éclat qui l'environnait, s'imagina que Camaralzaman pouvait y être embarqué, et la pensée lui vint de le prévenir, et d'aller au-devant de lui, non pas pour se faire connaître (car elle se doutait bien qu'il ne la reconnaîtrait pas), mais pour le remarquer, et prendre les mesures qu'elle jugerait à propos pour leur reconnaissance mutuelle Sous prétexte de s'informer elle-même des marchandises, et même de voir la première, et de choisir les plus précieuses qui lui conviendraient, elle commanda qu'on lui amenât un cheval. Elle se rendit au port accompagnée de plusieurs officiers qui se trouvèrent près d'elle, et elle y arriva dans le temps que le capitaine venait de débarquer. Elle le fit venir, et voulut savoir de lui d'où il venait, combien il y avait de temps qu'il était parti, quelles bonnes ou mauvaises rencontres il avait faites dans sa navigation, s'il n'amenait pas quelque étranger de distinction, et surtout de quoi son vaisseau était chargé.

Le capitaine satisfit à toutes ses demandes, et, quant aux passagers, il assura qu'il n'y avait que des marchands qui avaient coutume de venir, et qu'ils apportaient des étoffes très-riches de différents pays, des toiles des plus fines, peintes et non peintes, des pierreries, du musc, de l'ambre gris, du camphre, de la civette, des épiceries, des drogues pour la médecine, des olives et plusieurs autres choses.

La princesse Badoure aimait les olives passionnément. Dès qu'elle en eut entendu parler : « Je retiens tout ce que vous en avez, dit-elle au capitaine, faites-les débarquer incessamment, que j'en fasse le marché. Pour ce qui est des autres marchandises, vous avertirez les marchands de m'apporter ce qu'ils ont de plus beau avant de le faire voir à personne.

— Sire, reprit le capitaine, qui la prenait pour le roi de l'île d'Ebène, comme elle l'était en effet sous l'habit qu'elle en portait il y en a cinquante pots fort grands, mais ils appartiennent à un marchand qui est demeuré à terre. Je l'avais averti moi-même, et je l'attendis longtemps. Comme je vis qu'il ne venait pas, et que son retardement m'empêchait de profiter du bon vent, je perdis la patience, et je mis à la voile. — Ne laissez pas de les débarquer, dit la princesse; cela ne nous empêchera pas de faire le marché. »

Le capitaine envoya sa chaloupe au vaisseau, et elle revint bientôt chargée des pots d'olives. La princesse demanda combien les cinquante pots pouvaient valoir dans l'île d'Ebène. « Sire, répondit le capitaine, le marchand est fort pauvre; Votre Majesté ne lui fera pas une grâce considérable quand elle lui en donnera mille pièces d'argent.

— Afin qu'il soit content, reprit la princesse, et en considération de ce que vous me dites de sa pauvreté, on vous en comptera mille pièces d'or, que vous aurez soin de lui donner. » Elle donna ordre pour le payement, et après qu'elle eut fait apporter les pots en sa présence, elle retourna au palais.

Comme la nuit approchait, la princesse Badoure se retira d'abord dans le palais intérieur, alla à l'appartement de la princesse Haïatalnefous, et se apporter les cinquante pots d'olives. Elle en ouvrit un pour lui en faire goûter, et pour en goûter elle-même, et le versa dans un plat. Son étonnement fut des plus grands quand elle vit les olives mêlées avec de la poudre d'or : « Quelle aventure ! quelle merveille ! » s'écria-t-elle. Elle fit ouvrir et vider les autres pots en sa présence, par les femme d'Haïatalnefous, et son admiration augmenta à mesure qu'elle vit que les olives de chaque pot étaient mêlées avec de la poudre d'or. Mais quand on vint à vider celui où Camaralzaman avait mis son talisman, et qu'elle eut aperçu le talisman, elle en fut si fort surprise qu'elle s'évanouit.

La princesse Haïatalnefous et ses femmes secoururent la princesse Badoure, et la firent revenir à force de lui jeter de l'eau sur le visage. Lorsqu'elle reprit tous ses sens, elle prit le talisman et le baisa à plusieurs reprises. Mais comme elle ne voulait rien dire devant les femmes de la princesse, qui ignoraient son déguisement, et qu'il était temps de se coucher, elle les congédia. « Princesse, dit-elle à Haïatalnefous dès qu'elles furent seules, après ce que je vous ai raconté de mon histoire, vous aurez bien connu sans doute que c'est à la vue de ce talisman que je me suis évanouie. C'est le mien et celui qui nous a arrachés l'un de l'autre, le prince Camaralzaman, mon cher mari, et moi. Il a été la cause d'une séparation bien douloureuse pour l'un et pour l'autre : il va être, comme j'en suis persuadée, celle de notre réunion prochaine. »

Le lendemain, dès qu'il fut jour, la princesse Badoure envoya appeler le capitaine du vaisseau. Quand il fut venu : « Eclaircissez-moi davantage, lui dit-elle, touchant le marchand à qui appartenaient les olives que j'achetai hier. Vous me disiez, ce me semble, que vous l'aviez laissé à terre dans la ville des idolâtres : pouvez-vous me dire ce qu'il y faisait ?

Sire, répondit le capitaine, je puis assurer Votre Majesté comme d'une chose que je sais par moi-même. J'étais convenu de son embarquement avec un jardinier extrêmement âgé, qui me dit que je le trouverais à son jardin, dont il m'enseigna l'endroit, où il travaillait sous lui ; c'est ce qui m'a obligé de dire à Votre Majesté qu'il était pauvre ; j'ai été le chercher et l'avertir moi-même dans ce jardin de venir s'embarquer, et je lui ai parlé.

— Si cela est ainsi, reprit la princesse Badoure, il faut que vous remettiez à la voile dès aujour-d'hui, que vous retourniez à la ville des idolâtres, et que vous m'ameniez ici ce garçon jardinier, qui est mon débiteur, sinon je vous déclare que je con-fisquerai, non-seulement les marchandises qui vous appartiennent et celles des marchands qui sont ve-nus sur votre bord, mais même que votre vie et celle des marchands m'en répondront. Dès à présent on va, par mon ordre, apposer le sceau aux maga-sins où elles sont, qui ne sera levé que quand vous m'aurez livré l'homme que je vous demande : c'est ce que j'avais à vous dire ; allez, et faites ce que je vous commande. »

Le capitaine n'eut rien à répliquer à ce comman-ment, dont l'exécution devait être d'un très-grand dommage à ses affaires et à celles des marchands. Il le leur signifia, et ils ne s'empressèrent pas moins que lui à faire embarquer incessamment les provisions de vivres et d'eau dont il avait besoin pour le voyage. Cela s'exécuta avec tant de diligence, qu'il mit à la voile le jour même.

Le vaisseau eut une navigation très-heureuse, et le capitaine prit si bien ses mesures, qu'il arriva la nuit devant la ville des idolâtres. Quand il s'en fut approché aussi près qu'il le jugea à propos, il ne fit pas jeter l'ancre ; mais pendant que le vaisseau était en panne, il se débarqua dans sa chaloupe et alla descendre à terre, en un endroit un peu éloi-

gné du port, d'où il se rendit au jardin de Camaral--le
zaman avec six matelots des plus résolus.

Camaralzaman ne dormait pas alors ; sa sépara--
tion d'avec la belle princesse de la Chine, sa femme,
l'affligeait à son ordinaire, et il détestait le moment
où il s'était laissé tenter par la curiosité, non pas
de manier, mais même de toucher sa ceinture. Il
passait ainsi les moments consacrés au repos, lors--
qu'il entendit frapper à la porte du jardin. Il y alla
promptement, à demi habillé, et il n'eut pas plutôt
ouvert que, sans lui dire mot, le capitaine et les
matelots se saisirent de lui, le conduisirent à la cha--
loupe par force, et le menèrent au vaisseau, qui re--
mit à la voile dès qu'il y fut embarqué.

Camaralzaman, qui avait gardé le silence jus--
qu'alors, de même que le capitaine et les matelots,
demanda au capitaine, qu'il avait reconnu, quel
sujet il avait de l'enlever avec tant de violence.
« N'êtes-vous pas débiteur du roi de l'île d'Ebène? »
lui demanda le capitaine à son tour. — Moi, débi--
teur du roi de l'île d'Ebène ! reprit Camaralzaman
avec étonnement : je ne le connais pas, jamais je
n'ai eu affaire avec lui, et jamais je n'ai mis le pied
dans son royaume. — C'est ce que vous devez sa--
voir mieux que moi, repartit le capitaine ; vous lui
parlerez vous-même ; demeurez ici cependant, et
prenez patience. »

Le vaisseau ne fut pas moins heureux à le
porter à l'île d'Ebène qu'il l'avait été à l'aller
prendre dans la ville des idolâtres. Quoiqu'il fût
déjà nuit lorsqu'il mouilla dans le port, le capi--
taine ne laissa pas néanmoins de se débarquer
d'abord et de mener le prince Camaralzaman au
palais, où il demanda d'être présenté au roi.

La princesse Badoure, qui s'était déjà retirée

dans le palais intérieur, ne fut pas plutôt avertie de son retour et de l'arrivée de Camaralzaman, qu'elle sortit pour lui parler. D'abord elle jeta les yeux sur le prince Camaralzaman, pour qui elle avait versé tant de larmes depuis leur séparation, et elle le reconnut sous son méchant habit. Quant au prince, qui tremblait devant un roi, comme il le croyait, à qui il avait à répondre d'une dette imaginaire, il n'eut pas seulement la pensée que ce pût être celle qu'il désirait si ardemment de retrouver. Si la princesse eût suivi son inclination, elle eût couru à lui et se fût fait connaître en l'embrassant, mais elle se retint, et elle crut qu'il était de l'intérêt de l'un et de l'autre de soutenir encore quelque temps le personnage de roi avant de se découvrir. Elle se contenta de le recommander à un officier qui était présent, et de le charger de prendre soin de lui et de le bien traiter jusqu'au lendemain.

Quand la princesse Badoure eut bien pourvu à ce qui regardait le prince Camaralzaman, elle se tourna du côté du capitaine pour reconnaître le service important qu'il lui avait rendu : elle chargea un autre officier d'aller sur-le-champ lever le sceau qui avait été apposé à ses marchandises et à celles de ses marchands, et le renvoya avec le présent d'un riche diamant, qui le récompensa beaucoup au delà de la dépense du voyage qu'il venait de faire. Elle lui dit même qu'il n'avait qu'à garder les mille pièces d'or payées pour les pots d'olives, et qu'elle saurait bien s'en accommoder avec le marchand qu'il venait d'amener.

Elle rentra enfin dans l'appartement de la princesse de l'île d'Ebène, à qui elle fit part de sa joie, en la priant néanmoins de lui garder encore le secret, et en lui faisant confidence des mesures

qu'elle jugeait à propos de prendre avant de se
faire connaître au prince Camaralzaman et de le
faire connaître lui-même pour ce qu'il était. « Il y a,
ajouta-t-elle, une si grande distance d'un jardinier
à un grand prince, tel qu'il est, qu'il y aurait du
danger de le faire passer en un moment du dernier
état du peuple à un si haut degré, quelque justice
qu'il y ait de le faire. » Bien loin de lui manquer
de fidélité, la princesse de l'île d'Ebène entra dans
son dessein. Elle l'assura qu'elle y contribuerait
elle-même avec un très-grand plaisir, et qu'elle
n'avait qu'à l'avertir de ce qu'elle souhaitait
qu'elle fît.

Le lendemain, la princesse de la Chine, sous le
nom, l'habit et l'autorité du roi de l'île d'Ebène,
après avoir pris soin de faire mener le prince Camaralzaman au bain de grand matin, et de lui faire
prendre un habit d'émir, ou gouverneur de province, le fit introduire dans le conseil, où il attira
les yeux de tous les seigneurs qui étaient présents,
par sa bonne mine, et par l'air majestueux de toute
sa personne.

La princesse Badoure elle-même fut charmée de
le revoir aussi aimable qu'elle l'avait vu tant de
fois, et cela l'anima davantage à faire son éloge en
plein conseil. Après qu'il eut pris place au rang des
émirs par son ordre : « Seigneurs, dit elle en s'a-
dressant aux émirs, Camaralzaman, que je vous
donne aujourd'hui pour collègue, n'est pas indigne
de la place qu'il occupe parmi vous : je l'ai connu
suffisamment dans mes voyages pour en répondre,
et je puis assurer qu'il se fera connaître à vous-
mêmes autant par sa valeur et mille autres qualités
que par la grandeur de son génie. »

Camaralzaman fut extrêmement étonné quand il

eut entendu que le roi de l'île d'Ebène, qu'il était
bien éloigné de prendre pour une femme. encore
moins pour sa chère princesse, l'avait nommé et
assuré qu'il le connaissait, lui qui était certain qu'il
ne s'était rencontré avec lui en aucun endroit. Il le
fut davantage des louanges excessives qu'il venait
de recevoir.

Ces louanges, néanmoins, prononcées par une
bouche pleine de majesté, ne le déconcertèrent pas.
Il les reçut avec une modestie qui fit voir qu'il les
méritait, mais qu'elles ne lui donnaient pas de va-
nité. Il se prosterna devant le trône du roi, et en
se relevant : « Sire, dit-il, je n'ai point de termes
pour remercier Votre Majesté du grand honneur
qu'elle me fait, encore moins de tant de bontés.
Je ferai tout ce qui sera en mon pouvoir pour les
mériter. »

En sortant du conseil, ce prince fut conduit par
un officier dans un grand hôtel que la princesse Badoure avait déjà fait meubler exprès pour lui. Il y
trouva des officiers et des domestiques prêts à recevoir ses commandements, et une écurie garnie de
très-beaux chevaux, le tout pour soutenir la dignité
d'émir dont il venait d'être honoré ; et quand il fut
dans son cabinet, son intendant lui présenta un cof-
fre-fort plein d'or pour sa dépense. Moins il pouvait concevoir par quel endroit lui venait ce
grand bonheur, plus il en était dans l'admiration,
et jamais il n'eut la pensée que la princesse de la
Chine en fût la cause.

Au bout de deux ou trois jours, la princesse Badoure, pour donner au prince Camaralzaman plus
d'accès près de sa personne et en même temps
plus de distinction, le gratifia de la charge de
grand trésorier, qui venait de vaquer. Il s'acquitta

de cet emploi avec tant d'intégrité, en obligeant cependant tout le monde, qu'il s'acquit non-seulement l'amitié de tous les seigneurs de la cour, mais même qu'il gagna le cœur de tout le peuple par sa droiture et par ses largesses.

Camaralzaman eût été le plus heureux de tous les hommes de se voir dans une si haute faveur auprès d'un roi étranger, comme il se l'imaginait, et d'être auprès de tout le monde dans une considération qui augmentait tous les jours, s'il eût possédé sa princesse. Au milieu de son bonheur, il ne cessait de s'affliger de n'apprendre d'elle aucune nouvelle, dans un pays où il semblait qu'elle devait avoir passé depuis le temps qu'il s'était séparé d'avec elle d'une manière si affligeante pour l'un et pour l'autre. Il aurait pu se douter de quelque chose si la princesse Badoure eût conservé le nom de Camaralzaman qu'elle avait pris avec son habit ; mais elle l'avait changé en montant sur le trône, et s'était donné celui d'Armanos, pour faire honneur à l'ancien roi son beau-père. De la sorte on ne le connaissait plus que sous le nom de roi Armanos le jeune, et il n'y avait que quelques courtisans qui se souvinssent du nom de Camaralzaman, dont elle se faisait appeler en arrivant à la cour de l'île d'Ebène. Camaralzaman n'avait pas encore eu assez de familiarité avec eux pour s'en instruire, mais à la fin il pouvait l'avoir.

Comme la princesse Badoure craignait que cela n'arrivât, et qu'elle était bien aise que Camaralzaman ne fût redevable de sa reconnaissance qu'à elle seule, elle résolut de mettre fin à ses propres tourments et à ceux qu'elle savait qu'il souffrait. En effet, elle avait remarqué que toutes les fois qu'elle s'entretenait avec lui des affaires qui dépendaient

de sa charge, il poussait de temps en temps des soupirs qui ne pouvaient s'adresser qu'à elle. Elle vivait
elle-même dans une contrainte dont elle était résolue de se délivrer sans différer plus longtemps.
D'ailleurs, l'amitié des seigneurs, le zèle et l'affection du peuple, tout contribuait à lui mettre la couronne de l'île d'Ebène sur la tête, sans obstacle.

La princesse Badoure n'eut pas plutôt pris cette
résolution, de concert avec la princesse Haïatalnefous, qu'elle prit le prince Camaralzaman en particulier le même jour : « Camaralzaman, lui dit-elle,
j'ai à m'entretenir avec vous d'une affaire de longue discussion, sur laquelle j'ai besoin de votre
conseil. Comme je ne vois pas que je le puisse faire
plus commodément que la nuit, venez ce soir et
avertissez qu'on ne vous attende pas : j'aurai soin
de vous donner un lit. »

Camaralzaman ne manqua pas de se trouver au
palais à l'heure que la princesse Badoure lui avait
marquée. Elle le fit entrer avec elle dans le palais
intérieur, et après qu'elle eut dit au chef des eunuques, qui se préparait à la suivre, qu'elle n'avait
point besoin de son service, et qu'il tînt seulement
la porte fermée, elle le mena dans un autre appartement que celui de la princesse Haïatalnefous, où
elle avait coutume de coucher.

Quand le prince et la princesse furent dans la
chambre, où il y avait un lit, et que la porte fut
fermée, la princesse tira le talisman d'une petite
boîte, et en le présentant à Camaralzaman : « Il n'y
a pas longtemps, lui dit-elle, qu'un astrologue m'a
fait présent de ce talisman ; comme vous êtes habile en toutes choses, vous pourrez bien me dire à
quoi il est propre. »

Camaralzaman prit le talisman, et s'approcha

d'une bougie pour le considérer. Dès qu'il l'eut reconnu, avec une surprise qui fit plaisir à la princesse : « Sire, s'écria-t-il, Votre Majesté me demande à quoi ce talisman est propre : hélas ! il est propre à me faire mourir de douleur et de chagrin si je ne trouve bientôt la princesse la plus charmante et la plus aimable qui ait paru sous le ciel, à qui il a appartenu, et dont il m'a causé la perte : il me l'a causée par une aventure étrange, dont le récit toucherait Votre Majesté de compassion pour un mari et pour un amant infortuné comme moi, si elle voulait se donner la patience de l'entendre.

— Vous m'en entretiendrez une autre fois, reprit la princesse ; mais je suis bien aise, ajouta-t-elle, de vous dire que j'en sais déjà quelque chose : je reviens à vous, attendez-moi un moment. »

En disant ces paroles, la princesse Badoure entra dans un cabinet, où elle quitta le turban royal, et après avoir pris en peu de moments une coiffure et un habillement de femme, avec la ceinture qu'elle avait le jour de leur séparation, elle rentra dans la chambre.

Le prince Camaralzaman reconnut d'abord sa chère princesse, courut à elle, et en l'embrassant tendrement : « Ah ! s'écria-t-il, que je suis obligé au roi de m'avoir surpris si agréablement ! — N'attendez pas de revoir le roi, reprit la princesse en l'embrassant à son tour les larmes aux yeux : en me voyant, vous voyez le roi : asseyons-nous, que je vous explique cette énigme.»

Ils s'assirent, et la princesse raconta au prince la résolution qu'elle avait prise, dans la prairie où ils avaient campé ensemble la dernière fois, dès qu'elle eut connu qu'elle l'attendait inutilement ; de quelle manière elle l'avait exécutée jusqu'à son arrivée à l'île d'Ébène. où elle avait été obligée d'épouser la princesse Haïatalnefous, et d'accepter la couronne que le roi Armanos lui avait offerte en conséquence de son mariage ; comment la princesse, dont elle lui exagéra le mérite, avait reçu la déclarat'on qu'elle lui avait faite de son sexe; et enfin l'aventure du talisman, trouvé dans un des pots d'olives et de poudre d'or qu'elle avait achetés, qui lui avait donné lieu de l'envoyer prendre dans la ville des idolâtres.

Quand la princesse Badoure eut achevé, elle voulut que le prince lui apprît par quelle aventure le talisman avait été cause de leur séparation. Il la satisfit, et, quand il eut fini, il se plaignit à elle, d'une manière obligeante, de la cruauté qu'elle avait eüe de le faire languir si longtemps. Elle lui en apporta les raisons dont nous avons parlé, après quoi, comme il était fort tard, ils se couchèrent.

La princesse Badoure et le prince Camaralzaman se levèrent le lendemain dès qu'il fut jour. Mais la princesse quitta l'habillement royal pour reprendre l'habit de femme, et lorsqu'elle fut habillée, elle envoya le chef des eunuques prier le roi Armanos, son beau-père, de prendre la peine de venir à son appartement.

Quand le roi Armanos fut arrivé, sa surprise fut fort grande de voir une dame qui lui était inconnue et le grand trésorier, à qui il n'appartenait pas d'entrer dans le palais intérieur, non plus qu'à aucun seigneur de la cour. En s'asseyant, il demanda où était le roi.

«Sire, reprit la princesse, hier j'étais le roi, et aujourd'hui je ne suis que princesse de la Chine, femme du véritable prince Camaralzaman, fils véritable du roi Schahzaman. Si Votre Majesté veut bien se donner la patience d'entendre l'histoire de l'un et de l'autre, j'espère qu'elle ne me condamnera pas de lui avoir fait une tromperie si innocente. » Le roi Armanos lui donna audience, et l'écouta avec étonnement depuis le commencement jusqu'à la fin.

En achevant : « Sire, ajouta la princesse, quoique dans notre religion les femmes s'accommodent peu de la liberté qu'ont les maris de prendre plusieurs femmes, si néanmoins Votre Majesté consent à donner la princesse Haïatalnefous, sa fille, en mariage au prince Camaralzaman, je lui cède de bon cœur le rang et qualité de reine, qui lui appartiennent de droit, et me contente du second rang. Quand cette préférence ne lui appartiendrait pas, je ne laisserais pas de la lui accorder après l'obligation que je lui ai du secret qu'elle m'a gardé avec tant de générosité. Si Votre Majesté s'en remet à son consentement, je l'ai déjà prévenue là-dessus, et je suis caution qu'elle en sera très-contente.»

Le roi Armanos écouta le discours de la princesse Badoure avec admiration, et quand elle eut achevé : « Mon fils, dit-il au prince Camaralzaman en se tournant de son côté, puisque la princesse Badoure, votre femme, que j'avais regardée jusqu'à présent comme mon gendre, par une tromperie dont je ne puis me plaindre, m'assure qu'elle veut bien partager votre lit avec ma fille, il ne me reste plus qu'à savoir si vous voulez bien l'épouser aussi, et accepter la couronne que la princesse Badoure mériterait de porter toute sa vie, si elle n'aimait mieux la quitter pour l'amour de vous. — Sire, répondit le prince Camaralzaman, quelque passion que j'aie de revoir le roi mon père, les obligations que j'ai à Votre Majesté et à la princesse Haïatalnefous sont si essentielles, que je ne puis lui rien refuser »

Camaralzaman fut proclamé roi et marié le même jour avec de grandes magnificences, et fut très-satisfait de la beauté, de l'esprit et de l'amour de la princesse Haïatalnefous.

Dans la suite, les deux reines continuèrent de vivre ensemble avec la même amitié et la même union qu'auparavant, et furent très-satisfaites de l'égalité que le roi Camaralzaman gardait à leur égard, en partageant son lit avec elles alternativement.

Elles lui donnèrent chacune un fils la même année, presque en même temps, et la naissance des deux princes fut célébrée avec de grandes réjouissances. Camaralzaman donna le nom d'Amgiad au premier, dont la reine Badoure était accouchée, et celui d'Assad à celui que la reine Haïatalnefous avait mis au monde.

Les deux princes furent élevés avec grand soin, et lorsqu'ils furent en âge, ils n'eurent que le même gouverneur, et les mêmes précepteurs dans les sciences et dans les arts. La forte amitié qu'ils avaient l'un pour l'autre dès leur enfance avait donné lieu à cette uniformité, qui l'augmenta davantage.

Cependant, et chose inexplicable, à mesure que les deux princes grandissaient en sagesse et en beauté, les deux reines leurs mères, conçurent pour eux une haine implacable et secrète, qui ne fit qu'augmenter avec le temps, enfin ces deux mères dénaturées finirent par se concerter entre elles pour trouver un moyen qui leur permît de se faire ôter de devant les yeux les objets de leur haine, sans cependant divulguer la noirceur de leur âme. Un jour donc que le prince Camaralzaman etait parti chasser, elles se couchèrent ensemble comme si elles craignaient une tentative criminelle de la part de leurs enfants, de sorte que le roi, le lendemain à son retour, touché de leur affliction et rempli de compassion de les voir dans cet état et d'apprendre le prétendu sujet de leur affliction, fit appeler les deux princes et il leur eût ôté la vie de sa propre main, sans l'intervention de son beau-père, l'ancien roi Armanos ; mais après les avoir fait arrêter, il fit venir sur le soir un émir nommé Giondar, qu'il chargea d'aller leur ôter la vie hors de la ville, et de rapporter leurs habits pour marque de l'exécution de l'ordre qu'il lui donnait.

Giondar marcha toute la nuit avec les princes et le lendemain matin quand il eut mis pied à terre, il signifia les larmes aux yeux l'ordre cruel qu'il avait ; les princes résignés à leur sort, l'assurèrent qu'ils lui pardonnaient et s'embrassant étroitement attendaient le coup de la mort, Giondar tira son sabre, mais son cheval qui était lié à un arbre voisin, épouvanté de cette action et de l'éclat du sabre, rompit sa bride et se mit à courir par la campagne.

Giondar, troublé de cet accident, jeta son sabre et courut après le cheval pour le rattraper, il entra dans un bois, où il se vit à l'instant assailli par un lion furieux, dont il allait être la victime, lorsque les deux princes, entendant ses cris, se délièrent et accoururent à son aide. Amgiad, qui avait ramassé le sabre de Giondar, en donna au lion un coup avec tant de force et d'adresse qu'il le fit tomber mort.

Dès que Giondar eut connu que c'était aux deux princes qu'il devait la vie, il se jeta à leurs pieds, et leur exprima toute sa reconnaissance, il refusa de même d'attenter à leurs jours, il échangea avec eux ses habits et les teignit du sang du lion, reprenant ensuite le chemin de la capitale de l'île d'Ebène, il vint assurer le roi Camaralzaman de l'exécution de ses ordres. Quelque temps après le roi apprit par l'indiscrétion d'une des suivantes des deux reines le véritable motif qui les avait excitées à cet abominable complot, qui avait eu, comme il le croyait, un si cruel résultat, aussi fit-il renfermer les deux reines pour le restant de leurs jours.

Après deux mois d'une marche pénible à travers les montagnes et en bravant mille dangers, les deux princes arrivèrent dans une plaine, où ils découvrirent enfin une grande ville ; ils concertèrent ensemble qu'un d'eux irait y chercher des vivres et s'assurer s'il pouvaient y résider sans craintes ; ce fut Assad qui partit tandis que Amgiad demeura en ce lieu pour l'attendre.

Assad ne fut pas un peu avancé dans la première rue de la ville, qu'il joignit un vieillard vénérable, bien mis, et qui avait une canne à la main. Comme il ne douta pas que ce ne fût un homme de distinction, et qu'il ne voudrait pas le tromper, il l'aborda ;

Seigneur, lui dit-il, je vous supplie de m'enseigner le chemin de la place publique. Sur la demande que lui fit le vieillard s'il était étranger, Assad lui apprit qu'il venait d'un pays très-éloigné, et qu'il venait à la ville pour acheter des vivres pour lui et son frère qui l'attendait dans la plaine.

Le vieillard lui fit les propositions les plus bienveillantes, et l'emmena chez lui, où Assad étant entré vit quarante vieillards qui faisaient un cercle autour d'un feu allumé qu'ils adoraient. A ce spectacle, le prince Assad n'eut pas moins d'horreur de voir des hommes assez dépourvus de bon sens pour rendre leur culte à la créature préférablement au Créateur, que de se voir trompé et de se trouver dans un lieu abominable.

Aux ordres de son introducteur, Assad se vit terrassé et garrotté par un noir, auquel le vieillard commanda de l'entraîner et de dire à ses filles, Bostane et Cavame, de lui bien donner la bastonnade chaque jour, avec un pain le matin et un autre le soir pour toute nourriture ; ajoutant : C'en est assez pour le faire vivre jusqu'au départ du vaisseau pour la mer bleue et pour la montagne de feu ; où nous en ferons un sacrifice agréable à notre divinité. »

Ainsi que le vieillard l'avait ordonné, ses deux filles adoratrices du feu, nourries dans la haine contre tous les musulmans, descendirent au cachot où le malheureux prince était enchaîné par les pieds, le dépouillèrent de ses vêtements et le bâtonnèrent impitoyablement jusqu'au sang et jusqu'à lui faire perdre connaissance. Après cette exécution, qu'elles renouvelaient chaque jour, elles déposaient un pot d'eau et se retiraient.

Amgiad, ne voyant pas revenir son frère, en conçut une vive douleur et le lendemain, s'achemina vers la ville dans l'espoir d'en apprendre des nouvelles. Il s'arrêta à la boutique d'un tailleur qu'il reconnut pour musulman à son habillement ; celui-ci lui

apprit qu'il avait peu d'espoir de retrouver son
frère, tombé sans doute dans les mains de quelque mage, les plus grands ennemis de ses coréli-
gionnaires, et lui fit en même temps l'offre de demeurer avec lui et qu'alors il l'instruirait de toutes les
ruses de ces mages, afin de s'en garantir quand il
sortirait. Amgiad accepta avec reconnaissance.

Le prince Amgiad ne sortit pour aller à la ville,
pendant un mois entier, qu'en compagnie du tailleur ; il se hasarda enfin d'aller seul au bain. Au
retour, comme il passait dans une rue déserte, il
rencontra une dame qui venait à lui, elle leva son
voile et lui demanda d'un air riant où il allait.
Amgiad séduit des charmes de cette dame lui répondit: « Je vais chez moi ou chez vous, cela est à votre
choix. »

La dame ayant opiné pour le suivre, il demeura
dans un grand embarras, n'osant l'emmener chez
son hôte. Ils prirent ensemble, vingt rues, places
et carrefours, et fatigués l'un et l'autre enfilèrent
une impasse que fermait une maison d'assez belle
apparence. Ils s'asseyèrent d'abord à la porte ; mais
la dame s'ennuyant de demeurer ainsi, saisit une
pierre et d'un seul coup elle rompit la serrure. Dès
que la porte fut ouverte, elle entra et marcha devant,
bien qu'Amgiad attendait, disait-il, son esclave,
qui, porteur de la clef, était allé chercher des vivres.

Le prince Amgiad entra, bien malgré lui, dans
une cour spacieuse et proprement pavée, de la cour,
il monta par quelques degrés dans une grande
salle ouverte et très-bien meublée, où ils trouvèrent une table abondamment servie de mets, vins
et fruits exquis. Le pauvre prince à cette vue ne
douta plus de sa perte. Ils se mirent à table et mangèrent, la dame buvait et mangeait tout en devisant
gaîment, tandis qu'Amgiad, redoutait à chaque
instant l'arrivée du maître de la maison. Ils étaient
bientôt aux fruits lorsque cet instant si redouté

...yuuyer du roi des mages, et cette habitation était ...ujur lui une maison de plaisance où il dînait de ...quomps à autre avec quelques amis; il y venait donc ...anns cette intention, lorsqu'il vit la porte de la rue ...flancturée et qu'il aperçut le prince Amgiad à sa ...soace; il lui fit signe de ne dire mot et de venir lui ...olrrler. Amgiad prenant le prétexte d'une affaire ...ioggente qui le forçait à sortir, descendit dans la ...juur, et confessa à Bahader les détails de son aven- ...ore, en ne lui cachant pas qu'il était prince et ...ilq plus étranger.

...isoBahader reconnaissant aux termes choisis et ména- ...b os d'Amgiad la véracité de son récit, lui dit que ...a-nn seulement il l'accueillait avec plaisir, mais en- ...ore il exigea de jouer auprès de lui et de sa ...somme, le rôle de cet esclave inutilement attendu. ...sour ces entrefaites les amis du grand écuyer arrivè- ...Jnt, mais il les congédia, en leur promettant une ...ilqplication ultérieure.

...oLe prince Amgiad rejoignit la dame, le cœur bien ...ioJntent de ce que le hasard l'avait conduit dans une ...ozuison qui appartenait à un maître de si grande dis- ...iliJoction, et qui en usait si honnêtement avec lui. ...so se remettant à table il voulut excuser son incivi- ...s à auprès de la dame, en prétextant la mauvaise ...oommeur où l'avait mis l'absence de son esclave. ...sOxCela ne doit pas vous inquiéter, reprit-elle; tant ...oq pour lui : s'il fait des fautes, il les payera. Ne ...sosigeons plus qu'à nous réjouir. » Ils continuèrent ...oontenir joyeusement la table, jusqu'à l'arrivée de ...bonader, déguisé en esclave.

...soCe dernier fit son entrée comme un esclave bien ...lilurtifié de voir son maître en compagnie et de ...inoenir si tard. Il se jeta à ses pieds en baisant la ...ore pour implorer sa clémence. Amgiad, fei- ...Jnant la colère, se leva, prit un bâton et lui en ...sonna deux ou trois coups assez légèrement, après ...li ioi il se remit à table. La dame ne fut pas contente ...o o et qui, étant musulmane, n'en voulait souffrir ...oouun dans ses états.

de ce châtiment : elle se leva à son tour, prit le
bâton et en chargea Bahader de tant de coups sans
l'épargner, que les larmes lui en vinrent aux yeux.
Amgiad, scandalisé au dernier point lui retira non
sans peine le bâton des mains, mais la méchante
femme continua d'injurier et menacer Bahader, qu'
néanmoins n'interrompit pas son service. A l'heure
de se coucher, il leur prépara un lit sur le sofa et se
retira dans une chambre vis-à-vis où il s'endormit.

Amgiad et la dame s'entretinrent encore une
demi-heure, et celle-ci avant de se coucher ayant
entendu Bahader ronfler, dans le vestibule puis
voyant un sabre suspendu à la muraille, elle dit à
Amgiad, qu'elle le priait de faire une chose pour
l'amour d'elle. « De quoi s'agit-il pour votre service
reprit Amgiad. — Obligez-moi d'aller couper la
tête à votre esclave. »

Amgiad refusant d'obtempérer à une proposition
que sans doute le vin faisait faire, elle met la main
sur le sabre, le tire du fourreau et veut exécuter
son dessein ; mais Amgiad lui retirant des mains, au
lieu de frapper Bahader porta le coup à la dame
dont la tête roula sur le parquet.

Bahader s'éveillant est étonné de voir Amgiad
avec le sabre ensanglanté, et le corps de la dame
par terre et sans tête, il lui demanda ce que cela
signifiait. Amgiad lui raconta la chose comme elle
s'était passée. Bahader embrassa son libérateur, e
lui dit : « Il faut avant que le jour vienne, emporter
ce corps hors d'ici, et c'est ce que je vais faire.
Un nouveau venu comme vous n'y réussirait pas.
Laissez-moi faire et demeurez ici en repos. Si je
ne viens pas, reprit Bahader avant le jour, ce ser
une marque que le guet m'aura surpris. » En conséquence, il fit une donation par écrit de sa maison e
de tous les meubles.

Bahader mit le corps de la dame dans un sac
avec la tête et le chargea sur ses épaules. Il était
arriva. Le maître du lieu était Bahader, grand

près d'arriver à la mer, lorsqu'il fut arrêté par le juge de police qui le conduisit devant le roi. Le roi le chargea d'injures. « C'est donc ainsi que tu massacres mes sujets pour les piller, et que tu jettes leur corps à la mer pour cacher ta tyrannie! Qu'on les en délivre et qu'on le pende. »

La sentence allait être exécutée, sans que Bahader eut cherché à prouver son innocence, lorsque le prince Amgiad, fut se présenter au juge qui le conduisait à la mort, et lui déclara être le seul coupable, et lui donna tous les détails que nous connaissons. Le juge sursit à l'exécution et conduisit Amgiad et le grand écuyer devant le roi, auquel le jeune prince raconta non-seulement comment les choses s'étaient, passées, mais encore il profita de l'occasion pour raconter son histoire et celle de son frère. Lorsqu'il eut achevé : « Prince, lui dit le roi, je suis ravi que cette occasion m'ait donné lieu de vous connaître; il lui donna la charge de grand vizir, rétablit dans ses fonctions le grand écuyer, et l'assura qu'il emploierait toute son autorité pour l'aider à retrouver son frère.

Amgiad remercia le roi de la ville et du pays des mages, et employa tous les moyens imaginables pour trouver l'infortuné prince Assad, qui était toujours captif et livré aux mauvais traitements de Bostane et Cavame. Ayant appris que la fête des adorateurs du feu approchait, et qu'un capitaine nommé Behram, équipait le vaisseau qui avait coutume de faire le voyage de la terre de feu Amgiad fit visiter le vaisseau avant sa sortie du port, mais il n'y rencontra pas son frère que l'on avait embarqué dans une caisse moitié pleine de marchandise. Une fois en pleine mer, on l'enchaîna à la cale, n'ayant plus rien à redouter, au bout de quelques jours de navigation, il s'éleva une grande tempête, force fut d'aborder dans le port de la capitale de la reine Margiane, ennemie mortelle des adorateurs du

Behram, bien que redoutant d'aller au port de son ennemie, s'y vit contraint à moins d'aller échouer et se perdre sur les rochers de la côte. Il fit donc retirer les fers du malheureux Assad, et, l'habillant en esclave, se tint prêt à répondre à la reine Margiane, si elle le faisait appeler. Son attente ne fut pas longue ; dès que la reine dont le palais était au bord de la mer, eût vu que le vaisseau avait mouillé, elle envoya avertir le capitaine de venir lui parler. Behram débarqua avec le prince Assad, après avoir exigé de lui de confirmer qu'il était son esclave et son écrivain, il fut se prosterner aux pieds de la reine ; après lui avoir marqué la nécessité qui l'avait obligé de se réfugier dans son port, il lui dit qu'il était marchand d'esclaves, qu'Assad, qu'il avait amené, était le seul qui lui restât, et qu'il le gardait pour lui servir d'écrivain.

Assad avait plu à la reine Margiane du moment qu'elle l'avait vu, et apprenant qu'il était esclave, elle résolut, de l'acheter à quelque prix que ce fût. Elle demanda à Assad comment il s'appelait. Assad lui répondit les larmes aux yeux, qu'il s'appelait autrefois Assad (très-heureux), et aujourd'hui Môtar (destiné à être sacrifié). » Il lui fit encore d'autres réponses dans ce genre qui firent une vive impression sur son esprit.

Elle demanda à Behram de lui vendre ou de lui en faire présent, mais celui-ci répondit insolemment qu'il le voulait garder parce qu'il en avait besoin. La reine Margiane irrité d'une telle réponse, prit Assad par le bras et l'emmena au palais, en le faisant marcher devant elle ; en entrant elle commanda à souper et emmena Assad dans son appartement. Le malheureux prince ayant raconté toute son histoire à la reine, elle entra en grande fureur contre les adorateurs du feu et leur fit intimer l'ordre de sortir de son port. Lorsque la table fut servie elle se mit à table avec son favori auquel elle fit faire un repas splendide qui dura longtemps. Le prince Assad but quelques coups plus qu'il ne pouvait porter.

Quand la table fut levée, Assad eut besoin de sortir, et il prit son temps pour que la reine ne s'en aperçût pas; il descendit dans les jardins où s'étant lavé les mains et le visage pour se rafraîchir. il s'étendit sur le gazon et s'endormit. Les gens de l'équipage de Behram étant venus pour y faire de l'eau avant de prendre le large, le trouvèrent endormi, s'en emparèrent, et le ramenèrent à leur bord, où Behram le fit enchaîner de nouveau.

La reine Morgiane sitôt qu'elle eut reconnu l'enlèvement d'Assad, fit équiper dix vaisseaux de guerre dont elle prit le commandement et se mit à la poursuite du ravisseur; Behram près d'être atteint et craignant la vengeance de la reine, fit donner la bastonnade à Assad et le jeta à la mer.

Le malheureux prince, qui savait nager, fut assez heureux pour gagner le bord à la nage, il se dépouilla de ses vêtements, après en avoir exprimé l'eau, et l'ardeur du soleil l'eut bientôt séché. Il se mit ensuite en route en longeant le bord de la mer et après avoir marché pendant dix jours, il arriva à la ville des mages, où son frère Amgiad était grand vizir. Il en eut de la joie, mais comme il était tard et qu'il savait bien que les boutiques étaient fermées, il résolut de s'arrêter dans le cimetière qui était près de la ville, afin d'y passer la nuit dans quelque mausolée.

Revenons au vaisseau de Behram; la reine Margiane, malgré les protestations d'innocence qu'il lui fit sur l'enlèvement d'Assad, fit faire une perquisition minutieuse dans son vaisseau mais n'ayant pas trouvé celui qu'elle souhaitait si ardemment d'y rencontrer, fut sur le point d'ôter la vie à Behram, mais se contenta de confisquer son vaisseau avec toute sa charge et de le renvoyer à terre avec ses matelots.

Par une fatalité incroyable, Behram, arriva à la ville des mages, la même nuit qu'Assad s'était arrêté dans le cimetière, et pour la même raison que lui, il fut contraint d'y chercher un asile le hasard fit qu'il passa devant le tombeau où il s'était refugié. Il y entra et voyant un homme qui dormait il eut bientôt reconnu le trop malheureux Assad, il se jeta sur lui, lui mit son mouchoir sur la bouche pour l'empêcher de crier, et le fit lier par ses matelots.

Le lendemain au point du jour, l'infortuné prince était ramené chez le vieillard qui l'avait abusé avec tant de méchanceté, et livré de nouveau aux tourments dont il s'était cru délivré pour toujours. Il pleurait la rigueur de son destin, lorsqu'il vit entrer Bostane avec un bâton, un pain et une cruche d'eau. Il frémit à la vue de cette impitoyable et à la seule pensée des supplices journaliers qu'il avait encore à souffrir toute une année, pour mourir ensuite d'une manière pleine d'horreur.

Bostane ayant traité le malheureux prince comme lors de sa première détention, fut enfin touchée de ses larmes et de ses instantes prières, et lui recouvrant les épaules, elle lui demanda pardon de sa barbare obéissance aux ordres de son méchant père. En même temps, elle lui demanda de l'instruire dans sa religion, et lui promit de rechercher tous les moyens de lui faire recouvrer sa liberté. Elle tint en effet parole ; quelques jours après voyant passer le grand vizir Amgiad, frère du prince Assad, accompagné de plusieurs officiers et précédé d'un crieur qui répétait ce cri à haute voix : « L'excellent et illustre grand vizir, cherche son frère, il est de telle et telle manière, si quelqu'un le garde chez soi ou sait où il est, Son Excellence commande qu'il ait à lui amener ou à lui en donner avis, avec promesse de le bien récompenser. Si quelqu'un le cache et qu'on le découvre. Son Excellence déclare qu'elle le punira de mort, lui, sa femme, ses enfants et toute sa famille et fera raser sa maison. »

Bostane n'eut pas plutôt entendu ces paroles, qu'elle courut chercher le prince Assad et l'amena dans la rue en criant : le voici ! le voici ! Le grand vizir, qui n'était pas encore éloigné, se retourna, Assad le reconnut pour son frère, courut à lui et l'embrassa. Amgiad et ses officiers, le menèrent en triomphe chez le roi qui le fit un de ses vizirs. Bostane fut envoyée à l'appartement de la reine. Le vieillard, son père, Behram, amenés devant le roi avec leurs familles, furent condamnés à avoir la tête tranchée. Ils sauvèrent leur vie en renonçant à l'adoration du feu pour embrasser la religion musulmane.

Amgiad en considération que Behram s'était fait musulman, le fit un de ses principaux officiers et le logea chez lui. Behram, informé en peu de jours de l'histoire de son bienfaiteur et d'Assad, son frère, leur proposa d'équiper un vaisseau et de les ramener au roi Camaralzaman leur père, qui, probablement, leur dit-il, a reconnu votre innocence et désire impatiemment de vous revoir, et s'il demeure dans son injuste prévention, vous n'aurez que la peine de revenir. »

Tout était prêt pour leur départ, lorsqu'on signala une grande armée qui s'approchait. Amgiad partit pour la reconnaître sur-le-champ avec peu de suite, il fut reçu favorablement par une princesse qui la commandait, et lui dit qu'elle venait en amie et non en ennemie ; mais pour réclamer au roi des mages un esclave nommé Assad, qui lui avait été enlevé par un capitaine de cette ville, nommé Behram, « le plus insolent de tous les hommes, dit-elle, et qu'elle espérait que le roi lui ferait rendre justice quand il saurait qu'elle était la reine Margiane. »

Amgiad dit à la reine qu'Assad était son frère qu'il avait eu le bonheur de retrouver, et la conduisit devant le roi. Pendant qu'ils s'entretenaient ensemble, on vint leur annoncer l'arrivée d'une autre armée plus formidable. Amgiad, monta à cheval et courut à toute bride au devant de cette nouvelle armée, on le conduisit devant le roi pui lui déclara se nommer Gaïour, roi de la Chine. le désir d'apprendre des nouvelles d'une fille nommée Badoure, lui dit-il, que j'ai mariée, depuis plusieurs années au prince Camaralzaman, fils du roi Schahzaman, roi des îles des Enfants de Khalédan, m'a obligé de sortir de mes états. J'avais permis à ce prince d'aller voir le roi son père, à la charge de venir me voir d'année en année avec ma fille depuis tant de temps cependant je n'en ai pas entendu parler. Amgiad, qui reconnut son grand-père à ce discours, lui baisa la main avec tendresse, se fit connaître et raconta au roi Gaïour toute son histoire et celle de son frère, puis le conduisit à la cour du roi des mages.

Deux autres armées furent successivement signalées et Amgiad, dans la première, reconnu celle du roi Camaralzaman, leur père, qui ayant appris par l'émir Giondar, que les enfans dont il déplorait amèrement la perte vivaient encore, avait résolu de les aller chercher en quelque pays qu'ils fussent. Sa joie fut grande en les retrouvant ainsi que Gaïour à la cour du roi des mages. La dernière armée qui arrivait était celle du roi Schahzaman, roi des îles des Enfants de Khalédan, qui voyageait depuis longtemps à la recherche de son fils Camaralzaman, lequel témoigna à son père un véritable regret de la faute que l'amour lui avait fait commettre.

Les trois rois et la reine Margiane ne demeurèrent que trois jours à la cour du roi des mages, qui les régala magnifiquement. Ces trois jours furent aussi très remarquables par le mariage du prince Assad avec la reine Margiane, et du prince Amgiad avec Bostane, en considération du service qu'elle avait rendu au prince Assad. Les trois rois enfin et la reine Margiane, avec Assad son époux, se retirèrent chacun dans leur royaume. Pour ce qui est d'Amgiad, le roi des mages, qui l'avait pris en affection et qui était déjà fort âgé lui mit la couronne sur la tête, et Amgiad mit toute son application à détruire le culte du feu et à établir la religion musulmane dans ses Etats.

FIN.

Paris.— Imp. de Pommeret et Moreau, 42, rue Mivin.

Palais d'Aladdin.

Les Amours de Camaralzaman

Paris. — Imp. de Pommeret et Moreau, 42, rue Vavin,

www.ingramcontent.com/pod-product-compliance
Lightning Source LLC
Chambersburg PA
CBHW050154030726
47505CB00005B/1360